KEITAI
SHOUSETSU
BUNKO
野いちご SINCE 2009

幼なじみの溺愛が危険すぎる。

碧井こなつ

● STARTS
スターツ出版株式会社

イラスト／美麻りん

「りりちゃん、おかわり」
「もう、またこぼしてるっ!」

「玲音(れおん)! ここで寝ないで、ちゃんと家に帰って寝なさい!!」
「だって、りりちゃんの布団ふかふかで気持ちいいんだもん」
「明日、玲音のお布団も干してあげる。だから、ほら、起きて起きて!」
「今日はりりちゃんのベッドで、寝てもいい?」
「自分の部屋で寝なさいっ!!」

     ***

　これ、幼い弟との会話ではありません。
　同じ高校に通う幼なじみ。こんな感じで、もう12年。
　それなのに……。
「りり花、俺、普通に欲情(よくじょう)しちゃう普通の高校生だよ?」
「りり花、本気で俺が小さい頃のままだとでも思ってたの?」
　ある日豹変(ひょうへん)……。もう、ヤダ……。

幼なじみの溺愛が危険すぎる。
登場人物紹介

ヒロイン

吉川 りり花（よしかわ りりか）

しっかり者で美少女だが、格闘家ばりに逞しく育てられたため、腕っぷしに自信あり。長年、玲音のお世話係をしている。
実は超モテるが、玲音が次々にライバルを裏で蹴落としているため、本人は気づいていない。恋愛面では鈍感。

ヒロインの親友

成海 沙耶（なるみ さや）

りり花のよき理解者。りり花が玲音を甘やかしすぎなことを心配している。禁断モノのマンガが好き。

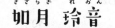

如月 玲音(きさらぎ れおん)

イケメンで勉強もできる完璧なモテ男子。りり花のことが幼いころから大好きで、りり花しか眼中にない。りり花の前ではずっと可愛い幼なじみでいたが、りり花のあまりの鈍さとライバル登場に燃え、本気を出してきて……?

裏で恋のライバルを追い払ったり、りり花に強引に迫ったり……!?

本気モード

!?

表裏のギャップあり!

甘えたモード

ヒロインが好き ヒーローのライバル

流山 颯大(ながれやま そうた)

りり花のことが好き。空手が得意な爽やか好青年。玲音に敵視されている。

contents

第1章　私の幼なじみ
可愛い幼なじみ	10
りり花の初恋	18
意外な一面	27

第2章　幼なじみは反抗期
お世話係卒業？	44
幼なじみ、ご乱心	57
じゃあキスして	85

第3章　幼なじみ卒業
すれ違う気持ち	104
幼なじみの本心	119
バイバイ、幼なじみ	147
特別な存在	159

第4章　幼なじみと同居生活
危険なふたり暮らし	170
モヤモヤした気持ち	218
宣戦布告	238

第5章　大好きな幼なじみ

幼なじみは心配性	252
もう、無理っ！	275
好きなんだ	286
ちゃんと伝えたい	310

エピローグ	344

書籍限定番外編

あぶない幼なじみ	349

あとがき	372

第1章
私の幼なじみ

可愛い幼なじみ

「ねぇ、りりちゃん。昨日、3組の山本さんに告白された。どうしたらいいと思う?」
　朝ご飯のお味噌汁をすすりながら、玲音が首をかしげた。
「どう思うもなにも、自分でちゃんと決めないとダメでしょ?　あっ、遅刻しちゃう!　早くご飯食べて着替えて!!」
　キッチンで、使い終えた食器を洗いながら時計を見ると、もうバスの時間ギリギリッ。
　慌てて部屋に駆け込んで制服に着替える。
「あー、こんなことなら、りりちゃんちに泊まればよかった」
　ダイニングから聞こえてくる玲音の独り言に、声を張りあげて答える。
「玲音が隣で寝てると疲れがとれないから、絶対いやっ!」
「疲れがとれないって、りりちゃんオッサンみたい」
　玲音はまだのんきに目玉焼きをつついている。
「うっさいっ!!　早く着替えろっ!!」
「りりちゃん、言葉使いが悪いよー」
　悪びれずに笑顔を浮かべる玲音に、洗いたてのシャツと靴下をさしだす。
　毎朝うちでご飯を食べてから登校する玲音の制服一式は、うちに置かれている。
「りりちゃん、待ってよ!」

「待てないっ。先に行くー！　34分のバスに乗るねっ。鍵、ここに置いておくから、よろしくっ！」
　バタンとドアを閉めると、
「りりちゃん、待って……」
　と、背後から情けない玲音の声が聞こえてきた。
　もうっ！
　保育園の頃から全然変わらないんだから！
　玲音を残して、急ぎ足でバス停へ向かった。
　吉川りり花、17歳。
　この春、高校2年生になった。
　バス停につくと、5分もしないうちに玲音が追いついてくる。
「早っ！」
「ほら、俺、やればできる子だから」
　それなら最初からやってくれ。
　隣で大きなあくびをしているのは如月玲音、16歳。
　同じく高校2年生で双子の弟でもなんでもなくて、ただのお隣さんだ。
「はい、りりちゃん、鍵！」
「サンキュー」
　玲音から鍵を受け取ってカバンにしまうと、いつもより少し遅れてバスがやってきた。
　学生で混みあったバスに乗り込むと、バスに乗っていた女の子たちの視線がいっせいに玲音に注がれる。
　玲音、目立つからなぁ。

チラリと玲音を見あげると、身長183センチと背の高い玲音は琥珀色の髪をサラサラと揺らしながら涼しい顔をして、外の景色を眺めている。
　くっ。羨ましい。
　ふと視線を動かすと、隣でお母さんに抱っこされた小さな女の子が、今にも泣きだしそうな顔をして私のことをじっと見つめていた。
　カバンにつけたクマのぬいぐるみのストラップを外して、小さな瞳に涙をいっぱい溜めたその子の目の前で、ぶらんぶらんと揺らしてみる。
　すると、キャッキャと声をあげてその女の子が笑った。
　その笑顔を見て、胸がきゅうっとなる。
　ううっ、可愛いっ！
「ねぇ、ねぇ、りりちゃん！」
　ストラップに手を伸ばしたその女の子は、ストラップではなく私の人さし指をギュッと握って笑っている。
　くぅ、癒されるっ！
「ねぇ、りりちゃんてばっ‼」
「なに？」
「もう、俺の話、全然聞いてないじゃん！」
「ごめん、ごめん、なんだっけ？」
　ふくれっ面をしている玲音に、適当に返事をする。
「あのさ、昨日サッカー部でさ……」
　玲音の話を聞きながら、目の前の小さな女の子の手のひらをぎゅっと握っては放して遊ぶ。

このムニュムニュの小さな手のひら、かわいくてたまらないっ！
　2歳くらいかなぁ……。
「りりちゃんって、本当に小さい子、好きだよね。保育士になりたいんだもんね」
　つまらなそうに口を尖らせる玲音に、うんうんと大きくうなずく。
　ひとりっ子の私は、毎年、クリスマスや誕生日のたびに、プレゼントに弟か妹を熱望した。
　けれど、残念ながら我が家には弟も妹もやってこなかった。
　今思えばバリキャリのお母さんは、はじめから子供はひとりと決めていたのかもしれない。
　代わりにやってきたのは、隣に引っ越してきた女の子みたいな顔をした男の子だった。
　琥珀色のクルクルとした柔らかい髪の毛に、黒く潤んだ大きな瞳、真っ白な肌。弟と妹がいっぺんにできたみたいで、嬉しくて仕方なかった。
　なんでも素直に私の言うことをきく玲音のことが可愛くてたまらなくて、玲音の面倒を見るのがなによりも楽しかった。
　隣であくびをしている玲音を見あげる。
　あのちびっ子が、デカくなったよね。
　クルクルだった髪の毛はまっすぐになっちゃったけれど、琥珀色の柔らかい髪も、大きな瞳も、四六時中私の名

前を呼んで追いかけてくるところも、まったく変わってない。
　小さい頃は朝ご飯を一緒に食べて、玲音の着替えを手伝って、玲音の手を引いて保育園に通った。
　水を怖がる玲音をあやしながら髪の毛を洗ったり、雨の音におびえる玲音をぎゅっと抱きしめて寝かしつけたり。
　すっかり玲音のお母さん気分だった。

「りりちゃん、ネクタイちゃんと結べてる？」
　ちらりと玲音のネクタイに視線を移す。
「ううん、まったく結べてない。ちょっと待ってて。あとで直してあげるから」
　ニコニコと嬉しそうに笑っている玲音の首元には、ネクタイがだらしなくぶらさがっている。
　お母さん気分は、今も変わらないか。
　事情があって、幼い頃からお母さんと離れて暮らしている玲音は、保育園時代、うちで夕飯を食べてお風呂に入っておじさんの帰りを待っていた。
　おじさんの帰りが遅いときは、うちに泊まって一緒に保育園に通った。
　気がつけば、そんな生活が当たり前になっていた。
　そのせいか高校生になった今でも、相変わらず玲音はうちで夕飯を食べて、うちでお風呂に入って、うちで宿題を終わらせて、真夜中ごろに自分の部屋に帰っていく。
　そして当然のように、朝起きるとまたやってきて、朝ご

飯を食べて、学校に通う。
　隣に立っている玲音を見てふと思う。
　よく考えると、私より玲音のほうが勉強できるよね？
　玲音のほうが運動だってできるよね？
　なんで私が玲音の面倒みてるんだろう？
　小さい頃は、私のほうが背が高くてお姉さん気分だったけど、気がつけば玲音のほうがよっぽど背も高い。
　なんで私が毎日玲音の夕飯に頭を悩ませなきゃいけないんだろう？
　そんなことを考えながら、ちらりと玲音を見あげてバスを降りる。
　すると、
「りり花あぶないっ!!」
　そう叫んだ玲音に、突然腕を引っぱられた。
　勢いあまってトスンと玲音の胸に顔をうずめる。
　な、なに!?
　すると目の前をけたたましくベルを鳴らしながら、自転車が去っていった。
「び、びっくりしたー」
「りり花、大丈夫？」
「う、うん」
　玲音が険しい顔をして自転車を睨みつけている。
「歩道なのにあんなにスピードだして……怖いね」
　見あげると、玲音の柔らかい眼差しに包まれた。
「りり花が無事でよかった」

私をかかえる手に力を込めて、大人びた笑顔を私に向けた玲音に動きを止めた。
　あれ？
　いつから玲音は、こんな笑い方をするようになったんだろう……。
　校門へ向かって歩きはじめると、玲音がニコニコといつもの笑顔で私の顔をのぞき込んだ。
「りりちゃん、今日のお弁当のおかずなに？」
「ハンバーグだよ」
　小さい頃から変わらない玲音の笑顔に、なんとなくホッとする。
「ピーマン入ってない？」
「今日は入れてないけど、ピーマンも食べなきゃダメだよ？」
　この前、ハンバーグに玲音の嫌いなピーマンを細かく刻(きざ)んで入れたらすぐに見抜かれたからなぁ。
　って、玲音が昔と変わらず甘えてくるからダメなんじゃん！
「ほうれん草のソテーも残さず食べるんだよ？」
　なんて言ってる自分を殴りたい。
　甘やかすものか！と思ってみても、10年以上かけてガッツリと体に染み込んだ玲音とのやりとりは、なかなか抜けない。

　朝のホームルームが終わると、玲音が笑顔で私のほうを

振りかえった。
「りりちゃん、今日の夕飯は？」
　目をクルクルと輝かせて、玲音が首をかしげる。
「夕飯、なにがいい？」
「鶏のから揚げ!!」
「りょーかい……」
　こんな私たちの関係に初めのうちは驚いてたクラスメイトも、今ではすっかり慣れきっていた。
「吉川、帰ったらこれ玲音に渡しといて。あいつ、部活行っちゃったからさ」
「わかった」
　放課後、田中くんに手渡されたファイルをカバンにしまった。
「吉川、今日玲音って何時ころ家に帰る？」
　野球部の長谷川くんがエナメルバッグ片手に近づいてきた。
「7時頃かな？　遅くても7時半には帰ってくるよ」
「玲音にさ、帰ったら今日の数学のノートの写真、スマホで送ってって伝えておいて。爆睡しちゃってなにも聞いてなかった」
「了解っ」
　玲音への伝言を頼まれたり、玲音への預かり物をするのはいつものこと。
　双子の弟にしては体も態度もデカすぎるけど、12年以上続いた関係は、そうそう簡単には変えられない。

りり花の初恋

　いつもどおりの１日を終えて、お風呂から出たところでお母さんが家に帰ってきた。
　うちのお母さんは、毎晩、午前０時をすぎた頃に帰ってくる。
「あら、玲音くんさっきまでいたの？　それなら、うちに泊まっちゃえばよかったのに」
　お母さんが残念そうに眉をさげる。
「やだよ。玲音と寝ると、ベッドが狭(せま)くなるもん。それに玲音の家は隣なんだから、私の部屋に泊まる必要ないし！」
　お母さんは、玲音の寝相の悪さを知らないから、そんなことが言えるんだ。
　180センチ以上ある玲音と一緒に寝るなんて、絶対にイヤ。
　あきれてため息をつくと、心外と言わんばかりにお母さんが声を張りあげた。
「玲音くん、どうせ近いうちに、うちの子になっちゃうんだからいいじゃない。りり花のベッド、玲音くんと一緒に寝られるように、もっと大きなベッドに買い替えちゃおうかしら？　な〜んて、そんなことしたら、さすがにパパに怒られちゃうわね〜」
　そう言ってケラケラと楽しそうに笑っているお母さんを、ちらりと見つめる。

お母さんはきっと男の子が欲しかったんだろうな。
『私、子供は絶対女の子がよかったの。だから、りり花が生まれてくれて本当によかったわー』
　なんて言ってるけど、あれ、絶対、社交辞令ってやつだ。
　だって、小さい頃から私が習わされてきたのは、空手に剣道、合気道。
　名門サッカークラブの選抜テストを、受けさせられたこともある。
　幸い不合格だったけど。
　おかげで腕力だけは誰にも負けない。
　お母さんは、私のことを格闘家ばりに逞しく育てあげたくせに、ヘタレの玲音のことを我が子のように可愛がっている。
　なんだかものすごく矛盾を感じる。
　それにしても、大きいベッドって……。
　時折、お母さんの日本語が理解できない。

　翌日、学校に向かうバスのなかで星美女学園の女の子たちと一緒になった。
　思わず玲音の制服の裾をぎゅっとつかむと、玲音が星美女学園の女の子たちに背を向けるかたちで前に立って、視界をさえぎってくれた。
　きれいな校舎と可愛いセーラー服に憧れて、絶対に星美女学園を受験しようと決めていた。
　けれど、星美女学園には呪いの小部屋があって、そこで

亡くなった女の子の幽霊が、昼夜問わず校舎に現れるという話を玲音から聞いて、受験するのが怖くなってしまった。

結局、玲音と一緒に通える、家から一番近い共学に決めた。

今では星美女学園の制服を見るだけで、玲音の話を思い出してゾッとしてしまう。

バスの中で星美女学園の制服を見て、まだ怯えている私に気づいた玲音は、私の頭に片手を添えると、自分の胸に押しつけた。

「もうすぐ着くから大丈夫だよ」

耳もとに響く玲音の声に少しホッとするけれど、やっぱり、怖いものは怖いっ。

バスを降りて、校門へと続く歩道を玲音と歩いていると、玲音を遠巻きに見つめている女の子たちのグループが目に入った。

ものすごくわかりやすく、玲音のことを隠し撮りしている。

邪魔だよね、私。

撮影の邪魔にならないように、少し玲音から離れると、玲音が首をかしげた。

「どうしたの、りりちゃん？」

「ううん、なんでもない」

すると、玲音の写真を撮っていた女の子のうちのひとりが、モジモジしながら私たちに近づいてきた。

耳まで真っ赤になってる。

「あ、あのっ、突然すみません。き、如月先輩と吉川先輩は、つ、つきあってるんですか？」
「……へ？」
　玲音と顔を見合わせる。
　ぶはっ!!
　突拍子もない質問に思わず吹き出すと、その子はきょとんとした顔で私を見た。
「私はただのお隣さんだよ。なんでもないから安心して」
　笑いながらそう伝えると、隣でニコニコと笑いながら玲音も続けた。
「そうそう、俺とりりちゃんはね、毎朝一緒にご飯を食べて、毎朝一緒に学校に来て、毎晩一緒に夜ご飯を食べて、時折一緒にお風呂に入って、たまにりりちゃんの部屋で同じベッドで朝まで一緒に眠るだけだよ」
「い、一緒に、お、お風呂……？　そ、それってどういうことですか？」
　声をかけてきた女の子は、唖然とした表情で固まっている。
「そのままの意味だよ」
　と嬉しそうに言った玲音の胸ぐらをつかむ。
「ちょっと！　なに誤解されそうなこと言ってるの!?」
「だって本当のことじゃん」
「本当のことでも、言い方ってもんがあるでしょ!?　そもそも、一緒にお風呂なんか入ってないっつーの！　誤解されるようなこと言わないで！」

「誤解されたらりりちゃん困るの？」
「私は別に困らないけど、玲音が……」
「じゃ、いいじゃん」
「よくないっ!!」
　ぐっと握った拳を、玲音の腹に一発。
「ウグッ……、りりちゃん、みぞおちは痛い……」
「それなら余計なことは言わないこと！」
　気がつけば、玲音の写真を撮っていた女の子たちはいなくなっていた。
　はぁ。朝から疲れる。
　みぞおちを押さえていた玲音はすぐに復活して、ほどけたネクタイを指さした。
「あっ、ネクタイ結び直さなきゃ！」
　校則や風紀に特別厳しい学校じゃないけど、ネクタイの代わりに首からヒモぶらさげてたら、絶対に怒られる。
　自分でネクタイを結べないなら、ネクタイのない学校にすればよかったのに。
「りりちゃん、ありがとっ」
　ネクタイを結び直すと、嬉しそうにニコニコと笑っている玲音に小さくため息をついた。
「いいよ、いつものことだから。それより早く教室にいこっ」
　なんだかんだで時間ギリギリになってしまって、急ぎ足で昇降口に向かった。
　下駄箱で上履きに履き替えていると、どこからか低い声が聞こえてきた。

「ムカつくんだよっ」
　女の子の……声？
　だれかケンカでもしてるのかな？
　キョロキョロあたりを見回したものの、朝の下駄箱は人であふれていて、誰が誰だかわからない。
「りりちゃん、どうしたの？」
「ううん、なんでもない」
　玲音にそう答えると、パタパタと駆け足で教室に向かった。
　気のせいかな？

　お昼休みになると、前の席の沙耶ちゃんがお弁当をかかえてくるりと振り返った。
「あのさ、りり花と玲音くんってつきあってるわけじゃないんだよね？」
「玲音とはただのお隣さん同士だよ。沙耶ちゃん、急にどうしたの？」
　それを聞いて沙耶ちゃんは、なにやら考えこむように私の顔をのぞき込んだ。
「りり花は玲音くんと一緒にいて、なにも感じない？」
「玲音になにを感じるの？」
「だって、玲音くんって超美形じゃん。黒板見てる横顔だけで、キュン死にできるよ」
　玲音にキュン死に？
　窓際で友達とはしゃいでる玲音に目を向ける。

白い肌も潤んだ黒い瞳も、昔と全然変わらない。
　　琥珀色の柔らかい長めの髪も変わらない。
　　でも、昔みたいに小さくもないし、可愛くもなくなっちゃったんだよな。残念……。
「りり花、彼氏が欲しいとか思わないの？」
　サンドイッチを食べている沙耶ちゃんに、苦笑いで答える。
「うーん、あんまり思わないかも。そもそも私より強い人が身近にいない」
　道場に通っていた頃には、私より強い人なんてゴロゴロいたけれど、高校受験を機に空手も合気道も剣道もやめてしまったので、私より強い男子にはなかなかお目にかかれなくなってしまった。
　なにより、男の子を好きになるって感覚が、正直、私にはまだよくわからない。
　すると、沙耶ちゃんが小さくため息をついた。
「りり花より強い人かぁ。それはなかなか難しいよね。だって、りり花、有段者なんでしょ？」
「どれも初段どまりだよ？」
「……十分だと思う」
「もうちょっと背が伸びれば、いいところまでいけたかもしれないのになぁ」
　小学生のころは学年で一番身長が高かったのに、残念ながらそこで成長が止まってしまった。
　背が低いのは、空手も合気道も不利なんだよなぁ。

小柄であることを活かせるほど機敏じゃないし。
「なんだかよくわからないけど、りり花の好きになる人は、強くなきゃいけないのね。あんなにかっこいい幼なじみがいたら、私なら絶対彼氏にしちゃうけどな」
「そういうもの？」
「普通はそうじゃない？」
「よくわからないや」
　それを聞いた沙耶ちゃんが、目を細めてじっと私を見つめた。
「もしかして、りり花、今まで誰かを好きになったことすらない……とか？」
　うっ。
「ない、のかも……」
　口をあんぐりと開けて、呆然としている沙耶ちゃんに、すごく申し訳ない気持ちになった。
　恋バナひとつできない私で、本当ごめん。
「あ、でもね、通ってた空手の道場に、ひとりだけ全然かなわなかった人がいてね。あれは悔しかったなぁ」
　同じ空手道場に通っていたひとつ年上の颯大は、とにかく強かった。
　何度も取り組みを挑んだけれど、一度として勝てたことはない。
「もしかして、その人がりり花の初恋？」
　沙耶ちゃんがキラリと目を輝かせる。
「うーん、初恋とはちょっと違うのかな。初めてまったく

かなわないと思った相手っていうか。もう何年も会ってないし」
「そっか。それじゃ、りり花の初恋はこれからなんだね！ そういうことなら協力しちゃうよっ！　彼氏の友達でいい人たくさんいるしっ！」
　興奮気味にそう叫んだ沙耶ちゃんに、笑顔を返した。
　初恋かあ。
　誰かを好きになるって、どんな感じなんだろう。
　ふと、昔の玲音を思い出して頬がゆるんだ。
「でもね、小さい頃の玲音はめっちゃ可愛かったんだよっ。女の子みたいな顔して、いつも涙で大きな目をウルウルさせててね。私が見えなくなると『りりちゃんどこー』って泣いて追いかけてきたの。最近はちょっとオッサン化してきたけど」
「りりちゃん、なんの話？」
　突然現れた玲音の腕に、首をぐるりと絡めとられた。
　ぐぇっ。く、苦しいっ!!
「な、なんでもないっ！　ゲホッ」

意外な一面

　帰りのホームルームが終わると、エナメルバッグをななめがけした玲音が私の席までやってきた。
「りりちゃん、今日、部活終わるの待っててっ！」
「どうして？」
「最近調子いいから見に来てよっ」
　目を輝かせて嬉しそうにしている玲音を見ていると、イヤとは言えなくなる。
「了解！」
「やった！　俺、がんばるからちゃんと見ててね！」
「はいはい」
　行きたいところ、あったんだけどな。
　嬉しそうに部活に向かった玲音の背中を見送りながら、小さくため息をついた。

　放課後の校庭で、少し離れたいつもの場所に座る。
　サッカーをしている玲音の姿を見つけると、ポケットからスマホを取り出して玲音の姿をカメラで写す。
　あの泣き虫だった玲音が、サッカー部でレギュラーかぁ。
　そんなことを思いながらぼんやりとサッカー部の練習を見ていると、トントンと肩をたたかれた。
　振り返ると、そこには去年同じクラスだった杉山くんが立っていた。

「吉川さん、玲音のこと待ってるの?」
「うん」
「隣座っていい?」
「杉山くん、久しぶりだね」
　杉山くんは、メガネの似合う爽やかな男の子だ。
「あのさ、吉川さんと玲音って幼なじみなんだよね?」
「幼なじみっていうか、双子の弟みたいな感じかな。ずっと一緒にいるし」
「つきあってるわけじゃないんだよね?」
「まさか」
「それじゃ、今度俺と、……うわあっ!!」
「あぶないっ!!」
　突然サッカーボールが杉山くんの頭スレスレに飛んできた。
「ごめんごめんっ!!」
　ニコニコと笑いながらやって来たのは、サッカー部のユニフォームを着た玲音だった。
「もうっ!　サッカーボール、杉山くんの頭に当たるところだったじゃん!!」
「悪い、悪いっ!」
　ニコニコしながら謝る玲音を、ギロリと睨む。
　すると、玲音が突然大きな声を出した。
「あっ!　そういえば、俺、この前りりちゃんの部屋にパンツ忘れていかなかった?」
「……パンツ?」

突然、なんの話だろう?
「あのね、俺のお気に入りのパンツが最近、見当たらないんだよね。りりちゃんちに泊まった日から」
　最近、玲音が泊まりに来たことなんてあったっけ?
　うちでシャワー浴びたときにでも、忘れたのかな?
　あれこれ考えていると、サッカー部の先輩たちの視線を感じた。
「絶対にないとは思うけど、一応見ておく。それより早く部活に戻ったほうがいいよ。先輩たちがこっち見てる」
「わかった!　りりちゃん、最後まで見ててねーっ!!」
「はい、はい」
　はぁ、疲れる。
「杉山くん、本当にごめんね?　ケガしなかった?」
　玲音がグラウンドに戻ったのを確認して、杉山くんに謝る。
　すると、隣に座っている杉山くんが頬をひきつらせている。
「杉山くん、大丈夫?」
「あのさ……本当にただの幼なじみ?」
「そうだよ?」
　腑に落ちない顔をしたまま、杉山くんが力なく立ちあがった。
「そ、そっか、じゃ、吉川、また……」
「う、うん。またね」
　肩を落として去っていった杉山くんを、首をかしげて見

送った。

　部活の終わりを告げる、完全下校のチャイムがグラウンドに鳴り響く。しばらくすると、部室で制服に着替えた玲音が走ってきた。
「りりちゃん、今日のシュートどうだった？」
　ぐふっ。
　背後から玲音にぎゅっと抱きつかれた。
　く、苦しいっ！
「う、うん、上手だったよ」
　ニコニコ笑っている玲音を、玲音の腕の中から見あげる。
「ほれ直した？」
「うん、見直した！」
「ちょっと違うけど、ま、いっか！」
　そう言って玲音が顔を摺り寄せてくる。
　昔からなにかあるたびに、玲音はこうして甘えてきたけど、私のほうが背が小さくなっちゃった今、これって周りからはどう見えるんだろう？
「じゃ、りりちゃん、帰ろっか」
　玲音から解放されて、息を整える。
　玲音と肩を並べてバス停へと向かいながら、チラリと玲音の様子をうかがう。
「玲音、疲れてる？」
「全然疲れてないよ。りりちゃんが寄りたいところがあるなら、つきあうよ？」

いつもと変わらぬ笑顔を向ける玲音に不自然にならないようにさらりとたずねる。
「じゃあさ、このままおばさんの病院に寄ってから帰らない？」
　手のひらにじわりと汗が浮かぶ。
「うーん、今日はやめとくっ。早く帰って飯食いたいし」
「そっか」
　玲音のお母さんは難病を患っていて、玲音が小さい頃から入院している。
　ニコニコと表情を変えずに笑っている玲音をみて、心の中でため息をついた。
　玲音は病院に行きたがらない。この話になると、玲音はいつも笑顔で逃げてしまう。一緒におばさんのところに行きたいのに……。
　硬い表情の玲音の横顔に、これ以上この話を続けることができなくて、口を閉ざした。

　翌日の休み時間、沙耶ちゃんが眉を寄せて私の手にしている雑誌をのぞき込んだ。
「りり花、なに読んでるの？」
「え？　これ？」
　『月刊空手マガジン』の表紙を沙耶ちゃんに見せると、沙耶ちゃんはあきれたように肩をすくめた。
「りり花、そんだけ可愛い顔して、なんで『空手マガジン』なんて読んでるの？」

「これおもしろいよ？　読んでみる？」
　パタンと雑誌を閉じて、沙耶ちゃんに手渡そうとすると、笑顔で断られてしまった。
　残念。
　すると、沙耶ちゃんが顔を寄せてきた。
「りり花さ、もうちょっと女子力あげていこうよっ。彼氏の友達でりり花を紹介して欲しいって人がいるんだけど、どう？」
　目を輝かせて身を乗り出してきた沙耶ちゃんに、タジタジになる。
「物好きな人もいるもんだねぇ」
　沙耶ちゃんの彼はうちの高校の３年生。
　陸上部でキャプテンをしているすごくかっこいい先輩で、華やかな沙耶ちゃんにメロメロだ。
「りり花、自分のクオリティの高さに本当に無関心だよね。りり花狙いの男子、結構多いんだよ。その気になれば、りり花なら５分で彼氏できるよ？」
　んん？　５分でできる彼氏って？
「でも、私、沙耶ちゃんみたいにきれいじゃないし、今まで告白とかされたこともないし」
　そう伝えると、沙耶ちゃんが首をひねった。
「おかしいなぁ」
「どうして？」
「だって、りり花、先週のお昼休み、杉山くんに呼び出されてたでしょ？」

「うん」
「杉山くん、りり花に告るって聞いてたんだよね。りり花が杉山くんとうまくいったら、ダブルデートできるって楽しみにしてたんだけどなぁ」
　そう言って、沙耶ちゃんは口を尖らせた。
「でも、告白なんてされなかったよ？　あれ？　そういえば、杉山くん、なんの用だったんだろう？」
「屋上で話したんでしょ？」
「うん」
　でも、なんの話をしたんだっけ？
「あっ！　屋上で杉山くんと話してたら、玲音がうちの鍵を貸してくれって、屋上まで来たんだ」
「玲音くん？」
　それを聞いた沙耶ちゃんが、ピクリと眉をあげた。
「うちに忘れ物したから取りに帰りたいって、屋上まで鍵を取りに来たの」
「それで、なんて言われたの？」
「『今日は部活で遅くなるから、先にシャワー浴びて待ってて』って」
　それを聞いて、沙耶ちゃんは苦虫を噛みつぶしたような顔をした。
「それを言ったのは、杉山くんじゃなくて……」
「玲音だよ。あれ？　そういえば、あのまま杉山くん、教室に帰っちゃったんだ。結局なんの話だったんだろう？」
「あのね、りり花。また玲音くんにはめられたんだよ？」

沙耶ちゃんの言葉に、思わず目をパチクリさせる。
「りり花、今のままお世話係を続けてたら、玲音くんの都合のいいように使われて、彼氏のいないさびし～い高校生活になっちゃうよ？　玲音くんなんて、モテモテなんだから、その気になればすぐに彼女作っちゃうだろうし」
「でも、私、彼氏なんて欲しくないよ？」
　思ったままを伝えると、沙耶ちゃんは心底あきれたように私に視線を向けた。
「ずっと思ってたんだけどさ、玲音くんって勉強も運動もりり花よりできるじゃん？　あんなになんでもできる玲音くんが、ネクタイ結べないとか、ひとりでご飯が食べられないなんておかしくない？　玲音くんにうまく使われてるだけなんじゃないかって、少しは思わない？」
「うーん、もしそうだとしても、別に気にならないよ？」
　玲音の面倒を見るのは、もう生活の一部みたいになっちゃってるし、それに……。
　入院しているおばさんの顔が、ふと浮かぶ。
「っていうかさ、今の状況って玲音くんにとってもよくないんじゃない？　いつまでもあの調子でりり花に甘えてたら、玲音くんのためにもならないんじゃない？　玲音くんてさ、基本、りり花がいないとなにもできないじゃん？」
　教室の片隅(かたすみ)で友達とじゃれている玲音に目を向ける。
　玲音のためにならない、か。
　それはあんまり考えたことがなかった。
「りーりーちゃん！」

いきなり、うしろからまとわりついてきた玲音に、肘で一発お見舞いする。
「暑苦しいからくっついてこないこと！」
「りりちゃん、肘鉄は痛い。……グホッ」
　お腹を押さえてしゃがみ込んだ玲音に、チラリと視線を送る。
　そんなに甘やかしてるつもりはないんだけどなぁ。

　その日の放課後、図書委員会の集まりがあった。
「吉川さん、今日の集まりも図書室？」
「うん」
　同じく図書委員の山本くんだ。
　山本くんと図書室に向かうと、窓際の席に座った。
　校庭に向かって大きな窓が作られている図書室は、明るくて気持ちがいい。
　委員長が今月の活動内容と役割分担について説明している。校庭に視線を移すと、ユニフォーム姿の玲音がサッカーをしているところだった。
　楽しそうにボールを追いかけている玲音を眺めながら、沙耶ちゃんに言われたことを思い出していた。
　玲音のためにならない、か。
　すると、ぼんやりしていたせいか、まんまとハズレくじを引いてしまい、うちのクラスが買い出しに行くことになってしまった。
「山本くん、ごめんっ！」

両手を合わせて山本くんに謝った。
「クジなんだから仕方ないよ。それよりさ、吉川さん今日ヒマ？　このまま帰りに画用紙とマジックペン買いに行かない？　わざわざ別の日に買い出し行くのも面倒だし」
「うん、そうだね。山本くん、本当にごめんっ」
「気にするなって」
　山本くんの優しい笑顔に救われる思いがした。
　委員会が終わり、山本くんと並んで昇降口を出ると、校庭から野球部やテニス部の大きな掛け声が響いてきた。
「吉川さんって運動神経いいのに、部活入ってないんだね？　どうして？」
　山本くんが不思議そうに首をかしげる。
「うーん、なんとなく？　でも、私、そんなに運動神経よくないよ」
「でも、去年の体育祭でリレーの選手だったよね？」
「よく知ってるね？」
「だって、俺……」
　すると、そこに息を切らした玲音が、ユニフォームのまま駆け寄ってきた。
「玲音、どうしたの？」
　すごい汗……。そんなに急用？
「はぁ、はぁ。りりちゃんっ。今日、りりちゃんちに泊まりに行ってもいい？」
「……へ？」
「明日の朝練で、選抜メンバーの発表があるんだって！

それで、いつもより早く行かなきゃいけなくて。もしかしたら選抜メンバーに入れるかもしれなくてさ！　寝坊しちゃうとまずいから、いつもみたいにりりちゃんに起こしてほしいなと思って！　……はぁ……はぁ」
「そんなこと言うために、全速力で走ってきたの？」
「今日、スマホ忘れちゃったから、りりちゃんにメッセージ送れなくて」
「そっか」
　カバンからハンカチを取り出して、汗だくの玲音に手渡す。
「だから、いつもみたいにりりちゃんの部屋に泊まりに行ってもいい!?」
　『いつもみたいに』を強調させる玲音にため息をつく。
　いつもいきなり来て、いきなり泊まっていくのに、なにをそんなに慌ててるんだろ。
「パジャマと下着は忘れずに持ってきてね？」
「りょーかいっ!!」
　スキップしながら、部活に戻る玲音を見送りながら、もう一度ため息をついた。
　本当に大きなベッド、買ってもらおうかな。
　ふと隣を見ると、山本くんの顔が微妙に引きつっている。
「山本くん、どうしたの？」
「あ、いや、その、吉川さんと玲音って、やっぱりそういう関係なんだなと思って……」

「"そういう"ってどういう？」
　首をかしげる私に、山本くんは早口でまくしたてた。
「いや、あの、俺、ひとりで買いに行くから大丈夫っ。吉川さんも忙しいだろうし！」
「そんな、私が買い出し行くよ。ハズレくじ引いちゃったのは私なんだからっ」
「いや、本当に大丈夫っ。ほら、吉川さんはいろいろ準備とかあるだろうしっ」
「準備？　玲音が泊まりにくるのは、いつものことだから大丈夫だよ？」
「"いつものこと"なんだ。ハ……ハハッ。じゃ、吉川さん、俺が買っておくから玲音によろしくなっ！」
「山本くん？」
　くるりとうしろを向いて、すごい勢いで走り去って行った山本くんにしばらく呆然として、家に帰った。

　その夜、夕飯の支度をしていると、濡れた頭をタオルでゴシゴシと拭きながら、玲音がキッチンに入ってきた。
　おかずをパクリとつまんだ玲音を睨む。
「りりちゃん、なんで今日、山本と一緒に帰ってたの？」
　お豆腐を揚げている手元から目を離さないように答える。
「委員会があってね、クジ引きでハズレ引いちゃって買い出し頼まれちゃったの。ペンとか画用紙とか……」
「ふーん」

「でも、山本くんが『俺ひとりで行くから』って言ってくれて、本当にひとりで買い出しに行っちゃったの。なんだか申し訳なかったよ……」
「あ、そうなんだ！ いいヤツじゃん！」
　そう言って玲音は嬉しそうに頬を緩ませると、揚げたばかりのお豆腐を指さした。
「りりちゃん、味見させて？」
　隣で大きな口を開けている玲音のおでこを、パコンとたたく。
「もうすぐできるから座って待ってて！」
「はあ〜い」
　つまらなそうにキッチンから出て行く玲音に、小さく笑う。
　口いっぱいにご飯を頬張り、作りたての揚げ出し豆腐をおいしそうに食べている玲音を見つめる。
「りりちゃん、この揚げ出し豆腐めっちゃうまいっ!!」
　にっこり笑ってそう言った玲音に、思わず笑顔がこぼれる。
「よかった！　ほら、玲音、お箸は人に向けちゃダメだよっ。おじさんの分も作ったから持って帰ってね？」
「りょーかいっ！」
　揚げ出し豆腐を食べてニコニコしている玲音に、スマホを向けて写真を撮った。

　食事を終えた玲音は、ソファでゴロゴロしながら、片隅

に置かれた雑誌に手を伸ばした。
「りりちゃん、これなに？」
　玲音がそう言って顔をしかめた。
「ああ、それね、中学まで通ってた空手道場の館長が送ってくれたの。道場の子が特集されてるんだよ。流山颯大（ながれやま）って、玲音、覚えてる？」
「全然覚えてない」
「ひとつ上のめっちゃ強い人でさ、まだ高校生なのに小学生の指導員もしてるんだって。小学生の頃から、颯大は無敵だったからなぁ。エリア大会で３年連続優勝だって。すごいよね」
「ふーん……」
「でもね、その雑誌を学校で読んでたら、沙耶ちゃんにあきれられたの。女子力低すぎるって。私からすると、沙耶ちゃんの好きな禁断モノのマンガのほうが理解できないんだけど」
「へー……」
　玲音は、興味なさそうにその雑誌を閉じると、ポイッと床に投げて、ソファから体を起こした。
「それより、りりちゃん、英語でわからないところがあるって言ってなかった？　見てあげるよ？」
「あっ、そうだった！　助かるっ！」
　玲音は教科問わず、ものすごく勉強ができる。
「玲音ってさ、いつ勉強してるの？　いつも寝る寸前までうちにいるし、朝は寝坊してるし、放課後は部活だし。な

んでそんなに勉強できるの?」
　英語の教科書を開きながら玲音にたずねると、なんでもないことのように玲音が答えた。
「授業ちゃんと聞いてるから」
「それだけ!?」
「りりちゃんみたいに、授業中寝てないし」
「私も授業聞いてるだけでそんなに勉強できたらなぁ」
　そうつぶやくと、玲音が私の顔をのぞき込んだ。
「ちょっとは俺のこと見直した?」
　大人びた笑顔でそう言った玲音にドキリとして、思わず目をそらす。
「あ、そ、そうだ！　まだわからない問題があったんだ！　そうそう、えっと、この問題！」
　動揺を隠すように、パラパラとテキストをめくり、玲音にさしだした。
「どの問題?」
　そう言って、教科書とノートを開いて玲音が私の隣に座ると、玲音の髪がサラサラと音を立てて揺れる。琥珀色の玲音の髪は小さい頃のまま変わらない。
　そんな玲音の髪の毛にそっと手を伸ばす。
「りりちゃん、どうしたの?」
　驚いてビクッと体を揺らした玲音に、琥珀色の髪の毛を触りながら答える。
「玲音の髪って小さい頃のままだよね?　普通大きくなると髪の毛って堅くなっちゃうのに、柔らかくてすごくきれ

い」
「つうか、あんまり触られるとヤバイ」
「え？」
「……なんでもない」
　プイッと顔を背けた玲音に首をかしげる。
　どうしたんだろ？
「で、どこだっけ？」
「ここ、ここ！」
　ノートを開いて、しばし宿題タイム。
　難しい公式を使って、スラスラと問題を解いていく玲音の横顔をじっと見つめる。どれだけ難しい問題も、玲音が教えてくれるとストンと理解できるから不思議。
「りり花、この問題、よくできたね」
　そう言って頭をなでてくる玲音は、ちょっとだけズルい。

　宿題を終えると、玲音が伸びをしながら私のほうを向いた。
「りりちゃん、時間も遅いし、一緒にお風呂入っちゃう？」
「殺されたい？　ってか、玲音はもうシャワー浴びてるでしょ！」
「つまんないのーっ」
　もう！　せっかく玲音のこと見直したところだったのに！
　アホなことを言っている玲音を無視してお風呂に入った。

第2章
幼なじみは反抗期

お世話係卒業？

　お風呂あがり、タオルで髪の毛を乾かしながら麦茶を飲んでいると、玲音と目が合った。
「りりちゃんはさ、俺といてドキドキすることって、まったくないの？」
「まったくないよ？」
「だよね。そんなカッコして、ふらふら歩き回ってるくらいだもんね」
　玲音がわざとらしく大きなため息をつく。
「玲音だって、お風呂あがりにパンツ１枚で出てくるでしょ？」
「ま、そうなんだけどさ。あのさ、俺以外の男の前でそんなカッコしたら、絶対ダメだよ？　間違いなく襲われるから」
「このカッコ、ダメ？」
　着ているショートパンツとタンクトップを、じっと見つめる。
　だって、お風呂あがりで暑いし、一応ブラトップになってるし。
　なにより、玲音しかいないし。
「普通に考えて、アウトだよね」
　テーブルに頬杖をつきながら、玲音が答える。
　このカッコ、アウトなんだ……。

でも、玲音以外の男子の前で、こんなカッコしない。
　なにより……。
「玲音は襲ったりしないでしょ？」
　それを聞いた玲音が、ピクリと眉を動かした。
「もし俺がりりちゃんのことを襲ったら、どうする？」
「血だるまにする」
　じっと見つめてくる玲音に、笑顔で即答。
「……だよね」
「先に救急車呼んでおくから安心して？」
「俺も我慢するの、結構しんどいんだけどね」
　玲音がなにやらつぶやいた。
「なに？」
「なんでもない」
　もう一度盛大にため息をついた玲音に、首をかしげる。
　玲音はいつもどおり、うちのお母さんが帰ってくるギリギリの時間までダラダラ過ごして、自分の部屋へ帰っていった。
　あれ？
　今夜うちに泊まるって言ってなかったっけ？
　ま、いっか。

　翌朝、玲音は朝練があって先に登校していたので、ひとりで学校に向かうバスに乗った。
　バスを降りると、ばったり沙耶ちゃんに会った。
「沙耶ちゃん、おはようっ！」

「あれ？　りり花、ひとり？」
「玲音は朝練だよ」
　沙耶ちゃんと一緒に校舎に向かい昇降口に着くと、下駄箱の前で固まる。
「りり花、どうしたの？」
「……ない」
「なにが？」
「上履き」
「また？」
　顔をしかめた沙耶ちゃんに、コクンとうなずく。
「購買(こうばい)で買ってくる……」
　最近、教科書や体操服がなくなっては変な場所から出てくるから、おかしいなとは思っていたけど、さすがにこれは気のせいじゃない。
「あのさ、もう玲音くんのお世話係やめちゃえば？　あんまり言いたくないけど、物を隠されたりさ、こういう嫌がらせ、何回目？」
　沙耶ちゃんの言葉に思わず苦笑い。
　玲音は、中学に入ってニョキニョキと背が伸びはじめ、急に女の子にモテるようになった。それ以来、たまにこういうことが起こる。
　でも、腕っぷしの強さで私にかなう子なんてそうそういないし、この程度のことならたいして気にならない。
　それに、玲音のお世話係は、そうそう簡単にはやめられないからなぁ。

「私がぼけーっとしててなくしちゃったのかもしれないし」
　頬を膨らませている沙耶ちゃんに、笑顔を作る。
「沙耶ちゃん、上履き買いに行くついでに、限定30個のプレミアムショコラサンド買っちゃおうよっ！　今ならまだ間に合うはずっ！」
「りり花が気にしてないならいいけど……」
　憮然としている沙耶ちゃんと購買に走った。

「味見しよっ、味見！」
　教室に戻って沙耶ちゃんとショコラサンドをかじっていると、朝練で先に学校に来ていた玲音が、私の席までやってきた。
「うわっ！　りりちゃん、念願のショコラサンドじゃん。ずっと食べたがってたもんね。おいしい？」
「うん、すっごくおいしい！」
　すると、玲音が私の手から食べかけのショコラサンドをさっと取りあげてパクリ。
「ああっ！　私のっ！」
「おおっ！　マジで、甘い……。りりちゃん、朝っぱらから、よくこんな甘いもの食べられるね……」
　ムムッ。
「勝手に食べておいて、よく言うよ！　もう絶対あげないっ！」
　フンと玲音から顔を背けても、玲音は相変わらずニコニコと笑っている。

ショコラサンドを食べ終わると、教科書をカバンから取り出して机の中にしまった。
「痛っ！」
「どうしたの？」
　沙耶ちゃんがびっくりして顔をあげる。
　机のなかに画鋲が貼り付けてあった。
　プツリと、刺された人さし指から真っ赤な血が膨らむ。
「なんでもない」
　大騒ぎしても仕方ないけど、でも、これは、かなり本気モードだ。
「りり花、じっとしてろっ！」
　慌てた玲音が私の手を取って、ぺろりと血の出た指先を舐めた。
「ちょっ、玲音、やめて！」
　周りの視線を感じて、玲音の腕を振り払おうとするけれど、玲音の力が強くてなかなか振りほどくことができない。
「りり花、この指、どうした？」
　怖い顔をしてそう問いかけてきた玲音から、ぱっと目をそらす。
「いいの！　なんでもないからっ！　ほら、手、はなしてっ！」
　慌てて玲音の手をふりほどいた。
　どこで誰が見てるかわからないんだからっ。
　授業が始まると、ぐるりと教室を見回した。
　まさか、このクラスに……？

でも、同じクラスの人だったら、とっくに嫌がらせされてるような気もする……。
　ってことは、ほかのクラスの子なのかな？
　しばらく学校では、玲音と話さないほうがいいかもしれない。
　私だけならいいけど、いつも一緒にいる沙耶ちゃんに迷惑がかかると困る。
　けれど、そんな心配は不要だった。

　その日のお昼休み。犯人はあっさりと、自ら現れた。
　呼び出されたのは、お約束の校舎裏。
「だからね、幼なじみって立場を利用して玲音くんを束縛しないでほしいの。今までの嫌がらせはその警告よ。私、玲音くんに本気なの」
　この子はたしか、隣のクラスの黒川由衣ちゃん。
　茶色く染めた髪を指先でくるくるといじりながら、切れ長の瞳でじっと睨まれて、思わずたじろぐ。
　可愛い子が凄むと、それはそれで迫力がある。
　なによりこんなふうに上目遣いで睨まれると、あまりに可愛いらしくて、小手返しで吹っ飛ばすことすらできなくなる。
「幼なじみって言っても、私は玲音の食事とか洗濯を手伝ってるだけで、姉弟みたいな感じだよ。黒川さんみたいな可愛い子なら、玲音、喜んで一緒に出かけるんじゃないかな」

それを聞いて、黒川さんはさらに視線を尖らせた。
「だから、あんたのそういう態度がムカつくんだっつうの!!」
　力任せに私の頬をたたこうとした黒川さんの手首を、ぐっとつかむ。
　うーん。
　捻りあげちゃうのは簡単なんだけど、こんなに細い腕、力を入れたら折れちゃうかもしれない。
「とりあえず、私を呼び出すより、玲音を呼び出してふたりで話してみるのはどうかな？」
　黒川さんの手首をつかんだまま、黒川さんを説得する。
「『俺にはりり花がいるから』って言われるのっ！　だからあんたが目障りだっつってんのよっ！」
　それは、ちょっと意味が違うような気がする……。
　そのとき、息を切らしながら玲音が現れた。
「りり花!?　こんなところでなにしてるんだよ!?」
　うっ。
　タイミング悪っ……。
「なんでもない」
　パッと黒川さんの手を放して、その場をかけ足で離れた。
「りり花、あいつになにかされたのか!?」
　玲音が険しい表情で追いかけてくる。
「有段者の私に手を出せる子がいるはずないでしょ。玲音だって、私があの子の手を捻りあげたのを見てたでしょ？」
　なにがあったのかと、しつこく聞いてくる玲音に適当に

返事をしながら、教室に戻った。

　放課後、沙耶ちゃんが心配そうに私を見つめた。
「りり花、お昼休みどこいってたの？」
「えっと、ちょっと用事があってね。お弁当、一緒に食べられなくてごめんね」
　沙耶ちゃんに心配かけたくなくて、黒川さんのことは黙っていることにした。
「なんでもないならいいけど。りり花、ヒマならこれからドーナツとかどう？　今日、部活なくなったんだ」
　カバンを持って立ちあがった沙耶ちゃんに、両手を合わせて謝った。
「ごめん、沙耶ちゃん。すごく行きたいんだけど、今日はちょっと行かなきゃいけないところがあって。また今度誘って？」
　それを聞いた沙耶ちゃんが目をきらりと光らせる。
「もしかしたら初恋のキミに会いに、道場に行くんだったりして!?」
「違う、違うっ！　って、初恋じゃないし！　わわっ、バス来ちゃう！　ごめんね、沙耶ちゃん、また明日ね!!」
　沙耶ちゃんに手を振って、そのままダッシュでバス停に向かった。
　その途中で、グラウンド横を走り抜けると、フェンス越しに玲音を見つめている黒川さんの姿が目に入った。
　そっか、黒川さん、いつも玲音のこと見てたんだ。

全然気がつかなかった。

　病院行きのバスに滑り込みで乗車し、ふーっと長い息を吐く。
　バスの座席から流れていく景色を見ながら、黒川さんのことを考えていた。
　黒川さん、茶色の髪の毛をふわりとさせた可愛らしい子だった。
　私に嫌がらせしたくなるほど、あの子は玲音を好きだってことだよね。
　私にはそういう経験がないから、わからないけれど、そういう気持ち、ちょっと羨ましいなとも思う。
　そういえば、沙耶ちゃんも彼氏がほかの女の子と仲よくしてるって、泣いてたことがあったっけ。
　好きな人の近くにこんな世話焼き係がいたら、たしかに目障りだろうなぁ。
　『玲音のためにならない』って言っていた沙耶ちゃんの言葉が頭に浮かぶ。
　そろそろ玲音のお世話係も、卒業したほうがいいのかもしれない……。
　私だって、お世話係を辞めたら楽になるし、また道場にも通えるかもしれない。
　でも……。
　今までずっと一緒にいたからなのか、玲音と離れて過ごす毎日を想像することが、できない。

ちょっとだけさびしいかも……なんて思っちゃうのはどうしてなんだろう。
　そんなことを考えながら病院の自動ドアをくぐると、顔見知りの看護師(かんごし)さんに会った。
　ペコリと挨拶(あいさつ)をして入院病棟(にゅういんびょうとう)に向かう。
　平日の病棟はとても静かだ。
「おーばーさん！」
　病室の扉を開けると、玲音のお母さんがベッドの上から起きあがった。
「りりちゃん、また来てくれたの!?」
「私、部活もなくてヒマだからっ。おばさんに教えてもらいたいこともあったし」
　優しく微笑むおばさんの笑顔は、玲音にそっくり。
「りりちゃん、いつもありがとう。でも無理してここに来なくていいのよ？」
　ゆっくりとおばさんが体を起こす。
「うちのお母さん、いつも帰りが遅いから、ここでおばさんに会えるのが嬉しいのっ」
　おばさんに笑顔で応えて、ベッドの横に置かれたパイプイスに座った。
「おばさん、玲音、この前のテストも満点だったんだよっ。前の日には一緒にテレビ見て笑ってたのに！」
　そう言ってぷぅっと頬を膨らませた私を見て、おばさんはおだやかに笑った。
「りりちゃんは、そのテスト何点だったの？」

「聞かないで……」
　すると、おばさんはクスクス笑いながら、私にたずねた。
「りりちゃん、最近は道場には行ってないの？」
「うん、帰りも遅くなっちゃうし」
　おだやかな表情を浮かべたまま、おばさんはじっと私を見つめた。
「りりちゃん。やりたいことがあるなら、玲音のことなんて気にせずに、好きなことをやればいいのよ？」
「私はやりたいことしかやってないよ。なにより、私はここでこうして、おばさんに会えるのが一番嬉しいっ」
　おばさんと一緒にいると、すごく温かい気持ちになって心がおだやかになる。
　私はおばさんと過ごすこの時間が、すごく好きだ。
「そういえば、昨日ね……」
　おばさんに最近学校であった話や、玲音と盛りあがったテレビ番組の話をしていたら、あっという間に時間がすぎてしまった。
　気がつけば窓の外は暗くなりはじめていて、病室前の廊下には配膳車が並び、夕食の準備がすすめられていた。
　おばさんはどんな話もとても嬉しそうに聞いてくれるから、居心地がよくてついつい長居してしまう。
　そして、いつものことだけれど、家に帰る時間が近づくと少しさびしい気持ちになる。
　そんな気持ちを振り払うように明るく笑う。
「じゃ、おばさん、また来るね！　今度は玲音も連れて来

るからねっ！」
　優しく笑うおばさんに、ブンブンと手を振って病室の扉を閉めた。

　帰りのバスに揺られながら、少しずつ暗闇に包まれていく景色をぼんやりと眺めた。
『玲音の面倒見るのをやめる』
　なんて、とてもじゃないけど言えない……。

幼なじみ、ご乱心

　夕飯の時間、竜田揚げを頬張りながら玲音が首をかしげる。
「りりちゃん、今日、本当は校舎裏でなにがあったの？　俺には言えないこと？」
「玲音には関係ないことだよ。それより……」
　少し悩んで言葉を続けた。
「玲音は彼女作る気ないの？」
「なんで？」
「なんでって……。玲音、モテるから。よく告白されてるみたいだし」
「んーっ、りりちゃんに彼氏ができたら、俺も彼女作ろうかなっ！」
「それじゃ、一生彼女作れないかもよ？」
「いいよ。そしたら、りりちゃんに責任とってもらうから！」
　責任……？
「あのさ、玲音は好きな子はいないの？」
「いるよ」
　へぇ。玲音が好きになるのはどんな子なんだろう？
　サッカー部のマネージャーやクラスの女子の顔を思い浮かべてみて、ちょっとだけモヤっとした気持ちになる。
　弟に彼女ができるときって、こんな感じなのかな？
「好きな子って、誰？」

「りりちゃん！」
　即答した玲音に肩を落とした。
「いつもありがと。でもね、そういうのじゃなくて、彼女にしたいなーって思う子はいないの？」
「りりちゃん、急にどうしたの？」
　玲音がゆっくりと顔をあげた。
「私たち、今のままでいいのかなぁ、なんて思っちゃってね。だって、私たちもう高校生なんだよ。玲音も自分のことは自分でするようにして、彼女でも作って、普通の高校生らしく楽しんでみたらどうかな？」
「りりちゃん、いきなりどうしたの？　俺はこのままでいいよ？」
　きょとんとした顔をしている玲音を、じっと見つめる。
　うーん。本当にこのままでいいのかなぁ。

　夕飯の片付けを終えてテーブルの上で宿題をしていると、お母さんからスマホにメッセージがあった。
「どうしたの？」
「お母さん、今日は会社に泊まるって」
「相変わらず忙しいね。おじさんは出張？」
「うん、中東に行ってる。来週帰ってくるよ」
　お母さんは朝早く出かけていき、真夜中すぎに帰ってくる。
　終電を逃すと、会社に泊まることもしばしば。
　かたや物理学者のお父さんは、一年中、共同研究やら論

文発表やらで、世界中を飛び回っている。
　お父さんもお母さんもすごく多忙だけれど、小さい頃から玲音とずっと一緒に過ごしてきたせいか、あまり寂しいと感じたことはなかった。
「あ、そうだ。数学でわからないところがあったんだ。玲音、教えてくれる？」
「いいよ、教科書持ってる？」
　玲音と肩を並べて教科書をのぞき込む。
「だからさ、ここの式にこれを代入しちゃえばこの値がでるから、あとは計算するだけだよ？」
「なるほどね。玲音、本当に頭いいよね」
　玲音に九九を教えてあげたのは私なのに、今じゃすっかり玲音に勉強を教えてもらう毎日。
　中学の頃は私のほうが成績よかったのにな。
　玲音が家で勉強してるところなんて見たことがないから、生まれつきのDNAが違うんだろうなぁ。
　って、お父さん物理学者なのに、なんで私には遺伝しなかったんだろう。
　なんだか、ズルイ……。

　勉強を終えてお風呂からあがり、自分の部屋のドアを開けた瞬間、その光景に眉をひそめた。
「……なんで玲音が私のベッドで寝てるの？」
「りりちゃん、家にひとりだと寂しいでしょ？」
「全然、寂しくないよ？　むしろひとりで広々と寝たいけ

ど?」
「うーん、でも帰るの面倒くさいから、今日はここで寝る」
　パジャマに着替えて私のベットに潜り込んでいる玲音を見て、思わず笑いがこぼれた。
「りりちゃん、どうしたの?」
　クスクスと笑っている私に、玲音が不思議そうな顔を向ける。
「玲音って、小さい頃からめっちゃ寝相悪くて、あっち向いたりこっち向いたりして寝てるのに、朝になるとちゃんと枕に頭置いて、なにごともなかったかのように寝てるんだよね。あれ、すごく不思議だった」
「俺、寝相悪い?」
「気づいてないの!?　それだけじゃなくてさ、寝てるときは『暑い暑い』って冬でもお布団蹴りあげるくせに、朝方になると、『寒い寒い』ってブルブル震えてくっついてくるんだよ。それならちゃんとお布団かけて寝ればいいのにって、いつも思ってた」
　それを聞いた玲音は、大きな瞳を揺らして優しく笑った。
「りりちゃんはさ、泣いてる俺のことを、いつもギュッと抱きしめて寝てくれたよね?」
「でも、もうすっかり玲音のほうが大きくなっちゃったからなぁ……」
　パジャマを着て、お布団の中で玲音と向き合っていると、小さい頃のままなにも変わっていないような気がする。
　小さい頃、夜になると玲音はお母さんに会いたがってよ

く泣いていた。
　一日我慢していたものがあふれ出てしまったかのように、夜になるとポロポロと涙をこぼして、お母さんに会いたがった。
　そんな玲音をぎゅっと抱きしめて眠った夜が、何度もあった。
「それじゃ、今夜は俺がりりちゃんのことを温めてあげるっ」
　ふざけて私の体に両腕を回してきた玲音に、グーで腹に一発。
「グエッ！　りりちゃん、お腹は反則……」
「触んなっ！」
　そもそも、これが普通じゃないんだろうな。
　いっそのこと、玲音が本当の弟だったらよかったのに。

　お昼休み、窓の外を眺めていた沙耶ちゃんが笑顔で振り返る。
「りり花、天気いいし今日は中庭で食べない？」
「うんっ！　あ、ちょっと待って！　玲音、はい、お弁当！　残さず食べてね？」
　玲音にお弁当を渡すと、沙耶ちゃんと中庭に向かった。
　中庭に向かう途中、すれ違いざま黒川さんに睨まれて苦笑いした。
「もしかして、最近の嫌がらせってあの子の仕業？」
　隣を歩いていた沙耶ちゃんが眉をしかめる。

「黒川さん、あんまりいい評判聞かないよ。私、同中だったけど、中学の頃から彼女がいる男子にばっかり声かけてたんだよね」
「そうなの？」
「私の友達でも、彼氏盗られて泣かされた子が何人もいるもん。あの子、りり花にべったりくっついてる玲音くんのことが、欲しくなっちゃっただけなんじゃないかな。玲音くん、人気あるから」
「まさか」
　とてもそんなことをするような子には、見えない。
　それにしても、このままっていうのもなぁ。
　あー、なんだかモヤモヤするっ！
　ふと、館長が送ってくれたあの雑誌を思い出す。
　久しぶりに空手道場にでも行ってみようかな。

　放課後、バス停で少し悩んだけど、やっぱり道場に向かった。
　高校受験で辞めるときに、いつでも遊びにおいでと言ってくれた館長の言葉を思い出す。
　久しぶりに館長や師範に会えると思うと、少し気持ちが明るくなる。
　バスから降りて、古い門構えの前で呼吸を整えていると、木立の奥の道場から活気にあふれた声が聞こえてきた。
　一年半ぶりに道場にやってきて、緊張のせいか心臓がドキドキする。

第2章　幼なじみは反抗期

　道場の引き戸に手をのばした瞬間、『吉川か!?』とうしろから声をかけられた。
　振り向くと、がっしりとした体つきの館長が人懐(ひとなつ)こい笑顔を浮かべて立っていた。
「お久しぶりです！」
　思わず大きな声で挨拶すると、館長がバンバンと勢いよく私の背中をたたく。
「吉川、相変わらずだな。元気にしてたか？」
「はいっ！　この前は雑誌、ありがとうございました」
「ああ、颯大すごいだろ？　みんながんばってるぞ。吉川、今日は稽古(けいこ)つけていくか？」
「いいんですか？」
　嬉しくて目を見開いた。
「いいに決まってるだろう。更衣室の奥にきれいな道着が置いてあるから、適当に使え」
「ありがとうございます！」
　館長に大きく頭をさげると、道場の左手にある更衣室に向かった。
　更衣室に置かれた洗い立ての道着に腕を通す。
　道着のごわつく感じが、肌になつかしい。
　使い込まれた木の床を裸足でペタペタと歩くと、昔の感覚が戻ってくる気がした。
　道場の引き戸を開けて、「お願いします！」と声を張り、道場に一礼して師範に挨拶をする。
「吉川、久しぶりだからといって手加減はしないからな。

稽古に参加するからには真剣に」
「はいっ」
　師範に指示された場所で稽古に混じると、背中に緊張が走った。
　久しぶりに、活気にあふれた道場で、お腹から声を出す。
「エイッ！」
「ヤーッ！」
　師範の「ようい……はじめっ！」の掛け声を合図に、精神を集中させる。
　師範の掛け声に遅れないように、順番に技を繰り出していく。
　体の芯に力を入れて、腰を左右に旋回(せんかい)させ、素早く突きや蹴りを生み出す。
　思っていた以上に体に力が入らず、体幹(たいかん)がぶれる。
　みんなに遅れないように必死でついていくけれど、なまった体はなかなか思うようには動いてくれない。
　息が切れて、苦しい。
　それでも道場で思い切り汗を流すと、モヤモヤとしていたのが嘘のように、すっきりとした気分になった。

「今日はありがとうございました」
　稽古を終えると館長と師範に深く一礼した。
「体力は落ちてるけど、まだまだ十分いけるじゃないか。また稽古に参加したらどうだ？」
　館長の言葉に、あいまいにうなずく。

「時間的になかなか厳しくて。でも、また今日みたいに遊びに来てもいいですか?」
「もちろん。時間があるときだけでも来るといい」
「ありがとうございます!」
　館長に大きく頭をさげると、ポンポンと肩をたたかれた。
「りり花、久しぶりじゃん。急に道場に来てどうしたの?」
「颯大‼」
　数年ぶりに会った颯大は、がっしりとした逞しい体つきになっていて、一瞬誰だかわからないほどだった。
　けれど、優しく包み込むような笑顔は、昔のまま全然変わらない。
　ひとつ年上の颯大は、子供の頃からとにかく強かった。
　強くておもしろくて優しい颯大は、みんなの人気者だった。
　中学に入ったころから、颯大は全国レベルの大会でばんばん優勝するようになった。
　黒髪の短髪で目尻をさげて優しく笑う颯大は、とてもそんなに強そうには見えないのに、ひとたび道着を着て構えると、別人のように目つきが鋭くなる。
「りり花、ちょっとだけ女らしくなったな」
「……もともと女子ですけど?」
「ああ、そうだったっけ?」
　含み笑いをしている颯大を、チラリと睨む。
「それより先月の『空手マガジン』見たよ。館長が送ってくれたの。すごいね、颯大のことが特集されてたね!」

「かなり小さい記事だし、まだまだこれからだよ。来月の大会ではもっと上を狙ってるから、期待しとけよ？」
「上ってどのくらい？」
　そうたずねると、颯大は自信満々に答えた。
「もちろん優勝に決まってんだろ」
「すごいなぁ。なんだか、すっかり手の届かないところにいっちゃったね」
「俺なんてまだまだだよ。それより久しぶりに道場に来たんだから、もう少しゆっくりしていけばいいのに」
　颯大の言葉に少し悩んで、うなずいた。
「そうだね、せっかくだし颯大が稽古してるところを見てから帰ろうかな」
「じゃ、情けない姿見せられないな。よし、気合い入れてがんばろっ！」
　そう言って稽古に戻った颯大に目を向けた。
　颯大はスピード感あふれるしなやかな動きで、確実に技を決めていた。
　高校生になると少年の部から成人の部に移ることになるけれど、颯大は大人にまったく引けを取らない正確な動きで周りを圧倒している。
　安定感のあるキレのいい颯大の動きは、普段、颯大が人の何倍も努力しているからなんだと思う。
　颯大は昔から努力家だった。

「久しぶりに颯大が組手(くみて)してるところを見て思ったんだけ

ど、颯大の動きってきれいだよね。呼吸も全然乱れないし」
　稽古を終えた颯大につぶやく。
「りり花に褒められるとなんだか気持ち悪いな。小学生のころからお前、負けず嫌いだったからさ」
「さすがにもうかなわないよ」
「つうか、この年になって女相手に本気だしたら、ヤバイだろ」
「へーっ、すっかりジェントルマンじゃん。かっこつけちゃってさ！」
　ふざけて軽く颯大を突こうとすると、さっと片手で止められた。
　完全に動きを読まれてるし。
「お前の動きなんてバレバレだっつーの。それより、帰るなら送ってやるよ。ちょっとコンビニにも行きたいし」
　そう言ってお財布を手にした颯大と、並んで道場をあとにした。

　道場からうちのマンションまでは、歩いて行ける距離にある。
「そういえば、りり花、ガキの頃に、上段蹴りの練習で軸足ゆるませて、思いっきりうしろにすっ転んでたよな」
「なんでそんなこと覚えてるの？」
　隣で楽しそうに笑っている颯大をちらりと睨む。
「時間があるなら、りり花もまた道場通えばいいのに」
「ヒマなときだけでも来てみようかな」

「部活入ってないんだろ？」
「うん」
　久しぶりに道場で気合いを入れて声を出し、体を動かしたら、また空手を習いたくなった。
　でも、成人の部は夜の７時30分から。
　玲音のご飯も作んなきゃいけないしなぁ。
　それに、もしまた道場に通うのであれば、中途半端にならないようにきちんと通いたい。
　そう思うと、なかなか踏ん切ることができない。
「じゃ、送ってくれてありがと」
　マンションのエントランス前で立ち止まり、颯大にペコッと頭をさげた。
「りり花に蹴りあげられる痴漢が気の毒だから送っただけだよ」
「ムカつくっ！」
「くくっ。本当にお前は相変わらずだよな。いつでも相手してやるから、また道場来いよ？」
「うん、時間のあるときにまた顔出すね」
　と、笑顔を見せて油断した颯大に、拳を握った片手を素早く突き出すと、笑いながら片手で止められた。
「りり花、俺のこと甘くみすぎ」
「くぅ！」
　そのまま颯大を軽く突いたり、足掛けをしてふざけていると、玲音が帰ってきた。
「りりちゃん、こんなところでなにしてるの？」

うっ……、本当に私、なにしてるんだろ。
小学生じゃあるまいし。
なんだか、ものすごく恥ずかしくなってきた……。
颯大はそんな私を見て、笑いを噛み殺している。
颯大だって一緒になってやってたのにっ！
「じゃ、りり花またな！」
玲音にペコリと頭をさげると、颯大は片手をあげて帰っていった。颯大を見送りながら玲音が視線を尖らせる。
「りりちゃん、今日、道場行ってきたの？」
「うん」
「どうして急に？」
「なんとなく？」
「ふーん……」
急に険しい表情になった玲音に首をかしげる。
「玲音、どうしたの？」
「りりちゃん、いつからあいつと会ってたの？」
「いつからって……、今日久しぶりに道場に行ったら、たまたま颯大がいただけだよ？」
「俺に彼女作れとか、自分のことは自分でしろって言ってたのって、あいつのせい？」
　……んん？
「玲音、なにをそんなにイライラしてるの？　部活で疲れてる？」
「別に……」
そのままスタスタとエレベーターに向かって歩き出した

玲音を、慌てて追いかけた。

　　うーん……。
　　なんだろ、この重苦しい雰囲気。
　　夕飯の時間になっても、玲音の機嫌はいっこうによくならない。
　　玲音の好きな、かぼちゃコロッケなのに。
「コロッケ、おいしくなかった？」
「……すごくおいしい」
「……そっか」
　ここまで玲音の機嫌が悪いのは珍しい。
　そう言えば、玲音は昔から私が道場に行くのをイヤがっていた。
　これ以上、強くなったら怖いから？
　うん、十分あり得る……。
「玲音、先にお風呂入るね？」
「うん」
　お風呂からあがると、玲音の姿はなかった。
　なにも言わずに帰っちゃうなんて、玲音どうしたんだろう？
　そんなに道場に行ったのがイヤだったのかな？
　ふう。
　ため息をひとつついて、ベッドに潜り込んだ。

　翌朝、玲音はいつもどおりの時間に朝ご飯を食べに来た。

「りりちゃん、お腹すいた〜！」
　あくびをしながらいつもの席に座った玲音を見て、ホッと胸をなでおろした。
　よかった。
　いつもの玲音だ。
「りりちゃん、今週は帰りが遅くなるから、先に夕飯食べちゃっていいからね？」
「最近部活、忙しいの？」
「うん」
　いつものようにニコニコと笑っている玲音を見て、肩の力が抜けた。
　制服に着替えた玲音のネクタイを結びながら、玲音にたずねる。
「こんなにしっかり結んでるのに、どうしていつもほどけちゃうんだろう？　そもそも、玲音、頭はすごくいいのに、どうしてネクタイは結べないの？」
「どうしてだろうね？」
　クスクスと笑っている玲音に首をかしげた。
　卒業までには自分で結べるようになってほしいな……。
「今日はバスが来るまで、まだ時間があるね」
　バス停への道をゆっくりと歩きながら、隣でニコニコと笑っている玲音を見あげる。
　玲音の頭上では、青い空をつかむように枝を伸ばした木々が新緑（しんりょく）を輝かせている。
「もうすぐ夏だね」

玲音の琥珀色の髪も朝日に透けて輝いている。
「夏休みかぁ。りりちゃん、今年は旅行の予定はあるの？」
「お父さんもお母さんも仕事があるからまだわからないけど、どこか行くときには玲音にも声かけるから、部活がなかったら一緒に行こうね！」
「りりちゃんとふたりで？」
「……のはずがないよね？」
　玲音はおばさんの容体が変わりやすいこともあって、小さい頃から家族で旅行をしたことがない。
　だから、うちが家族で旅行するときには玲音を誘って一緒に行くことが多かった。
「海に行くなら、りりちゃんにものすごくセクシーな水着選んであげるよ？」
「私が着たらセクシーじゃなくなりそうだけど……」
「たしかに！　……ププッ」
「って、おいっ、コラ！」
　自分で言っておいて、なんだそりゃ。
「りりちゃん、顔怖いって!!」
「もともと、こういう顔ですからっ」
　ムッとして顔を背ける。
「りりちゃんはいつも可愛いよ？」
　笑いを噛み殺しながら、玲音がよしよしと私の頭をなでた。
　ムムッ……。
　子供扱いしてっ。

昔は私のほうが玲音より頭ひとつ大きかったのにっ!!
　混んだバスに乗り込むと、隣であくびをしている玲音にたずねた。
「玲音、今夜食べたいものある？」
「おにぎり」
　迷わず答えた玲音に、首をかしげる。
「おにぎり？　お弁当じゃなくて、今夜の夕飯だよ？」
「うん、りりちゃんのおにぎりが食べたい。初めてりりちゃんに作ってもらったのがおにぎりだったよね？」
「そうだっけ？」
　うーん。
　全然覚えてない。
「ほら、りりちゃんとふたりで留守番してたときに、俺が腹空かせて泣いたことがあったじゃん。そしたら、りりちゃんがめちゃくちゃでかいおにぎり作ってくれてさ。あれがまた食べたい！」
　留守番？
　でかいおにぎり？
「あっ！　保育園のころに両手いっぱいの大きさで作った巨大なおにぎり!?」
「そう、それ！」
「玲音、顔じゅうご飯粒だらけにして食べてくれたよね」
　そのあと、水嫌いの玲音の顔を洗うのがすごく大変で、もう二度と大きすぎるおにぎりは作らないと、心に誓ったんだっけ……。

「いまだにあのおにぎりを超える味はない」
「本気で?」
　毎日レシピと格闘しながら作っている煮物とか揚げ物が、保育園時代に作った塩にぎりに負けてるのかと思うと、なんだか微妙……。
「だから、久しぶりにあれが食べたい!」
「了解っ!　ま、少し複雑な思いはあるけど簡単で助かる」
　すると、玲音が私の耳元に顔を寄せた。
「おにぎりだけじゃなくて、俺、りりちゃんのことも好きだよ?」
「そんなこと内緒話で言わなくてもわかってるよ?」
「りりちゃんは俺のこと好き?」
「うん」
「……だよね。ま、いいけど」
　深いため息をついた玲音を、きょとんと見あげた。

　それから数日後、空手道場の館長からヒマなら道場に来てもらえないか、と連絡があった。
　女の子が数人体験に来るから、できたら一緒に稽古をして欲しいということだった。
　たしかに男だらけの道場で、いきなり稽古に参加するのは抵抗があるかも。
　とくにすることもなかったので、道場に顔を出すことにした。
　玲音も帰り遅くなるって言ってたし。

道場に着くとまだ早い時間帯だったので、小学生の子供たちも稽古に混ざっていた。
　子供たちの道着姿はめっちゃ可愛いっ。
　なんだか、子供たちの中に混ざると私って大人……。
　ぐるりと道場を見回すと、道場の隅に体育座りをしている小さな男の子がいる。
　お姉ちゃんの稽古が終わるのを、待ってるのかな？
　なつかしいなぁ。
　玲音もよく私にくっついて、稽古を見にきていた。
　私が道場に来るのをイヤがるわりには、いつも道場について来てたな。
　そんなことを考えながら、稽古の列に加わる。
　体験にきた高校生の女の子3人は、はじめこそピリピリとした道場の雰囲気にとまどっていたものの、立ち方や簡単な型を習うと、すぐに稽古の輪に入っていった。
　そのとき、気合いの入った大きな掛け声が道場中に響いた。
　その気合いの入った掛け声につられて視線を動かすと、颯大が小学生に稽古をつけているところだった。
　調子にのってふざけている小学生の男の子たちを、颯大が厳しく諌（いさ）めている。
　子供たちを指導している颯大は、すっかり一人前の指導員に見える。
　稽古を終えて道着を畳んでいると、颯大に声をかけられた。

「りり花、もう帰るのか？」
「今日は体験で女の子が来るから、ヒマなら来ないかって、館長から呼び出されただけだよ」
「せっかく来たんだから、りり花ももう少し稽古つけていけばいいのに」
　颯大の言葉に少し悩んで、やっぱりカバンを肩にかける。
　遅くなると、また玲音の機嫌が悪くなるかもしれないし。
「今日は帰るよ」
「じゃ、送る」
　道場の出口でサンダルを履いた颯大に、笑顔で首をふった。
「まだ明るいから大丈夫だよ。颯大はこれから自分の稽古だよね」
「つうか、ちょっと用事もあるし」
　結局、颯大に押し切られるようにして、道場からマンションまでの道を並んで歩いた。
「小学生に稽古つけるの、とっても楽しそうだね。みんな、すごく可愛いし」
　それを聞いた颯大は、苦笑いしながら頭をかいた。
「可愛いだけじゃなくて、今の小学生ってめっちゃうまいんだよ。マジで負けそう」
「まさかっ！　次の大会の優勝候補の颯大が小学生に負けたりしないよ。小学生の子たち、みんなキラキラした目で颯大のこと見てたよ」
「うわっ、マジで？　ますます負けられねぇじゃん」

目尻をさげて優しく笑う颯大に、思わず頬がゆるむ。
　颯大、昔とかわらないなぁ。
　誰よりも強いのに、絶対にそれをひけらかしたりはしない。
　……あれ？
　マンションに近づいたところで、ふと違和感を抱いた。
「颯大……」
　立ち止まって、颯大の足元をじっと見つめる。
　体をかすかに左に傾けて歩く颯大を見て、ハッと気づいた。
「颯大。もしかして左足、痛めてる？」
「……痛めてないよ」
　目をそらしたまま答えた颯大の腕を、グイッとつかんだ。
「ダメじゃん！　痛めてるときに無理に歩いちゃ！　言ってくれたらひとりで帰ったのにっ!!」
「このくらい大丈夫だっつーの」
「とりあえず、固定しなきゃ。うちでテーピングするから来て！」
　イヤがる颯大を無理やり部屋にあげて、足を冷やした。
「大丈夫かなぁ……」
　赤く腫れている颯大の左の足首を、じっと見つめる。
「このくらい、いつものことだから大丈夫だよ」
「次の大会で上位狙ってるんだもん。万全のコンディションを整えておかなきゃダメだよ。テーピングきつめに巻いておくから、あとで調整してね？」

「……道場出たときには、そんなに気にならなかったんだけどな。つうか、テーピングくらい自分でできるから大丈夫だって」
「いいからじっとして！」
　腫れている颯大の左の足首に湿布を貼り、テーピングをしていく。
「早く治るといいね」
　思わずつぶやくと、颯大が私の頭をポンポンとたたいた。
「大丈夫だって。りり花、心配しすぎ。空手にケガはつきもんだろ。道場から離れすぎて忘れちゃったか？」
　そう言って、颯大がソファから立ちあがって帰ろうとしたそのとき、颯大がぐらりとバランスを崩した。
　前のめりに倒れそうになった颯大に、慌てて両腕を伸ばす。両手で颯大を支えながらホッと息をつく。
　あぶなかった……！
　すると、颯大がぎゅっとしがみついてきて、びっくりして顔をあげた。
「颯大、大丈夫!?　立ってられないくらい痛い!?」
「ある意味、大丈夫じゃないのかも……。俺も男だし」
　颯大が私の耳元でそうつぶやいたそのとき、背後に人の気配を感じた。
「りりちゃん、なにしてんの？」
「……え？」
　颯大を支えながら振り向くと、玄関に玲音が立っていた。
「あ、玲音、おかえりっ」

玄関の鍵、開けっぱなしだったんだ。
　それを聞いた颯大は、私から手を離すと驚いたように目を丸くして、しばらく固まっていた。
「『れおん』って、りり花の弟の『れおん』くん？　よく道場に見に来てたよな？　すっかりデカくなって！　めっちゃかっこよくなってんじゃん！　この前、りり花を送ったときにもマンション前で会ったよな？　まさかあの小さかったれおんくんだとは思いもしなかったよ。れおんくん、俺のこと覚えてる？」
「あの、俺、りり花の弟じゃないんすけど」
　無愛想に玲音が返事をすると、
「え？　そうなの？」
　と確認するように颯大が私に顔を向ける。
「玲音は私とおんなじ高２だよ。隣に住んでるの」
「いつも一緒にいたから、てっきり弟なんだと思ってたけど。そっか、弟じゃなかったんだ」
　しばらく颯大はなにか考えるそぶりを見せていたけれど、すぐに左足を軽く引きずりながら、玄関に向かった。
「じゃ、りり花ありがとな。また道場来いよ。いつでも相手してやるから」
「颯大、本当にごめん……」
「別にりり花のせいじゃねぇし」
　大きな大会の前に足首を痛めて、気にしてないはずがない。
　いつもどおりに笑っている颯大を見ていたら、胸が痛ん

だ。
「颯大、自転車で送ろうか？」
「ぶっ！　なにそれ？　りり花がこいで、俺がうしろに乗んの？　勘弁しろよ。それなら疲労骨折(ひろう)したほうがましだっつーの」
「バカっ！　疲労骨折なんかしたら大会に出られなくなるでしょっ！　本当に送らなくて大丈夫？」
「お前に送ってもらうほどヘタレじゃねぇよ」
　すると、颯大と私の間に玲音が割って入った。
「りりちゃん、腹減った！」
「あ、ごめん、ごめんっ」
「じゃあな、りり花」
「颯大、本当にごめん」
　申し訳なくて、颯大の顔を見ることができなかった。
「お前のせいじゃないんだから、謝んなつーのっ！」
　そう言って私の頭をわしゃわしゃとなでると、颯大は帰っていった。
　あー、もう自己嫌悪……。
　なんで颯大が左足を痛めてることに、気がつかなかったんだろう……。

　夕飯を食べていると、玲音が眉を寄せた。
「りりちゃん、さっきから考えごとしてどうしたの？」
「え!?　あ、ううん、なんでもないっ」
　颯大、来月の大会では優勝目指すってあんなにがんばっ

てたのに。
「りりちゃん、あいつのこと小学生のころから好きだったよね」
　トゲのある玲音の冷たい言い方に、きょとんと顔をあげた。
「たしかに、無敗の颯大にはずっと憧れてたよ。でも、どうしてそんな言い方するの？」
「りりちゃん、道場に行った日はあいつの話ばかりしてたもんね」
「颯大は圧倒的に強かったから。でも、私、颯大のことを好きだなんて言ったことあった？」
　颯大のこと、強くてすごいとは思ってたけど。
「言葉にしなくても、そんなの見てればわかるよ」
　吐き捨てるようにそう言った玲音に、目をパチクリさせた。
　玲音、ものすごく機嫌が悪い。
　どうしてこんなに怒ってるんだろう？
　玲音を怒らせるようなことをしたつもりはなかった。
「玲音どうしたの？」
「りり花、あいつとつきあうの？」
　目を合わせないまま玲音がつぶやいた。
「なんの話？」
「りり花と颯大って人の話」
「どうしてそういう話になるの？」
「りり花こそ、部屋にまで連れ込んでるのにどうしてとぼ

けるんだよ？」
　語気を強める玲音に、なんて説明したらいいのかわからない。
「別に連れ込んだわけじゃないし、とぼけてるわけでもないよ？　颯大が左足を痛めてたから、テーピングしただけだよ？」
「りり花、あいつの背中に手、回してたじゃん。あいつだって、りり花の腰に手を回してた。俺がこんなに早く帰ってくるとは思わなかったんだろ？」
「バランス崩して倒れそうになった颯大を支えただけだよ？　玲音、どうしたの？　なんだか変だよ？」
「りり花が変なんだよ。ごちそうさまでした！　もう、家帰る」
　お箸をテーブルに置くと、玲音がすくっと立ちあがった。
扉がバタンと乱暴に閉められると、部屋が静まりかえる。
なにがなんだかわからなくて、呆然として玲音を見送った。

　翌日、朝ご飯の時間になっても、玲音はうちにやって来なかった。
「玲音、朝ご飯どうしたの？」
　学校に着くと、先に教室に来ていた玲音にたずねたけれど、玲音は目も合わせてくれないまま、黙って教室から出て行ってしまった。
「りり花、玲音くんとケンカでもしたの？」

玲音とのやりとりを見ていた沙耶ちゃんが、目をしばたかせた。
「ううん」
　ケンカしたつもりはないんだけどな。
「反抗期ってさ、高校生になってもあるのかな？」
　玲音の机をぼんやりと見つめる。
　そういえば中学の頃、玲音の様子がこんなふうにおかしくなったことが一度だけあった。
「単なる普通のケンカでしょ？」
「ケンカ？」
「そもそも、幼なじみに反抗期……なんて聞いたことないから」
「そうだよね……」
　ケンカなら今まで何度もしてきた。
　玲音が、私の大切にしていたぬいぐるみを壊しちゃったときにも、私の友達を玲音がいきなりたたいてケガさせたときにも、大ゲンカになった。
　でも、玲音とは二度と口をきくもんかと思っても、すぐに仲直りしてきた。
　けれど、今回はなにかが違う。
　玲音がなにを考えているのか、全然わからない。
　玲音がどうしてあんなに怒っているのか、わからなかった。
　颯大を家に入れたことが、そんなにいけないことだったとは思えない。

お昼休みに玲音が廊下へ出て行くと、沙耶ちゃんが顔をしかめた。
「休み時間のたびに、隣のクラスの黒川さんが玲音くんにベタベタくっついてるみたいだよ。玲音くん、大丈夫かな？ 黒川さんの毒牙にかかっちゃうんじゃない？」
「でも、私が口を出すことじゃないし……」
　そもそも昨日から目も合わせてくれない。
「まぁ、この際玲音くんのお世話係をあの子に譲って、りり花は自由になるってのも、ありかもね。いつまでも、玲音くんと一緒にいたらりり花も楽しめないでしょ？」
　沙耶ちゃんの言葉に小さく首を横に振る。
　玲音から自由になりたいと思ったことは今まで一度もなかった。胃がキリキリと痛む。

　その日は夕飯の時間になっても、玲音がうちに来ることはなかった。丸一日玲音と顔を合わせずに過ごしたのは初めてのことで、あまり眠れないまま夜を過ごした。
　次の日も、玲音はやっぱり朝ご飯を食べには来なかった。心配してインターホンを鳴らしてみたけれど、返事もない。
　学校に着くと、先に登校していた玲音が友達と輪になって話していた。
　玲音の背中から強い拒絶を感じて、話しかけることすらできなかった。

じゃあキスして

　今朝、玲音はいつもどおりうちに朝ご飯を食べに来た。
　玲音がなにを考えているのか本当にわからない。
　玲音のネクタイを結びながら、玲音をちらりと見あげる。
　でも、機嫌は悪いまま。
「玲音、なにを怒ってるの？」
　朝ご飯を食べながら聞いてみるけれど、玲音は目も合わせずに答えた。
「……別に」
「別にって、ものすごく怒ってるよね？」
「りりちゃんはさ……」
　真面目な顔をして口を開いた玲音をじっと見つめる。
「なに？」
「なんでもない」
　気まずい沈黙が続いたあと、玲音がゆっくりと口を開いた。
「りりちゃんはさ……、ものすごく俺を振り回すよね」
「え……？」
　玲音の言ってる意味がよくわからない。
　振り回されているのは自分だとばかり思っていたから。
「私、玲音のこと振り回したつもりないよ」
　そう言うと、玲音はバンっとお箸を置いて立ちあがる。
「りりちゃんは、俺のこと全然わかってない！」

「玲音、なにをそんなに怒ってるの？」
「怒ってるよ！　りりちゃんにものすごく、怒ってる！」
「どうして怒ってるのか、言ってくれなきゃわからないよ！」
　玲音の正面に回ってじっと見つめた。
「じゃ、教えてあげようか？」
　そう言って私を見おろすと、玲音が私の腕を引いてリビングに移動し、私の両肩をトンと押した。バランスを崩した私はそのままソファに体を沈めた。
「ふざけないでってば！」
　立ちあがろうとすると、ソファに置かれた玲音の両手に挟まれて、身動きが取れなくなる。
　目の前に迫る玲音の険しい表情。
　こんなに怒っている玲音を見たのは、初めてだった。
「りり花を、ほかの男に触らせたくない」
「え？」
　玲音の言葉を必死に頭の中でなぞるけれど、思考が追いつかない。
　見あげれば、玲音の瞳が間近に迫る。
　玲音の黒い瞳が、悲しそうに揺れているその理由がわからない……。
「りり花は俺のことどう思ってるの？」
　いつになく真剣な表情で迫る玲音に、
「玲音のことは、大好きだよ。小さいときからずっと、大好きだよ」

と、いつもどおりの言葉を返す。
　すると、玲音がネクタイを緩めながら小さく笑った。
「じゃあ、キスして」
「……え?」
「りり花から、俺にキスをして」
「え!?　じょ、冗談でしょう?」
「冗談じゃない。本気だよ。できないなら俺からしてあげようか?」
　そう言って顔をかたむけて近づいてきた玲音に、目を見開く。玲音の唇が触れる直前に、ハッとして玲音を両手で突き飛ばした。
「な、なにバカなこと言ってるの!?　私たちの好きってそういう好きじゃないでしょ!?」
　その瞬間、玲音が手元にあったクッションを乱暴に床に投げつけた。
「玲音!?」
　と声に出した途端、強く腕をひっぱられて、玲音の腕の中に引き込まれた。
　息ができないほど強く抱きしめられたかと思うと、玲音がトンと私の体を離した。
「……俺は、りり花のことなんて大嫌い」
　そう言って乱暴にドアを閉めると、玲音は出て行ってしまった。

　バス停で玲音と一緒になったけれど、固く口を閉ざした

玲音は、学校に向かうバスの中でもひとことも話さなかった。
　仕方がないので私もずっと黙っていた。
　下駄箱で上履きに履き替えていると、沙耶ちゃんがやってきた。
「おはよ、りり花！　今日も玲音くんと別々に学校に来たんだ。まだ仲直りしてないの？」
　返事をする代わりにコクンとうなずく。
「玲音くん、どうしたんだろうね？」
　先に教室に向かった玲音の背の高いうしろ姿を見送り、視線を落とす。
　玲音がなにを考えているのか、全然わからない。
　教室に入って荷物を置くと、沙耶ちゃんがニヤリと笑った。
「そういえば、りり花、最近、空手の道場に行ってるでしょ？」
「どうして知ってるの？」
　びっくりして、目を丸くする。
「うちの弟、りり花と同じ道場に通ってるんだよ。憧れの颯大さんが、めっちゃ可愛い彼女を連れて来たって騒いでてさ。よくよく話を聞いたら、りり花のことなんだもん。『颯大さん』、りり花につきっきりだったらしいじゃん？」
「つきっきりなんかじゃないよ。そもそも彼女でもないし。最近の小学生ってなにを言い出すかわからないね……」
　颯大が稽古をつけていた小学生のなかに、沙耶ちゃんの

弟くんがいたんだ。
「でもさ、道着を着て空手してる姿なんて見ちゃうとトキメかない？　しかも、その人めちゃくちゃ強くてかっこいいんでしょ？　『颯大さん』は道場中の憧れだって、うちの弟が大絶賛してたよ？」
　沙耶ちゃんが興奮気味に私の顔をのぞき込む。
「たしかに颯大は強いけど……」
「さては、最近つきあい悪いのは、その人に会いに行ってるからでしょ!?」
「道場に行ってるのは単なるストレス発散だよ？」
「じゃ、今日どっかいこうよ？」
「うっ……。ご、ごめん。今日は……」
　思わず言葉をのむと沙耶ちゃんが顔を寄せてきた。
「うわっ、めっちゃ怪しいーっ！　秘密主義者めーっ！　じゃ、どこに行くのか言ってみろー！　『颯大さん』のとこでしょーっ。正直に言わないならくすぐりの刑だっ！」
「や、やめてっ、沙耶ちゃんー!!」
　沙耶ちゃんとくすぐり合ってふざけていると、
「うるさいわね……」
　という冷たい声が頭上で響いた。
　顔をあげると目の前に立っているのは黒川さんだった。
「廊下まで、声が響いてるわよ」
「ご、ごめんなさいっ」
　その威圧的な態度に、沙耶ちゃんと一緒に思わず謝ってしまう。

「吉川さん、好きな人ができたなら、もう玲音くんには近づかないでね？　迷惑だから」
　黒川さんはそう言い捨てると、教室を出て、廊下にいる玲音のもとへと去っていった。
「なにあれ、感じ悪っ！　なんで私、あんな子に謝っちゃったんだろっ！」
　沙耶ちゃんがドンッと机をたたいた。
「もういいよ、沙耶ちゃん。玲音のことも黒川さんのことも放っておこう」
「玲音くんもなんなの!?　あんなに『りりちゃん、りりちゃん』ってベッタリくっついてたのに。りり花、玲音くんとなにかあったの？」
　沙耶ちゃんの言葉に唇をぎゅっと噛んだ。
　廊下で玲音と親しげに話している黒川さんの姿が目に入る。教室に背中を向けている玲音がどんな表情をしているのかは、わからない。
「なんで玲音があんなに怒ってるのか、本当によくわからない。今朝はいつもどおりうちに朝ご飯を食べに来たんだけど……」
　さすがにそれ以上のことは話せなかった。
「難しいお年頃ってこと？　まぁ、うちの弟も今そんな感じだけどね。甘えてきたと思ったら、急に機嫌悪くなったりしてさ。男ってよくわかんないよね」
　沙耶ちゃんの言葉に、何度も大きくうなずいた。

その日おばさんの病院に寄ってから自宅に戻ると、まだ玲音は帰っていなかった。
　壁にかけられた時計を見つめる。
　もう夕飯の時間なのに、玲音は帰ってこない。
　もしかしたらと思って、玲音の家をベランダからのぞいてみたけれど、人のいる気配はしなかった。
　電話もつながらない。
　玲音、なにしてるんだろう……。
　そのまま夜の８時になっても９時になっても、玲音は帰って来なかった。
　今までこんなことなかったのに……。
　もしかして、事故……とか？
　そう考えると急に血の気が引くような思いがした。
　でも、おじさんは仕事中だし、おばさんには心配かけられない。
　心臓が鈍い音を立てる。
　なんて、友達と遊びに行って、スマホの充電が切れちゃっただけなのかもしれないし。
　でも、そうは思っても、今までこんなことなかったから、やっぱり落ち着かない。
　なにも手につかないまま時間だけが過ぎていき、11時をすぎた頃、玲音から着信があった。
「玲音!?　こんな時間までなにしてるの？　大丈夫なのっ!?」
　思わず大きな声をだすと、しばらく気まずい沈黙が続い

た。
　少ししてから聞こえてきたのは、玲音の声ではなくて、可愛い女の子の声だった。
『あの、黒川です』
「は？」
『私、黒川由衣です。玲音くん、私と一緒にいるんで大丈夫です』
「玲音そこに一緒にいるの？」
『一緒……っていうか、一応報告しておくと、私たちつきあうことになったんで。だから、心配無用です』
「あ、そう、ですか……」
　玲音が無事でいると知って、ホッとしたような、それでいて落ち着かないような、つかみどころのない気持ちのままとまどっていると、
『そういうことなんで、もう電話かけてこないでください』
　と一方的に電話を切られてしまった。
　スマホを握りしめたまま、しばらく呆然とする。
　黒川さん、玲音と一緒にいるって言ってたから大丈夫だよね。
　そっか、玲音、黒川さんとつきあうことにしたんだ。
　『彼女でも作ってみたら』とは言ったけど、つきあうってこういうこと？　こんな時間までなんの連絡もなく？
　でも、本当の姉弟じゃないんだもん、玲音には私に連絡する義務なんてないんだよね……。

次の日も、その次の日も、玲音は夜遅くまで帰って来なかった。
朝ご飯も夕ご飯も、うちに食べに来なくなった。
部活も無断欠席が続いてる。
学校では目も合わせてくれない。
玲音は休み時間になるとすぐに教室を出て行き、授業もサボりがちになった。
成績は私よりずっといいから、留年する心配はないだろうけど、毎日こんなに遅い時間に帰ってきていることがおじさんにバレたら、大変なことになる。
玲音のおじさんは、普段はすごく温厚で優しいけれど、本気で怒ったときには容赦がない。
玲音のことならどんなことでもわかっているつもりでいたけれど、本当はなにもわかっていなかった。
何もしてあげられない自分が情けなくてたまらなかった。
どうしてこんなことになっちゃったんだろう……。
ポタポタとこぼれる涙を手の甲でぬぐった。

【玲音side】

「ねぇ、玲音くん。私、このまま泊まっても大丈夫だよ？ゆっくりしようよ？」
「じゃ、俺は帰るから、ひとりでごゆっくりどうぞ」

　黒川さんと目を合わせないまま、荷物を持って立ちあがった。友達と向かったカラオケに、なぜだか黒川さんもついてきた。

　勝手に人のスマホでりり花に電話して、あることないこと喋った挙句に、気がつけばふたりきり。勘弁してくれ。

　すると、黒川さんに制服の裾をつかまれた。
「あのね、よかったら明日から私が玲音くんのお弁当作っていくよ？　これでも料理にはちょっと自信があるんだ。吉川さんのお弁当より、ずっとおいしいと思うよ？」

　上目遣いで俺を見つめてくる黒川さんに、笑顔で答える。
「でも、俺、りりちゃんが作ったものしか食いたくないんだけど」

　それを聞くと、黒川さんの顔色が変わった。
「りりちゃん、りりちゃんって、いつまでも吉川さんにベタベタしてないで、いい加減吉川さんから離れたら？」

　本性を見せた黒川さんに、にっこりと笑いかける。
「勝手についてきてよく言うよね。黒川さんはさ、俺に興味があるわけじゃなくて、りりちゃんのモノを横取りしたかっただけでしょ？　りりちゃん、男子に人気があるもんね。りりちゃんはまったく気づいてないみたいだけど」

「べ、別に、そんなんじゃ……」
　途端に視線を泳がせた黒川さんに、笑顔を消して視線を冷たく尖らせた。
「俺、あんたみたいな女、一番キライ。次にりり花にくだらないイタズラしたら、マジで許さないからね？」
「ちょっと、どういうこと!?」
「そういうこと。じゃーね、黒川さん」
「なにそれ、最低っ‼」
「うん。俺、かなり最低だよ？　知らなかった？　だからもう誘ってこないでね？」
　ベタベタと触ってくる黒川さんの手を振りほどいて、スマホを取り出した。
「みんなそこにいる？　俺、今から合流してもいい？」
　カバンを手に取ると、中学時代の友達がたまっているコンビニに向かった。もう、なにも考えたくなかった。
　りり花の無邪気な笑顔や、優しい手のひらが、別の男のものになってしまうのを近くで見るくらいなら、りり花に嫌われたほうがマシだった。
　俺はいつまでたっても、『可愛い玲音』のまま。男としては見てもらえない。
『玲音のことは、大好きだよ。小さいときからずっと、大好きだよ』
　りり花の言葉が頭から離れない。
　世界で一番優しくて、世界で一番残酷なりり花の言葉だ。

【りり花side】

　もうすぐ11時半になるっていうのに、玲音はまだ帰ってこない。
　しばらく悩んで、玲音の家の前で待つことにした。
　ちゃんと玲音と話さなきゃダメだ。
　こんなこと続けてたら、いくら成績がよくても本当に留年しちゃうかもしれない。
　ソワソワと落ち着かない気持ちで待っていると、午前０時をすぎた頃、やっと玲音は帰ってきた。
　ふらふらとこっちに向かって歩いてくる玲音に声をかけようとして、思わず両手で口をおさえた。
　ううっ、お酒臭いっ!!
「りりちゃん、こんなところでなにしてんの～？」
　夜中にもかかわらず大きな声を出した玲音に、声をひそめて逆にたずねる。
「玲音こそ、こんな時間までなにしてるの!?　毎日毎日、部活サボってこんな遅くまで！」
「別にー。普通の高校生らしくセイシュンしてるだけだよ？りりちゃんが言ったんじゃん。『普通の高校生らしく楽しんでみたら』って。言われたとおりに楽しんでるだけだよ？りりちゃんだって楽しんでるんでしょ」
「玲音、お酒なんて飲んでなに考えてるの？　黒川さんにもお酒飲ませてるの？」
「へーっ。りりちゃんって、こんなときにもあんな子のこ

と心配しちゃうんだねぇ。さんざんあいつに嫌がらせされてたのにさ」
「しーっ!!　玲音、真夜中なんだから廊下で大きな声出さないでっ。ほら、早く部屋に入って！」
　ふらふらと足元のおぼつかない玲音を、力ずくで部屋に入れた。
「玲音、おじさんにこんなところ見られたら、めっちゃ怒られるからさっさと寝ちゃうんだよ？　明日は授業サボんないで、ちゃんと部活にも出るんだよ？」
「はーいっ！」
　ヨロヨロと歩く玲音に肩を貸して、ベッドまで連れていった。
　玲音を横に寝かせて、お布団をかける。
　あー……お酒くさい……。
　窓を開けておかないと、おじさんにバレちゃうかもしれない。冬じゃなくてよかった。
　玲音の部屋の窓を開けて、横になっている玲音に近づいた。
「玲音、朝ご飯に食べられそうなものを冷蔵庫に入れておくから、明日の朝はそれ食べてね？」
　そう伝えると、玲音は私から顔を背けたままつぶやいた。
「……りりちゃんはさ、俺がほかの女の子と遊びに行っても全然気にならないんだね？」
「え？」
「本当に俺のことなんか、なんとも思ってないんだね？」

「玲音、なに言ってるの？　玲音のこと心配してるから、こうして待ってたんでしょう」
「『心配』なんてしなくていいよ。もうさ、いいじゃん。俺のことなんてほっとけよ」
「こんな時間まで毎日遊び歩いてる玲音を、ほっとけるはずないでしょっ」
　そう言った途端、すごい力で玲音に腕をつかまれた。
「えっ!?」
　うわわっ!!
　玲音に強く引っ張られて、ぐるんと視界が反転する。
　ハッと気がついたときには、体勢が逆転していた。
　ベッドにあおむけに転がされた私の上に、玲音が馬乗りになっている。
「……玲音、なにしてるの？」
　なにこの馬鹿力……。
　玲音なんて簡単に投げ飛ばせると思ってたのに、
　私の手首を固くつかんでいる玲音の手を、ふりほどくことさえできない。
　驚いて玲音を見あげると、玲音はトロンとした目つきで私を見おろしている。
　ダメだ、完全に酔っ払ってる。
「玲音飲みすぎだよ。お酒なんて飲んだことないのに……。もうすぐお母さんが帰ってくる時間だから、私も帰らなきゃ」
　そう言って起きあがろうとするものの、玲音は私の手首

を強くつかんだまま。
「あー、もうっ！　離してっ！」
　手足をバタつかせて起きあがろうにも、両手をベッドに張りつけられているうえに、玲音が上に乗っかっているから、まったく身動きがとれない。
「もう、玲音‼　離してって言ってるのっ‼」
「りりちゃんはさ、なんにもわかってないよね？」
「なにが？」
　そのまま、玲音はゆっくりと私に顔を寄せた。
「玲音？　……どうしたの？」
「ふふっ」
　お酒くさい息を吹きかけられて、思わず顔をしかめる。
　酔っ払って顔を近づけてきた玲音は、そのまま、ためらうことなく、自分の唇を私の唇に……重ねた。
　……え？
「玲音、な……にしてる……の？」
　唇を離した玲音は、私の手首をつかんだまま、じっと私を見おろしている。
　これって、……キ……ス？
　なんで⁉
「れ、玲音っ！　相手間違えてるっ‼　私、黒川さんじゃないよっ‼　もう、やだ、酔っ払いすぎ‼　つうか、キスなんてして絶対許さないからっ‼　酔いが覚めたら覚えておいてよ⁉」
　ジタバタと暴れながらそう言うと、玲音はもう一度唇を

近づけてきた。
「ちょっ、玲音っ!!」
　……んっ!!　く、くるしいっ!!
「ハァハァ……いい加減にしてよっ！　この酔っ払いっ！」
　玲音の体の下から、玲音を睨みつける。
「りり花、俺、相手間違えてないよ？」
「え？」
「ついでに言うと、俺、酒は飲んでるけど全然酔っ払ってないよ？」
「玲音、なに言ってるの？」
「りり花は、俺が本当に昔のまま変わってないと思ってるの？」
　気がつけば、玲音の目つきは酔っ払っている人のまどろんだ目つきではなくて、いつもの玲音の目つきに戻っていた。
「りり花、本気で俺が小さい頃のままだと思ってたの？　俺、普通に欲情しちゃう普通の高校生だよ？」
　息をのんで玲音を見上げる。私の知っている玲音の言葉だとは思えない。思いたくない。
　あまりのショックに言葉を失う私にかまわず、私を見下ろしながら玲音が続けた。
「昔のままの玲音でいたら、りり花の一番近くにいられると思って、りり花に甘えてただけだよ？　俺、りり花が想像もできないようなエグいことだって妄想するし、頭のなかで何度もりり花と、すごいことしてるよ？　いつまでも、

りり花の可愛い玲音クンだとでも思ってた？　変わってないのはりり花だけだよ？」
　そう言うと、玲音は私の首筋に唇をあてた。
「……玲音、なにしてるの？」
　頭の中がまっしろになる。
「りり花、あいつとは何回くらいしたの？　あいつ、よかった？　俺の知らないとこで何回、男、部屋に連れこんでたの？」
「玲音、なに言ってるの？　なにしてるの!?　もうっ、やめてっ!!」
　唇を滑らせる玲音に本気で抵抗していると、ガチャリと鍵が回る音がした。
　玲音が気を取られた隙に、体を思い切りそらし両足で玲音のお腹を蹴飛ばして、玲音の部屋を飛び出した。
「ああ、りりちゃん来てたのか」
「こ、こんばんは!!」
　おじさんへの挨拶もそこそこに、自分の家に駆け込んだ。
　心臓がドクンドクンと激しく脈打っている。
　なんで、あんなことしてきたの？
　意味わかんない……。じわりと浮かんでくる涙をこらえながら、手の甲で何度もゴシゴシと唇をこすった。
　初めて玲音のことを、怖いと思った。
　知らない男の人みたいだった……。
　あんなの、玲音じゃない……。
　……玲音のバカ。

第 3 章
幼なじみ卒業

すれ違う気持ち

　翌日の学校では、玲音となるべく顔を合わせないようにして過ごした。
　一晩たったら、怖かったことよりも、悲しかったことよりも、フツフツと怒りが湧きあがってきて、玲音に殴りかかりそうになる自分を抑えるのに必死だった。
「りり花、どうしたの？」
「……なんでもない」
　いつもどおり、教室で友達とふざけあっている玲音に尖った視線を向ける。
　あんなことして、絶対に許さないんだからっ！
「りり花、大丈夫？」
「え？　……あ、うん、大丈夫だよっ！」
　玲音を睨みつけていたら、沙耶ちゃんが心配そうに私の顔をのぞき込んだので、慌てて笑顔を作った。
「あのさ、今日彼とカラオケ行くんだけど、よかったらりり花も一緒に来ない？　彼の友達がりり花に会いたがってさ。紹介してくれってずっと言われてるの」
「カラオケかぁ」
　今、カラオケに行ったら、ものすごく暗い歌ばっかり選んじゃいそうだなぁ。
「気分転換にもなるだろうし、いつまでも玲音くんのこと気にする必要ないんじゃない？　りり花も彼氏作って、高

校生らしく楽しもうよっ！　早くりり花とダブルデートしたいな〜」
「ダブルデートかぁ」
　ぼんやりと答えて前を向くと、パッと玲音と目があった。
　でも、すぐに目をそらされた。
　はぁ。
　なんで私が無視されなきゃいけないんだろ……。

　放課後になっても、やっぱり遊びに行く気分にはなれなくて、帰り際、沙耶ちゃんに謝った。
「ごめんね、もっと楽しめる気分のときに行かせてもらうね。今日は私がいると盛りさげちゃいそうだから……」
　それを聞くと沙耶ちゃんは眉をさげた。
「そっかぁ、残念。彼の友達がすごくりり花に会いたがってるんだけどなぁ」
「本当にごめんね」
　沙耶ちゃんと話していると、視界の隅に友達と帰っていく玲音の姿が映った。
　これまで当たり前のように一緒に過ごしていた玲音と、こんなに長い時間離れているのは、初めてのことだった。

　家に帰ると、ソファの上で膝をかかえて座りながら、ため息をついた。
　玲音は今頃、黒川さんと一緒にいるんだろうな。
　玲音のために夕飯を作る必要はもうないんだ。

楽になったはずなのに、気持ちは落ち込んだまま。
　自分のためだけに夕飯を作る気にはなれない。
　こんなことなら、沙耶ちゃんと一緒に遊びに行けばよかった。
　お腹が空いたから冷蔵庫に入ってたものを適当につまんだけど、なんの味もしなかった。
　ひとりの夜が、こんなに寂しいものだなんて知らなかった。
　ひとりで見るテレビって、なんだかつまらない。
　ひとりで過ごす夜の時間が、こんなに長いものだなんて知らなかった。
　そっか……。
　玲音がいてくれたから、私、ひとりぼっちじゃなかったんだ。
　なんでこんなことになっちゃったんだろう……。
　ポロポロとこぼれた涙の理由が、そのときの私にはよくわからなかった。

　翌朝、学校に行くと、沙耶ちゃんが言いにくそうに口を開いた。
「りり花、昨日ね……」
「あっ、昨日はカラオケ行けなくてごめんね？」
　沙耶ちゃんに謝ると、沙耶ちゃんはぶんぶんと首を横に振った。
「そうじゃなくてさ、カラオケで偶然玲音くんと会ったん

だよ」
「へー……」
「玲音くん、りり花のことを探してるみたいだった。教室で私たちの話を聞いて、りり花のことが心配になったんじゃないかな？」
「まさか、ただの偶然だよ。だって玲音、女の子連れてたんでしょ？」
「でも、玲音くんが連れてた女の子、黒川さんじゃなかったんだよね」
「え？」
　沙耶ちゃんの言葉に、動きを止めた。
「知らない学校の制服着てる子だった」
「そう、なんだ……」
　黒川さんじゃないって、どういうことだろう。

　授業が始まると、ななめ前の席に座っている玲音を見てため息をついた。
　玲音、なに考えてるんだろう。
　『彼女でも作ったら』とは言ったけど、いろんな女の子と遊び回れって意味じゃない。
　12年以上一緒に過ごしてきたって、離れるときはあっという間だ。
　胸の奥がズキズキと痛む。
　なんでこんなことになっちゃったんだろう……。
　放課後、廊下でばったり黒川さんに会うと、気まずそう

にパッと目をそらされた。
　なにがなんだか、わからなかった。

　道場に行って体を動かしてスッキリしたいところだけれど、大会前の道場はいつもピリピリとした緊張感で空気が張りつめている。軽い気持ちで遊びに行って、みんなの練習の邪魔をすることはできない。
　放課後、玲音のことをぼんやりと考えながら保育園の前を通ると、園庭で砂遊びをしていた小さな女の子が私に向かって手を振った。
　反射的にニッコリと笑って、手を振り返す。
　あれ、あの子……。
　よく見ると、朝のバスでお母さんに抱っこされていた女の子だった。
　フェンス越しにその女の子に手をふっていると、園長先生に声をかけられた。
「りり花ちゃんだよね？　久しぶり!!　りり花ちゃん、桜(さくら)ちゃんと知り合いなの？」
「園長先生!!」
　びっくりして思わず大きな声を出す。
　この保育園には中学生の頃、職場体験でお世話になったことがあった。
「園長先生、お久しぶりです！　この前、朝のバスで会ったんです。桜ちゃんっていうんだね？　私のこと覚えていてくれたの!?」

園長先生に手招きされて、扉を開けて園庭に入った。
　近づいてきた桜ちゃんの頭をそっとなでると、桜ちゃんがニコニコと笑った。
　すると園長先生がとても驚いた顔をした。
「桜ちゃん、人見知りが激しいのに珍しいなぁ」
「園長先生こそ子供たちと園庭で遊ぶなんて、珍しいですね」
　職場体験でこの保育園を訪れたときには、園長先生はずっと職員室で事務仕事をしていた。
「実はね、最近保護者からの要望もあって、夜８時まで保育時間を延長したんだよ。役所の許可もおりてね。そしたら予想以上に希望者が多くて……」
　顎にたくわえた白いヒゲをなでながら、園長先生が疲れた表情を浮かべる。
「それで、園長先生も子どもたちの面倒を見ているんですね。大変ですね……」
「すぐには補助の先生も見つからないからね」
　園長先生との話を終えて、園庭で桜ちゃんと遊んでいると、ほかの子たちも集まってきた。
　桜ちゃんたちと砂場でお山を作ったり、おままごとをして遊んでいると、その様子をじっと見つめていた園長先生に声をかけられた。
「りり花ちゃん、もしよかったら補助員として夕方からアルバイトしてみないかい？」
「え？」

「たしか、りり花ちゃん、保育士志望だったよね？ もし、まだ気持ちが変わってないなら、補助員としてやってみないかい？ りり花ちゃんの時間が空いているときだけでいいんだけど」

保育園でアルバイト？

私を取り囲むチビちゃんたちを、ぐるりと見回す。

こんなに可愛い子供たちと遊んで、バイト代がもらえちゃうの!?

「やりますっ！ やりたいっ！ やらせてください!!」

家にいてもモヤモヤすることばかりだし、ふたつ返事で園長先生の申し出を引き受けた。

「園長先生、今日、このままお手伝いしてもいいですか？ バイト代はいらないので」

子供たちの砂で汚れた手を水道で洗いながら、園長先生にたずねる。

「ああ、助かるよ。先生たちにも伝えておくから」

園長先生はそう言って、ゆっくりと腰を伸ばすと職員室へ入って行った。

やったぁ！

保育園で手伝わせてもらえるなんて、思ってもみなかった！

子供たちと遊んだり、帰りの支度を手伝っていたら、あっという間に閉園時間になった。

みんなのおかげで、玲音のことも考えずに過ごせた。

お迎えの時間になると、保育園は途端に忙しなくなる。

「りりちゃん先生、明日も来る？」
「うん、来るよ！」
「わーいっ！」
　ぴょんぴょんと跳びはねて喜んでいる子供たちひとりひとりと握手をして、お別れの挨拶をした。
　小さなプニプニの手のひらに、キラキラの瞳で見つめられて、たまらなく可愛いっ!!
「りりちゃん先生、さよーならー」
「さようなら」
　お母さんやお父さんと手をつないで帰っていく子供たちを、先生たちと見送った。
　『先生』なんて呼ばれちゃうと、なんだか嬉しいような、くすぐったいような気持になる。
　後片付けを終えて保育園を出るころには、日もすっかり沈み、あたりは真っ暗になっていた。

「吉川さん、親父が無理言ってごめんな？」
　帰りは園長先生の息子さんで、同じく補助員としてアルバイトをしている大学生の圭介さんに、マンションまで送ってもらった。
　茶髪でちょっとチャラい感じのする圭介さんは、子供たちにすごく人気がある。
「家にいてもすることもないし、子供たちといるとすごく癒されるし、とにかく楽しかったです！」
　圭介さんはポケットに手をつっこんで歩きながら、浮か

れている私をちらりと見た。
「りり花ちゃんは、将来保育士になりたいの？」
「はいっ！　幼稚園の先生もいいけど、子供たちの日常のお世話ができる保育園のほうが楽しそうだなーと思って。それに、保育園には赤ちゃんクラスもあるし！　あのプニプニしたほっぺに触ると、イヤなこともぜーんぶ吹き飛びますよね！」
　子供たちの可愛い笑顔を思い出すと、頬がゆるむ。
　すると、圭介さんがそんな私を見て小さく笑った。
「りり花ちゃんは、保育士に向いてるよ。羨ましい」
　視線を落としてそうつぶやいた圭介さんに、思わずたずねる。
「羨ましいって、どうしてですか？」
「りり花ちゃんは力もあるし、なにより子供が好きだからさ」
　んん？　……力？
　引っかかる点はあるけれど、私は話の続きを聞いた。
「俺の場合は、親が保育園やってるから、家業みたいなところがあってさ。自分で選んだ仕事かっつうと、ちょっと違うんだよな」
　そう言って、口を歪めて小さく笑った圭介さんをじっと見つめる。
「園長先生に継いでくれって、言われてるんですか？」
　なんとなく、園長先生はそんなこと言わない気がする。
「いや、そういうわけじゃないけど」

頭をかきながら圭介さんが答える。
「それなら圭介さんは、やりたい仕事をすればいいんですよ！　もし圭介さんが結婚する人が保育士さんなら、奥さんが保育園を手伝えるかもしれないし！」
　すると圭介さんはハッとしたように目を見開いた。
「そっか。それは考えたことがなかったな」
「私はお家が保育園なんて、羨ましいなぁ。毎日あの子たちと遊べるんだもんっ！」
「じゃ、りり花ちゃんに俺のお嫁さんになってもらおうかな？」
　……はい？
「くくっ、冗談だよ、冗談！　りり花ちゃん、ピュアだなぁ。安心して。俺、ちゃんと彼女いるから」
　わわっ、そっか！　冗談か！　冗談だよねっ！
　は、恥ずかしっ‼
　マンションの前まで来ると、圭介さんはぴたりと足を止めた。
「このマンションだっけ？　じゃ、ここで大丈夫？」
「はいっ！」
「じゃ、また明日ね、未来のオヨメサン？　くくくっ」
　圭介さんは小さい子供にするように私の頭をなでると、ゲラゲラと笑いながら帰っていった。
　恥ずかしっ。
　圭介さんを見送り、マンションの入り口へ足を向けると、そこに玲音が黙って立っていた。

わわっ、びっくりしたっ！
「こんな時間までなにしてたの？　つうか、誰、あれ。新しい男？」
　目を合わせないまま、吐き捨てるようにつぶやく玲音の腕をぐいっとつかんだ。
「そんなことより、玲音、この前の……」
　けれど、玲音は最後まで私の話を聞くこともせず、私の腕を振り払った。
　くるりとうしろを向いた玲音は、私に背を向けて、さっさとマンションの中に入ってしまった。
　玲音、ちゃんとご飯食べてるのかな。
　制服の替えもうちに置かれたままだし……。
　仕方なく、家に帰ると洗ったシャツや靴下や洗い替え用のジャージを紙袋にいれて、玲音の家のドアにかけておいた。

　翌日の休み時間、教室の片隅で男子が輪になって大騒ぎしていた。
「え、玲音、マジであの子たちと遊びに行ったの？　カラオケで声かけてた子たちだろ？」
「玲音がナンパすると百発百中だもんなー」
「でも、すごくね？　マリア女学園なんて」
　そんな会話が聞こえてきて、胃がキリキリと痛む。
「ちょっと、りり花、大丈夫？」
「うん、大丈夫……」

心配そうに私を見つめる沙耶ちゃんに、笑顔を作る。
「なんかさ、反抗期の弟が道を踏み外しかけてるのに、見守ることしかできない姉の無力さを痛感中……みたいな感じ？」
　そう言っておどけて笑うと、沙耶ちゃんは真顔でじっと私を見つめた。
「あのさ、りり花。もう玲音くんのことは放っておいていいんじゃない？　最近の玲音くん、あんまりいい噂聞かないよ。黒川さん、玲音くんのことボロクソに言ってるみたいだし。とにかく、りり花が責任感じる必要なんてないんだよ？　本当の兄弟でもないんだしさ。りり花もこれを機に玲音くん離れしようよ」
「そうだね……」
　玲音離れか。
　たしかに沙耶ちゃんの言うとおりなのかもしれない。
　玲音だって、こんな口うるさい幼なじみと一緒にいるより、可愛い女の子と過ごすほうが楽しいだろうし……。
　お昼休みになって、お弁当を渡そうと玲音に近づくと、玲音は私を無視してさっさと教室から出て行ってしまった。
「ははっ、余っちゃった……」
　なんとなく気まずくて、誰に言うともなくひとりでつぶやいた。
「じゃ、それ俺もらってもいい？」
「え？」

一部始終を見ていた図書委員の山本くんが、私の手にしている玲音の大きなお弁当箱を指さした。
「本当？」
「吉川の弁当食ってみたかったから、ちょっと嬉しいかも。吉川、毎日自分で弁当作ってんだろ？　すげーよな」
　おだやかに笑った山本くんと話していたら、少し救われた。
「食べてくれたらすごく助かる。さすがにお弁当ふたつも食べられないし。口に合わなかったらごめ……」
　そう言って山本くんにお弁当を渡そうと手を伸ばしたときのことだった。
　私たちの会話をさえぎるように、突然教室に戻ってきた玲音が、山本くんに渡そうとしていたお弁当を乱暴に取りあげて、教室を出ていってしまった。
　あまりに一瞬の出来事に、山本くんと気まずい雰囲気のまま向きあう。
「山本くん、ごめんね？」
「ううん、大変だね、吉川さんも」
「……ははっ」
　曖昧に笑ってみたものの、やっぱり玲音が考えていることがまったくわからない。
　はぁーっ。
　どうしたらいいんだろ……。
　肩を落として自分の席に戻ると、沙耶ちゃんがガタンガタンと音を立てて私の前の席に座った。

「あのさ、もう玲音くんのお弁当作らなくていいんじゃない？　最近の玲音くん、めちゃくちゃじゃん。正直、りり花が振り回されてるところを見てるとムカつく。りり花のこと、なんだと思ってんだろ」
「まぁ、好きでやってきたことだから仕方ないよ。別に気にしてないし……」
　正直こんなことになるとは思わなかったけど。
　ふう……。
　最近、ため息ばっかりついてるなぁ。

　帰りのホームルームが終わると、沙耶ちゃんがカバンをかかえてやってきた。
「ねぇ、りり花、ストレス発散に買い物行かない？　それで夜ご飯一緒に食べて帰ろうよ。もう玲音くんの夕飯作らなくていいんでしょ？」
　玲音に尖った視線を向けている沙耶ちゃんに謝った。
「ごめんね、沙耶ちゃん。今日から保育園でアルバイトなの。その前にちょっと寄りたいところもあって……」
「寄りたいところって、もしかしてまた空手道場？」
「え、いや、あの……」
「さては、颯大って人に会いに行くんでしょ？　さっき、メッセージきてたもんねぇ～」
「さ、沙耶ちゃん、なんで知ってるの!?」
「りり花、机の上にスマホ置きっ放しにしてたから。りり花のスマホに玲音くん以外の男からメッセージなんて珍し

いもんねっ！」
「そ、そんなんじゃないよっ」
　慌てて首を横に振ったけれど、沙耶ちゃんはニヤニヤと笑っている。
　お昼休みに颯大から、『左足、完全復活！　優勝狙うよ。だから心配するな』ってメッセージがきていた。
　大会までに左足が治ってホッとした。
　すると、沙耶ちゃんが私の顔をのぞき込んで小声でささやいた。
「りり花、今度『颯大さん』紹介してよ」
「本当にそんな関係じゃないんだって」
　けれど、なにを言っても沙耶ちゃんは信じてくれなくて、
　『弟を見にいくフリして、りり花の彼氏を見に行っちゃおうかな』なんて言っていた。
　くぅ。参った……。
　今日は病院に寄ってからアルバイトに行くつもりだった。
　けれど、できたら早めに来て欲しいと園長先生から連絡があったので、学校からまっすぐに保育園にむかった。

幼なじみの本心

　保育園に着くと、私に気がついた桜ちゃんがテケテケと駆け寄ってきた。
　それを合図に、ほかの子もヨチヨチとやってくる。
　集まってきた子ひとりひとりと、手を握って挨拶をしていると、うれしい気持ちと緊張がまじりあってドキドキしてしまう。
　なんだか本当の先生になったみたい！
　園庭に出て、みんなと砂遊びをして遊んでいると、キャッキャッと子供たちの高い笑い声が園庭に響く。
　大きな砂山を崩さないようにみんなでトンネルを掘っていると、園長先生に呼ばれた。
　いつもはおだやかな園長先生の深刻な表情に、ただごとではないと感じ、息をのんだ。
「りり花ちゃん、お母さんに連絡して。すぐに病院に行くようにって」
　園長先生にうながされて職員室に戻り、震える手でスマホを確認すると、うちのお母さんと玲音のお父さんから何件もの着信が入っていた。
　お母さんに電話すると、おばさんの容体が急変したので、すぐに病院に行くようにと言われた。
　背中を冷たい汗が伝う。
『りり花、玲音くんにも連絡して。玲音くんのお父さんも

病院に向かってるから！』
「わかった」
　お母さんにはそう答えたものの、頭の中が真っ白になって、なにも考えられない。
　おばさんの容体が、急変……ってどういうこと……？
　……あ、電話っ。
　玲音に電話、しないとっ……！
　震える指先で玲音のスマホに電話をかけるけれど、なかなか電話はつながらない。
　呼び出し音が鳴って、聞こえてきたのは、機械的なアナウンスの声だった。
『この電話番号はお客様のご都合によりおつなぎすることができません……』
　このアナウンスって……。
　私、もしかして、着信拒否されてる？
　なんで!?
　こんなときに!!
　そもそも、どうして玲音がこんなに怒ってるの!?
　怒っていいのは、私のはずなのに!!
　あーっ!!　もうっ!!
　とりあえず、園長先生に事情を説明すると、病院行きのバスに乗るためバス停まで走った。
　玲音のお母さんの患っている病気は、難病の一種に指定されていて、病状が急激に悪化することがある。
　一緒に折り紙を折って遊んでいたおばさんが、突然意識

をなくして集中治療室に運ばれたこともあった。
　お母さんはそんなおばさんをずっと見てきたから、玲音を我が子のように可愛がり、私と一緒に育ててきたのかもしれない。
　でも、わたしはおばさんが病気だから……とか、そんな理由ではなくて、ただ、おばさんと一緒に過ごす時間が好きだった。
　そして、玲音と一緒に過ごす時間が、好きだった。

　バスに揺られて、夕闇に染まりはじめた空を見つめながら、小さかった頃のことを思い出す。
　保育園時代、ふたりでお留守番をしていたら、玲音がおばさんに会いたがって泣きだしたことがあった。
　おじさんの仕事が忙しくて、病院に行けない日が続いていて、どれだけ励ましても玲音は泣き止んではくれない。
　それなら私が玲音を病院まで連れて行こうと家中の小銭をかき集めて、玲音と一緒にバスに乗った。
　けれど、行き先の違うバスに乗ってしまった私たちが降りたのは、見ず知らずの停留所。
　薄暗くなりはじめた知らない土地で、泣き続ける玲音の手を握りながら、本当は私も不安でたまらなかった。
『大丈夫、もうすぐ着くよ。もうすぐおばさんに会えるからね』
　必死に玲音に言い続けたけれど、本当は私も怖くてたまらなくて、膝がガクガクと震えていた。

迷いながらたどり着いた交番で、事情を知った警察官が、おばさんの病院まで私たちを連れていってくれた。
　無事におばさんの病室に着いたとき、おばさんは玲音と私を両手で同時にギュッと抱きしめてくれた。
『りりちゃん、よくがんばったわね。怖かったわよね。玲音をここまで連れてきてくれて、ありがとう。りりちゃん、えらかったわね』
　そう言いながら、優しく私の頭をなでてくれたおばさんの手のひらの温かさは、今でも忘れられない。
　本当は不安でたまらなかった私は、おばさんの胸のなかでわんわん泣いた。
　大丈夫。
　おばさんは絶対大丈夫。
　おばさんは絶対に死んだりしない。
　おばさん……は、大丈夫……。
　バスの振動に合わせて、握りしめた拳に涙がポタポタとこぼれた。
　玲音のバカッ……。
　こんなときに……。

　病院に着くと、すぐにおじさんが集中治療室まで案内してくれた。
「すみません、おじさん。玲音と連絡がとれなくて……」
　不安で声がかすれた。
「留守電には残しておいたから、そのうち来るだろう。そ

れより、りりちゃん。いつも、玲音の面倒を見させてしまって、ごめんな」
　黙って首を横に振ると、おじさんに頭をポンポンとたたかれて、その手のひらの温かさに、堪えていた涙がまたひとつこぼれた。
　集中治療室の前の長椅子(ながいす)で、おじさんと並んで座る。
　おばさんは大丈夫、絶対に大丈夫……。
　何度も心の中で繰り返すけれど、病院の静けさに不安は増すばかり。

　集中治療室の前でおばさんの無事を祈って２時間近くがすぎた頃、ようやく玲音は病院にやって来た。
　バタバタと顔を強張らせて駆けつけてきた玲音からは、甘い香水の匂いとお酒の匂いがする。
　パチン!!
　気がつけば、玲音の頬を思い切りたたいていた。
「玲音、こんなときになにしてるの!?　私のことを着信拒否しても無視してもかまわないっ！　でも、病院からの連絡くらいは、ちゃんととりなさいよっ!!　玲音のお母さんでしょ!?」
「りり花には関係ないだろっ」
　私から目を背けたままそうつぶやいた玲音に、怒りがこみあげてきた。
　ぎゅっと握った手が、怒りで小刻みに震える。
「私には関係なかったとしても、玲音には関係あることで

しょっ！」
「関係ねぇんだよ。あの人も……」
「あの人……？」
　信じられない思いで、玲音を見つめた。
「生まれたときからずっと入院してて、こんなときだけ母親ですって言われたって、なんにも感じねぇんだよっ!!」
　怒りに任せてもう一度手を振りあげたそのとき、その手を玲音のお父さんにつかまれた。
「りりちゃん、ありがとう。ちょっと玲音と大切な話があるからいいかな」
　コクンとうなずくと、おじさんは玲音を連れて主治医の先生と話をするために、奥の部屋に入っていった。
　誰もいなくなった廊下で、長椅子に座ってギュッと唇を噛み締める。
　玲音はなにもわかってないっ。
　悔しくて悲しくて、制服のスカートの裾を強く握り締めた。
　玲音とおじさんが主治医の先生と話している間、ひたすらおばさんの無事を願う。
　おばさんは絶対に大丈夫……。
　そればかりを何度も心のなかで繰り返す。
　しばらくすると、主治医の先生の説明を聞き終えた玲音が奥の部屋から出てきた。
　玲音は下を向いたまま私に向かって歩いてくると、黙って私の隣に座った。

おじさんにもたたかれたのか、玲音は唇の端に血をにじませている。
　おじさんはまだ奥の部屋で、主治医の先生と話している。
「いきなりたたいてごめん。それ、冷やしたほうがいいかも……」
　カバンからハンカチを取り出すと、玲音は黙って首を横に振った。
「おばさんは？」
「手術することになるかもしれない……」
　淡々と伝えられたその言葉に、思わず息をのんだ。
　玲音のお母さんは以前、輸血に強い拒絶反応を起こしたことがあって、輸血を受けることができない。
　そのため、手術となるとものすごく高いリスクを背負うことになってしまう。
　おばさんの背負うリスク……。
　それは、もう二度とおばさんに会えなくなってしまうことを意味する。
「絶対に手術にはならない。おばさんは大丈夫だから」
　隣に座っている玲音にではなく、自分に言い聞かせるようにそうつぶやいた。
　集中治療室に医師が出入りするたびに、おばさんの容体が急変したのではないかと、心臓が鈍い音を響かせる。
　玲音も、集中治療室の重い扉が開閉するたびに、体を硬くしている。
　そんな玲音の顔を見ないまま、私はポツポツと話しはじ

めた。
「あのさ、玲音の好きなハンバーグや里芋(さといも)の煮っころがし、あれってうちのお母さんの味じゃないんだよ」
「なんの話だよ、いきなり……」
　ぶっきらぼうにそう言った玲音を無視して、話し続けた。
「私がうちのお母さんに教えてもらったのは、ご飯の炊き方とパスタの茹(ゆ)で方くらい。うちのお母さんなんて『スーパーで売ってるハンバーグが一番おいしいわよね』なんて言ってるくらいだし」
「だから、なんの話してんだよ……」
　玲音が顔をしかめる。そんな玲音のことをじっと見つめた。
「全部、おばさんの味なの。私に料理を教えてくれたのは、玲音のお母さんなんだよ」
「……は？」
　私は握りしめた手のひらを見つめたまま、深く息を吸った。
「中学に入学した頃、おばさんにレシピの書かれたノートを渡されたの。『玲音に、母親らしいことをなにひとつしてあげられなくて、情けない。手料理ひとつ食べさせてあげられない』って、おばさん泣いてた。『もし、お願いできるなら時間があるときに、私の代わりに玲音に料理を作ってあげてくれないか』って、おばさんに頭さげて頼まれたの……」
　あの日のおばさんのツラそうな顔を思い出して、思わず

目を伏せた。
「だから、玲音が好きな鶏のから揚げも、ひじきの煮物も、全部おばさんの味なの。うちのお母さん、料理なんて全然しないんだから。ピーマンを食べてくれないって言ったら、『細かく刻んでハンバーグに入れてみたらどうかしら』って教えてくれたのもおばさん。玲音の好きなジャーマンポテトも、揚げ出し豆腐も、全部おばさんに教えてもらったの」
　おばさんの話をしていたら、おばさんのおだやかな笑顔を思い出して、涙がじわりと浮かんできた。
「それだけじゃないよ。汚れたワイシャツの漂白の仕方とか、玲音のジャージの泥汚れの落とし方とか、そういうのを私に教えてくれたのは、全部おばさんなんだよ」
　お料理や家のことをお母さんの代わりに私に教えてくれたのは、おばさんだった。
　玲音のおばさんは、私にとって大切なもうひとりのお母さんだった。
　病院でおばさんと話せる時間が、なによりも楽しみだった。
「なんでそんなに俺の母親と会ってんだよ……」
　突き放すようにそう言った玲音に、ポツリポツリと話し続ける。
「中学に入ってから、玲音、部活が忙しくなって、全然病院に行かなくなったから……」
　それを聞いて、玲音が動きを止めた。

「りり花、もしかして病院に来るために部活に入んなかったの……？」

　大きく目を見開いて、私に視線を向けた玲音に首を横に振った。
「誰かのため、とか、そういうんじゃない。私は、自分がやりたいと思ったことしかしてない。私がおばさんに会いたくて、ここに来てただけだよ」

　扉の向こうにいるおばさんのことを思いながら、じっと玲音を見つめた。
「おばさんはこの病院で、毎日、玲音のことを考えてた。なにもしてあげられないって自分のことを責めながら、毎日玲音のことを考えてたの。この前作った竜田揚げも、『玲音が好きそうだから』っておばさんが教えてくれたレシピどおりに作ったの。だから、おばさんのこと、関係ないなんて言わないでよっ！　『あの人』なんて言い方しないでっ」

　悔しくて悲しくて、こらえていた涙がポロポロとこぼれてきた。

　静かな廊下に私が鼻をすする音だけが響いた。

　灰色のリノリウムの床からゆっくりと視線を移すと、玲音はただ、肩を震わせていた。

　その姿に、もう昔の玲音じゃないんだと気づかされた。

　昔だったらこんなときは、ぎゅっと抱きしめてあげることができた。

　でも、玲音の骨ばった大きな背中は、あのころとは違う。

第3章 幼なじみ卒業

　もう、玲音は声をあげて泣いたりはしないんだ。
　歯を食いしばって涙をこらえている玲音を見ながら思う。
　玲音はもう、可愛かった私の玲音じゃない。
　ひとりの高校生の男の子なんだ……。
　私たちはもう、昔のままの私たちじゃない……。
　静かな廊下で、言葉を交わさないまま、時間だけがただすぎていった。

　時計の針が10時を指した頃、廊下の向こうからパタパタと忙しない足音が響いて来た。
　お母さんだ。
「りり花、如月さんは!?」
「集中治療室」
「玲音くん、お父さんは？」
「奥の部屋で担当医と話してます」
　ちょうどそのとき、奥の部屋から玲音のお父さんが出てきた。
　玲音のお父さんは、うちのお母さんと二言三言を交わすと、私たちのほうへ近づいてきた。
「りり花ちゃん、こんなに遅くまでありがとう。でも、今夜はこのままお母さんと一緒に帰りなさい。玲音も明日は学校があるだろ。お母さんになにかあったらすぐに連絡するから、お前もこのままりり花ちゃんと一緒に帰りなさい」
　私と玲音に帰るよう指示したあと、玲音のお父さんはお

母さんに軽く頭をさげた。
「すみません、吉川さん、玲音も一緒に連れて帰ってもらえますか?」
「もちろんです」
　玲音のお父さんにそう答えると、お母さんはカバンから車のキーを取りだした。すると、玲音は、黙ったまま首を横に振った。
「俺はここに残る」
　ポツリとそれだけ言った玲音を、おじさんは黙って見つめていた。
「おじさん、なにかあったらすぐに連絡ください」
　おじさんにぺこりと頭をさげて、お母さんと一緒に駐車場に向かった。
　本当は一晩中、おばさんのところにいたかったけれど、今、おばさんのそばについているべきなのは私じゃなくて、玲音だから。
　一点を見つめたまま身動きひとつしない玲音に、なんて声をかければいいのかわからないまま、病院をあとにした。

【玲音side】

　りり花が帰ってから、医師や看護師が忙しない様子で集中治療室に入るたびに、母さんに最悪の事態が起こったんじゃないかと、速まる心臓の音に息が苦しくなった。
　俺は母さんになにもしてやれてない。
　母さんのところに会いに来ることすら、していなかった。
　頼むから、頼むから、生きてくれ……。
　ほとんど眠らず、父さんとも話さないまま、病院の廊下で朝を迎えた。
　白く霞んだ朝日に包まれながら、父さんがポツリとつぶやいた。
「玲音、……覚悟だけはしておけ」
　父さんの言葉にうなずくことさえできなかった。

　明け方になり、病状が安定してきたことを担当医から知らされた父さんは、そのまま病院から会社に向かった。
　そのあと、母さんは集中治療室で２日過ごし、一般の入院病棟に戻った。その間、学校には行かず母さんに付き添った。俺にできることなんてそれぐらいしかなかった。
　静かな病院のなか、なにも喉を通らず、朝か夜かもわからなくなっていた。
　いったん、自宅に戻れという父さんの言葉を無視し続けた。
　母さんが入院病棟にもどって３日目に、やっと面会の許

可がおりた。
　病院と会社の往復を繰り返していた父さんの顔には、疲れがにじんでいた。
「玲音、お母さんと少し話すか？」
　父さんの言葉に黙ってうなずいて、病室に入った。
　病室に入ると、いつもより青ざめた顔で母さんはベッドに横たわっていた。
「玲音、心配かけてごめんね」
　母さんと目を合わせられないまま、黙って首を振った。
　こうして病室で話すのはいつぶりだろう。
『良くなる見込みはない。効果的な治療法を、手探りで探している。長くても……』
　父さんが担当医と話しているのを聞いてしまったあの日から、母さんに会うのが怖くなった。
　力なく笑う母さんがそのまま消えてしまいそうで、母さんと目を合わせられなくなった。
　母さんの前で心のうちの不安や動揺を隠し通せる自信がなくて、気がつけば病院から足が遠のくようになっていた。
　なにも言えずにうつむいていると、以前よりも血色を失い、瞳をくぼませた母さんが、ゆっくりと口を開いた。
「玲音、りりちゃんとケンカしてるの？」
「……え？」
　思わず目を見開いた俺に、母さんは続けた。
「最近ね、りりちゃん、まったく玲音の話をしなくなったの。だから、私に言えないようなことがあるんだろうな、とは

思ってたけど」

　荒い呼吸のなか途切れ途切れに話す母さんを、じっと見つめる。

　母さんになにを話せばいいのかわからなかった。いい加減なことばかりしてきた俺が、自分がしてきたことを母さんに話せるはずがなかった。

「玲音、それ、見て」

　母さんが指差したのは、サイドテーブルに置かれたぶ厚いアルバムだった。

　そのアルバムを開いてみると、俺の写真ばかりが白い台紙一面に貼り付けてあった。

　サッカーをしていたり、教室で友達と笑っていたり、りり花の家でテレビを見ていたり、飯を食ってたり。

　俺の日常がそのままアルバムに貼り出されていた。

　最後に貼られていた写真に写っていたのは、黒川と一緒に帰る俺のうしろ姿だった。

「中学に入って、あなたが部活で忙しくなった頃から、りりちゃん、よくここに来てくれるようになったの。りりちゃん、ここに来る度に、あなたの話をたくさんしてくれた。そのうちに、ここに来れない日には、スマホにあなたの写真を送ってくれるようになったの。写真で見るあなたの姿にお母さんすごく励まされた。あなたの日常を垣間見ることができて、すごく嬉しかったの」

　そこまで言うと、母さんは呼吸を整えた。

「りりちゃんがね、『玲音がタマネギ食べてくれなくて困る』

とか、『お肉ばかり食べたがる』とかね、あなたのことを相談してくれるのが嬉しかった。ちょっとだけ、あなたの子育てを手伝わせてもらえた気持ちになれたから」

 乱れる呼吸に苦しげに目をつぶった母さんに、ゆっくりと手を伸ばす。

 やせ細った手をさすりながら、いくつもの管につながれた、折れてしまいそうなほどに細い母さんの腕をじっと見つめた。

「もう、話さなくていいから……」

 けれど、母さんは俺の言葉を無視して話し続けた。

「でもね、この写真を最後に突然りりちゃんから写真が送られてこなくなったの」

 そう言って、母さんは黒川と写っている俺の写真を指した。

「代わりにりりちゃんが毎日、ここに来てくれるようになった」

 そこまで言うと、母さんは痛みに耐えるように目を伏せた。

「『玲音、試合前で練習が忙しくて病院に来られないんです』、『おばさんにすごく会いたがってますよ』とは言ってくれたけど……。さすがにお母さんも小さい頃からりりちゃんのことを見てるんだもん。わかるわよね、そんな嘘」

 母さんの言葉に唇をかみしめた。

「りりちゃん、私に写真を送ろうにも送れなかったのよね。今のあなたを見たら、私が心配すると思って、私に本当の

ことを言えなかったのよね。私が心配するようなことを、してたのよね？」

　淡々とした母さんの言葉に、なにも言い返すことができなかった。
「あなたがなにをしていようが、自分で責任を取れることならそれはそれで構わない。でも、りりちゃんはどんな気持ちでこの写真を送ってきたと思う？　どんな気持ちで毎日を過ごして、どんな気持ちで私にあなたの話をしてきたと思う？　あなたのことを心配しながら、私に気遣って過ごしてきたあの子の気持ちを考えたら……。もう、これ以上、りりちゃんには甘えられない。玲音、りりちゃんから離れなさい」
「……え？」

　予想外な母さんの強い口調に、言葉を失う。
「りりちゃんが毎日ここに来てくれるようになって、気がついたの。りりちゃん、今、部活にも入っていなければ、空手にも通ってないのね。私と、あなたのため……よね？　私もあなたもりりちゃんに甘えすぎたのよ。あの子にはあの子の生活がある」

　母さんに強い瞳で見つめられてなにも言えなくなり、思わず母さんから目をそらした。

　情けなくて顔をあげることができなかった。
「ごめん……」

　そうつぶやくと、母さんに戒められた。
「あなたが謝らなきゃいけないのは、私じゃないでしょ。

あの子にはあなたの面倒を見なきゃいけない義務なんてないのよ。甘ったれるのもいい加減にしなさい」

ほんの数日前に生死の境を彷徨(さまよ)っていたとは思えないほど、強い光を瞳に宿した母さんに、俺はうなだれることしかできなかった。

「もういいだろ」

親父にさえぎられて、その日はそれ以上母さんと話すことはできなかった。

アルバムに貼られた黒川との写真をはがし、破って捨てると、明日、また病院に来ることを父さんに伝えて病院を出た。

バスの中で、手のひらに感じた母さんの細い腕を思い出していた。

有効な治療法のない病と闘いながら、年々やせ細っていく母さんを見るのはキツかった。

母さんに会った日は、母さんを失うかもしれないという、その恐怖感から眠れない夜を過ごした。

だから、りり花に無理やり病院に連れて行かれた日の夜には、あれこれ言い訳をつけて、りり花のベッドに潜り込んで一緒に眠った。

隣にりり花の寝息を聞きながら、眠ってしまったりり花を胸に抱いて。

その体温を感じながら、声を殺して泣いた。

そんな思いをするならと、母さんの存在から目をそらして生活するようになった俺に、りり花はなにも言わなかっ

た。
　りり花は、一体どんな気持ちで俺の世話を焼いていたんだろう……。
　俺の弱さもわがままも、りり花がすべてを受け止めてくれたから、俺は今日までやってこれたのに。
　自分の気持ちをぶつけてばかりいた自分が、情けなかった。
　母さんに言われた言葉が、頭の中をグルグルと回っていた。

【りり花side】

　あの日から、玲音はずっと学校を休んでいる。
　おばさんが集中治療室から一般の入院病棟に移ったことは、おじさんが教えてくれた。
　無事にいつもの病室に戻れたと聞いて、ホッとして涙がポロポロとあふれた。
　よかった。
　おばさんが無事で本当によかった。
　私は、今までどれだけおばさんの存在に支えられてきたんだろう。
　玲音とおじさんは、ずっと病院に泊まっているのかな。
　ふたりとも、家に帰ってきている気配はなかった。
　玲音、ちゃんとご飯食べてるかな……。
　そんなことを考えながら宿題をしていると、インターホンのチャイムがなった。
　そっとドアを開けると玲音が立っていた。
　あまり寝ていないのか顔色がよくない。
「入っていい？」
　そうつぶやいた玲音に、小さくうなずいた。
「おばさんは？」
　玲音が玄関に入ると、一番気になっていたことを真っ先にたずねた。
　すると、玲音の強張っていた表情がすこし緩んだ。
「薬が効いて落ち着いてきた。今日は少し話もできた」

「手術は？」
「今回は避けられそう」
「そっか、よかった……」
　玲音の言葉に肩の力が抜けた。
　安堵の思いが涙に姿をかえて、ポロリとひとつぶの涙がこぼれた。
「りりちゃん、……ごめんな」
　視線を合わせないまま小さな声で謝った玲音に、黙って首を横に振った。
　玲音がなにに対して謝っているのかわからないけれど、玲音がこの数日間をすごく不安な思いで過ごしてきたのが、わかるから。
　玲音はきっと、自分のことをすごく責めたと思うから。
　玲音のためにも、おばさんが無事で本当によかった。
「なにか、食べる？」
　玄関でなすすべもなく立ち尽くしている玲音に、声をかけた。
　おばさんのお見舞いに行った日の夜は、いつも玲音は食事に手をつけない。きっとこの数日間、玲音はほとんど食事をとれていないはず。
「お茶漬けならすぐ作れるよ。少しは食べたほうがいいよ」
「……ん」
「おじさんは？」
「今夜は病院に泊まるって」
「そっか……」

向かい合わせに座って、高菜とじゃこのお茶漬けを黙って食べている玲音をぼんやりと見つめた。
　すると、玲音がゆっくりと口を開いた。
「もしかして……これも、うちの母さんが？」
「玲音のおばあちゃんが、よくおばさんに作ってくれたんだって……」
「ハッ、俺より、りり花のほうが母さんのこと詳しいし」
　顔をゆがめてそうつぶやいた玲音を、まっすぐに見据えた。
「でも、私のお母さんじゃない。玲音のお母さんなんだよ」
「……わかってる」
　玲音がお茶漬けを食べる音だけが、静かな部屋に響いた。
　食べ終えると、玲音がゆっくりと私に視線を向けた。
「りり花、母さんのために部活入らなかったの？」
　じっと見つめてくる玲音の大きな瞳から、目をそらした。
「この前も言ったけど、入りたいと思う部がなかっただけだよ。私が会いたいと思ったから、おばさんに会いに行ってただけ。玲音には関係ない」
　そう伝えると玲音が視線を尖らせた。
「関係あるだろ。俺の母さんなんだから……」
「そう思うなら、これからはもっとおばさんに会いに行ってあげて。玲音に会いたくてたまらないはずなのに、『玲音を連れてきて』って絶対に言わないんだよ？　おばさん、玲音にすごく引け目を感じてるから……」
　おばさんは、いつもおだやかに笑って私のことを迎えて

くれる。
　でも、おばさんが本当に会いたいのは私じゃない。
　しばらく沈黙したのち、玲音がゆっくりと口を開いた。
「俺はさ、母さんが入院しててもあんまり寂しいって思ったことはなかった。小さい頃からずっと入院してるっていうのもあるけど、りり花がいつも一緒にいてくれたから」
　そう言って、悲しそうに笑った玲音のことをじっと見つめた。
「ここに引っ越してくる前はさ、俺、夜間保育園に夜中まで預けられてたんだって。発達がすごく遅かったらしくて、3歳になってもほとんど話せなくて。表情も乏しかったみたいで、異常があるんじゃないかって思われてたらしい。俺の母子手帳さ、要観察、要受診、要専門機関への連絡って赤いスタンプがペタペタ押されてるんだよ」
　玲音は独り言のようにポツリポツリと話しはじめた。
「でも、ここに引っ越してきて、りり花と出会って、俺の世界は変わった。りり花が俺にいろんなことを教えてくれたんだよ。笑い方や、泣き方、怒りたいときは怒っていいことも。友達の作り方も、謝り方も、全部りり花が教えてくれた。俺にとって、りり花は初めて会ったときから俺の世界のすべてだったよ」
「そんな大げさな……」
「大げさじゃないんだよ。俺、ここに引っ越してきてから、幼児検診が異常なしになったって父さんが言ってた。それって、絶対りり花のおかげなんだよ」

「異常なんかじゃない。玲音はただのんびりしてただけだよっ」
　玲音に異常があったなんて、誰にも言わせない。
「そうやってりり花がいつも俺のことを認めてくれたから、俺、自信がついたんだよ」
　そう言って玲音はおだやかな笑顔を浮かべた。
　玲音の潤んだ瞳が優しく揺れる。
「りり花、俺の誕生日に友達呼んでサプライズパーティーしてくれたことがあっただろ？　そのとき、俺が緊張しすぎて漏らしたの覚えてる？」
　ブンブンと頭を横に振った。
「みんなにからかわれて、どうしたらいいかわからなくてさ。そしたら、それに気がついたりり花が、すぐに着てたトレーナー脱いで汚れた床を拭いてくれた。笑ってるヤツら蹴散らしながらね」
　そんなこと、あったかな。
「『玲音は悪くないんだからね。大丈夫だからね。トイレ行きたかったのに気づいてあげられなくてごめんね。こんなの気にしなくていいんだからねっ』って。俺、あのとき、りり花のためならなんでもできると思った。小さかったなりに、りり花に守られてるって、すげぇ感じたんだよ」
　そう言って、玲音は手にしていたお箸をテーブルの上に置くと、ゆっくりと息を吸って、背筋をのばした。
「あの頃から俺、りり花のことが好きだった。女の子として好きだったよ」

玲音に迷いのない眼差しで見つめられて、なんて答えたらいいのかわからなくなった。
　私だって小さい頃から玲音のことが大好きだった。
　弟みたいに小さくて可愛くて。
　でも、それは……。
　とまどう私にかまわず、玲音は話し続けた。
「ほかの女の子とテキトーに遊んでればそこそこ楽しいけどさ、りり花といるときの居心地のよさや温かさとは、全然違うんだよ。どんどん心が空っぽになってくんだよ。どんどん体が冷たくなっていくんだよ」
「『テキトーに遊ぶ』って、なんか最低なんですけど……」
　チラリと玲音を睨むと、玲音は悲しげに笑った。
「そういうのもさ、きっとりり花が相手じゃなきゃ、なんにも感じない。心が動かないんだよ。嬉しくないんだよ」
　ポツリポツリと話し続ける玲音をじっと見つめた。
「俺、りり花が好きだから、めっちゃくちゃヤキモチ焼くよ。道場の颯大には小学生のときからずっとヤキモチ焼いてる。だから、この部屋でりり花があいつに抱きついてるのを見たときには、気が狂いそうになった。俺、りり花が面倒みてる保育園のガキにも、めっちゃくちゃヤキモチ焼くよ」
　玲音の言葉に、動きを止めた。
「玲音、私が保育園でバイトしてること知ってたの？」
「当たり前。りり花のことならなんでも知ってるよ。りり花の隣の席の男子には、常に殺意を抱いてきたからね？」

軽く笑いながら言っているけど、これはきっと冗談じゃない。
　とまどう私を見つめながら、玲音の黒く潤んだ瞳が大きく揺れた。
「りり花、俺、りり花のことが好きだよ。ずっとずっと、りり花のことだけが好きだった」
　今まで見たことがない玲音の真剣な表情に、ドキリとする。
「りり花、俺たちもう高校生だよ？　俺、りり花とつきあって、ちゃんとキスして、りり花とだけ気持ちいいことしたいって思ってる。もうさ、りり花の"可愛い玲音"ではいられない。りり花、俺のこと、ちゃんと見てよ。男として見てよ」
　私をいつくしむような、それでいて痛みを堪えるような玲音の表情に心が波打つ。
「玲音……」
　じっと見つめてくる玲音の熱を帯びた視線を受け止めきれず、ゆっくりと視線をはずした。
　小さい頃から、玲音のことが可愛くて可愛くてたまらなかった。
　泣き虫で甘えん坊の玲音は、本当に大切な存在だった。
　ずっと一緒にいて、家族みたいに大切に思ってきた。
　これからも、私たちはこれまでどおりずっと一緒にいられるんだと思ってた。
　でも……、少しずつ、私たちは変わってしまった。

もう今のままでいいなんて言えなくなってしまった。
「玲音は……玲音だよ。玲音のこと、そんなふうに見たことない……。これからも玲音のこと、そんなふうには……見れないよ」
　玲音と目を合わせることができないまま、顔を伏せた。
　ぎこちない沈黙がふたりを包む。
「そっか……。そうだよね……。ま、わかってたんだけどね」
　そう言って悲しそうに笑った玲音を見ていたら、どうしようもないほどに胸が苦しくなった。
「りりちゃん、変なこと言ってごめんな」
　無理にいつもの笑顔を作った玲音に、たまらなく切なくなる。
　玲音にこんな顔、させるつもりじゃなかった。
「私こそ、ごめん……」
　小さくつぶやいて視線を落とす。
　どうしてこんなことになっちゃったんだろう。
　悲しくて仕方がなかった。
　小さい頃のまま、変わらず玲音と一緒にいられれば、それでよかったのに……。
　すると、重苦しい沈黙を打ち破るように、玲音はいつもの笑顔を見せた。
「じゃあさ、りりちゃん。これからも今までどおり、朝飯ここで食ってから学校に行ってもいい？　夕飯もさ、今までどおり俺に作ってくれる？」
「……え？」

「俺、今言ったこと全部忘れるから、りりちゃんも今俺が言ったこと全部忘れて。それで、これからもこれまでどおりってことにしようよ？」
「……でも」
　とまどう私を押し切るように、玲音は明るい笑顔を私に向けた。
「じゃ、これからも今までどおりってことでよろしくっ！」
　おどけて右手をさしだした玲音と、とまどいながら握手をしたけれど、玲音の気持ちを知ったうえでこれまでどおりに過ごせる自信なんてなかった。
　話し終えると、玲音はすっきりとした顔をして自分の部屋に帰っていった。
　けれど、私の頭の中は混乱していて、玲音の言葉やツラそうな表情が何度も思い出されて、その夜はほとんど眠れないまま朝を迎えた。

バイバイ、幼なじみ

　翌日は朝からしとしとと雨が降っていた。
　こういう日は気持ちも重く沈む。
「りりちゃん、どうしたの？」
　バスの中、隣に立っている玲音をチラリと見あげる。
　玲音はまるでなにもなかったかのように朝ご飯を食べに来て、まるでなにもなかったかのようにいつもどおり。
　そんな玲音にとまどいながらも、返事をする。
「雨の日のバスって憂鬱じゃない？　すごく混むし」
　びっしょりと濡れた傘からは、水がポタポタとしたたり落ちる。湿ったスカートが肌にペタリとくっついて気持ち悪い。
「じゃあさ、そんな憂鬱な気分、吹き飛ばしてあげようか？」
「どうやって？」
「こうやって」
　混んだバスのなか、玲音がゆっくりと顔を近づけてきた。
　……ん!?
　軽く目をつぶった玲音の顔が目前にせまり、あと数センチで玲音の唇が、私の唇に……重な……る？
　ってところで、慌ててうしろにのけ反った。
「な、なに!?」
　すると、玲音が驚いている私を見てにっこり笑った。

「どう？　ちょっとはドキドキした？」
「殴られたいのかな？」
「でも、憂鬱な気分はふきとんだでしょ？」
「むしろ、玲音をふっ飛ばしたくなったけど？」
「うわっ、怖っ！」
　ニコニコ笑っている玲音をギロリと睨みながらも、本当はものすごく動揺していた。
　あれ？　私、玲音にドキドキして……る……？

　ななめ前の席に座って、いつもどおり授業を受けている玲音をぼんやりと眺める。
　なんで玲音、あんなことしてきたんだろう……。
　1時間目の授業も2時間目の授業も、まったく集中できなかった。
　やっぱり、玲音がなにを考えているのか全然わからない。

　休み時間に廊下を歩いていると、担任の矢野先生に呼び止められた。
「おい、吉川。お前、如月にちゃんと制服着るように言っておけ。いくらなんでも、あれはひどすぎる」
「はい」
　って、返事をしたものの、なぜ私？
　どうして、玲音が制服着崩してることで私が注意されてるんだろ？
　なんだか腑に落ちないまま、廊下で友達とふざけあって

郵便はがき

お手数ですが
切手をおはり
ください。

１０４-００３１

東京都中央区京橋1-3-1
八重洲口大栄ビル7階

スターツ出版（株）　書籍編集部
愛読者アンケート係

(フリガナ)
氏　名

住　所　〒

TEL　　　　　　　　　　携帯／PHS

E-Mailアドレス

年齢　　　　　　　　　　性別

職業
1. 学生 (小・中・高・大学(院)・専門学校)　　2. 会社員・公務員
3. 会社・団体役員　4. パート・アルバイト　　5. 自営業
6. 自由業 (　　　　　　　　　　　　　　)　7. 主婦　　8. 無職
9. その他 (　　　　　　　　　　　　　　　　　　　　　　　　　)

今後、小社から新刊等の各種ご案内やアンケートのお願いをお送りしてもよろしいですか？
1. はい　　2. いいえ　　3. すでに届いている

※お手数ですが裏面もご記入ください。

お客様の情報を統計調査データとして使用するために利用させていただきます。
また頂いた個人情報に弊社からのお知らせをお送りさせて頂く場合があります。
個人情報保護管理責任者:スターツ出版株式会社　販売部 部長
連絡先:TEL 03-6202-0311

愛読者カード

お買い上げいただき、ありがとうございました！
今後の編集の参考にさせていただきますので、
下記の設問にお答えいただければ幸いです。よろしくお願いいたします。

本書のタイトル（　　　　　　　　　　　　　　　　　　　　　　　　　　）

ご購入の理由は？　1. 内容に興味がある　2. タイトルにひかれた　3. カバー（装丁）が好き　4. 帯（表紙に巻いてある言葉）にひかれた　5. 本の巻末広告を見て　6. ケータイ小説サイト「野いちご」を見て　7. 友達からの口コミ　8. 雑誌・紹介記事をみて　9. 本でしか読めない番外編や追加エピソードがある　10. 著者のファンだから　11. あらすじを見て　12. その他（　　　　　　　　　　　　　　　　　　　　　　　　　　　　　）

本書を読んだ感想は？　1. とても満足　2. 満足　3. ふつう　4. 不満

本書の作品をケータイ小説サイト「野いちご」で読んだことがありますか？
1. 読んだ　2. 途中まで読んだ　3. 読んだことがない　4.「野いちご」を知らない

上の質問で、1または2と答えた人に質問です。「野いちご」で読んだことのある作品を、本でもご購入された理由は？　1. また読み返したいから　2. いつでも読めるように手元においておきたいから　3. カバー（装丁）が良かったから　4. 著者のファンだから　5. その他（　　　　　　　　　　　　　　　　　　　　　　　　　　　　　　）

1カ月に何冊くらいケータイ小説を本で買いますか？　1. 1～2冊買う　2. 3冊以上買う　3. 不定期で時々買う　4. 昔はよく買っていたが今はめったに買わない　5. 今回はじめて買った

本を選ぶときに参考にするものは？　1. 友達からの口コミ　2. 書店で見て　3. ホームページ　4. 雑誌　5. テレビ　6. その他（　　　　　　　　　　　　　　　　　　　）

スマホ、ケータイは持ってますか？
1. スマホを持っている　2. ガラケーを持っている　3. 持っていない

学校で朝読書の時間はありますか？　1. ある　2. 今年からなくなった　3. 昔はあった　4. ない

ご意見・ご感想をお聞かせください。

文庫化希望の作品があったら教えて下さい。

学校や生活の中で、興味関心のあること、悩みごとなどあれば、教えてください。

いただいたご意見を本の帯または新聞・雑誌・インターネット等の広告に使用させていただいてもよろしいですか？　1. よい　2. 匿名ならOK　3. 不可

ご協力、ありがとうございました！

いる玲音に声をかけた。
「玲音、ちゃんと制服着て。なんでか知らないけど、私が先生に怒られたんだからっ」
「はーいっ!」
　振り向いた玲音を見て、しばし唖然とする。
「いったい、なにがあったの?」
　ネクタイはほどけてるし、シャツのボタンは上から4つも外れて、胸がはだけちゃってる。
　こりゃ、声かけられるわ……。
「じゃ、りりちゃん直して?」
「はいはい」
　廊下の壁を背にして、玲音のはずれたボタンをとめてネクタイを結び直していると、玲音がニコニコと笑いながら壁に両手をついた。
　玲音の両腕に挟まれながらネクタイを結び終えて、ため息をついた。
「ねぇねぇ。どうしてシャツのボタンが4つも外れちゃったの?　体育があったわけでもないのに……」
　シャツのボタンくらい自分でとめてくれ。そう心のなかでつぶやく。
　すると、「どうしてなのか、本当にわからない?」と、玲音がゆっくりと私の耳元に顔を近づけてきた。
「ねぇ、りりちゃん、このままキスしていい?」
　耳元でそうささやいた玲音に、心臓がドキリと波打つ。
　華やかで整った顔立ちの玲音が、目の前でふわりとほほ

笑む。
　柔らかい眼差しで私を見つめながら、顔をななめに近づけてきた玲音に、一瞬、思考がとまる。
　玲音の前髪が触れるほどに近づいたその瞬間、「キャー!!如月先輩〜!!」という下級生の声が廊下に響いた。
　その声で、ハッと我にかえった。
「あーあー、あと少しだったのに。残念！」
　そう言って、にっこりと笑った玲音のネクタイを、ぐいっと握った。
「このネクタイで、ひとおもいに首を締めあげてみる？」
「冗談だって！　りりちゃん、顔、めっちゃ怖いっ!!」
「当たり前でしょ!!」
「それじゃ、今日のところは、これで我慢」
　そう言って、私のほっぺたに軽く唇をチュッとくっつけると、玲音は走って逃げて行った。
「玲音っ!!」
　思わずぐっと拳を握ったものの、心臓はトクトクトクトクとその鼓動を速めている。
　やっぱり、私、玲音にドキドキして……る？
　まさか……ね？

　その日の夕飯の時間、テーブルをはさんで玲音と向かい合って座ると、玲音がしょんぼりとうなだれた。
「りりちゃん……」
「な〜に？　セクハラ玲音くん？」

そう言って冷たく一瞥すると、玲音が情けない声を出した。
「なんで俺の唐揚げだけ少ないの？」
「それは、玲音くんが変態だからでしょ？」
「えー……。じゃ、りりちゃんの唐揚げ、口移しでいいからちょーだい？」
「包丁に刺して、お口まで運びましょうか？」
　握った包丁をキラリと玲音に向けると、玲音が体を震わせた。
「り、りりちゃん、目が笑ってないよ」
　目の前に座っている玲音を、じっと見据える。
「あのさ、玲音、なんなの!?」
「なにが？」
「なにがじゃなくて!!　いきなり、その、キ、キスしてこようとするしさ。こんなの全然今までどおりじゃないじゃん！」
　バンッとテーブルをたたいて、玲音を睨むと玲音は無邪気に頬を緩めた。
「なぜならば、トキメキ強化月間だから」
　トキメキ強化月間？
「勝手に強化月間、はじめないでっ!!」
「それより、りりちゃん。一緒にDVD見ようよ？　おもしろそうなの借りてきたよ？」
　もうっ!!
　都合が悪くなると、すぐに話をはぐらかすんだからっ！

玲音を睨みながらソファに座り、映画を見はじめた。
　でも、30分ほどすぎたところでギブアップ。
「ウウ、クッ……。無、無理……、もう、無理」
　両手で顔を覆いながら、玲音に泣きついた。
　なんでタイトル聞かないで、オカルト映画なんて観ちゃったんだろう……。
「じゃ、ここまでにしようか！　俺、自分の部屋に帰るね？　おやすみ、りりちゃん」
　テレビの電源を切って、スクッと立ちあがった玲音のTシャツの裾をギュッとつかむ。
　……ううっ。
「あれ？　どうしたの、りりちゃん？」
　く、悔しいけど……、悔しいけどもっ!!
　玲音のTシャツの裾をぎゅっと握りながら小さくつぶやく。
「玲音、一緒に寝て……ください」
　涙目のまま玲音を見あげて、唇をキュッと噛んだ。
　ううっ。
　プライド、ズタズタ……。
「はあ……、りりちゃん、その顔は反則」
　ぽつりとつぶやいた玲音の言葉は、怖さに震える私の耳には届かなかった。
「あーっ！　もーっ！　りりちゃんはずるい!!」
　真っ赤な顔をして、そう叫んだ玲音を潤んだ目で見つめる。

「……どうしてずるいの？」
「どうしてもっ!!　でも、まあ、しょうがないから、今夜は一緒に寝てあげるよ」
　にっこり笑った玲音を、敗北感でいっぱいの眼差しで見つめる……。
　くぅ、オカルト映画、死ぬまで絶対に見ない……。
「電気消す？」
「……無理」
「ほら、おいで、りりちゃん！　絶対変なことしないからさ。ククッ」
　ベッドのなかに滑りこんできた玲音に力なく視線を向ける。
「ううっ……。ものすごく悔しい……。悔しいけど……でも、怖い……ううっ……」
「ほらほら、俺がぎゅうっとしててあげるから。電気もつけたまま寝ちゃおうね？」
「変なことしたら、殺すからね？」
「うーん……。そんなにぎゅっとしがみつきながら言われても、あんまり説得力ないけど……俺が朝まで一緒にいてあげるから大丈夫だよ」
　くっ……。
　悔しい……。
　でも、怖いぃ……。

翌朝、目が覚めると隣に玲音の姿はなかった。
なんだ……。
私が寝たあとに、ちゃんと自分の部屋に帰って寝たんだ。
ふぅ。
もう二度とオカルト映画なんて見ない……。
寝ぼけたままキッチンに向かうと、テーブルの上に一枚の紙切れが置かれていた。
ん？
この汚い字は玲音の字だ。
あくびをしながら、そのノートの切れ端に視線を落とした。

＊＊＊

りりちゃんへ
りりちゃん、困らせるようなことをいっぱいしちゃってごめんね。
どうしてもりりちゃんのことが諦めきれなくて、最後に悪あがきしてみました。
でも、これでおしまいだから安心してね。
りりちゃんが困ってる顔を見るのは、やっぱりツラいね。
少しでいいから俺にドキドキして欲しかったんだけど、りりちゃんにとって、俺はやっぱりただの幼なじみでしかないんだってことがよくわかったよ。
俺はりりちゃんと一緒にいて、いつもドキドキしてたよ。

第3章 幼なじみ卒業

　いつか、りりちゃんが俺にドキドキしてくれる日が来るといいな……と思って過ごしてきたけど、それは叶わなかったみたいだね。
　でも、こんなにも長い時間を好きな子の近くで過ごすことができたんだから、それだけでもう十分だよ。
　りりちゃん、俺さ、母さんの病院の近くに引っ越すことになったんだ。
　親父が母さんのところに行きやすいように。
　俺がもっと母さんに会いに行けるように。
　限りある時間をもっと母さんと一緒に過ごせるようにね。
　最後の夜をりりちゃんと一緒に過ごせて、すごく嬉しかったよ。
　学校では今までどおり会えるから、これからはクラスメイトとしてよろしくね。
　次に住むマンションは一階にコンビニが入ってるから、飯は大丈夫そう。
　りりちゃん、今まで本当にありがと。
　ずっとずっと大好きだったよ。
　会って伝えると泣いちゃいそうだし、電話だと甘えちゃいそうだから、今回だけは手紙で！
　次に会うのは二学期だね。
　こんなに長い間りりちゃんと離れたことがないから夏休みがちょっと心配だけど、もうバカなことはしないから安心してね？

それからね、りりちゃん。

俺、もともと頭がいいんじゃなくて、少しでもりりちゃんによく見られたくて、寝ないで勉強してたんだよ。

中学のときにさ、りりちゃん、よく学級委員の瀧澤(たきざわ)に勉強教えてもらってたじゃん？

あれがめちゃくちゃ悔しかったから、りりちゃんと同じ高校に行けるようにがんばって勉強して、高校に入ってからは、りりちゃんに勉強教えられるくらいがんばったんだよ。

りりちゃんが女子校に行くって言い出したときはどうしようかと思ったけどね。

りりちゃんが行きたがってた星美女学園の呪いの話は、全部俺の作り話だから安心してね。

あとね、本当はネクタイも自分で結べるから大丈夫だよ。

りりちゃんに結んでほしくて、りりちゃんに結んでもらっているところをみんなに見せびらかしたくて、ずっと結べないふりをしてたんだ。

今の俺がいるのは、全部りりちゃんのおかげなんだよ。

最後にもう一度だけ。

りりちゃん、大好きだよ。

これからは、学校でもりりちゃんに甘えないようにする。

ちゃんと自分のことは自分でやるようにする。

俺だけ特別な気持ちかかえながら、今までと同じ関係を続けていくのは、さすがに俺もキツイから。
　もうここにも来ないよ。
　りりちゃんに彼氏ができたら凹(へこ)みそうだけど、りりちゃんの『ただのクラスメイト』になれるようにがんばるよ！
　幼なじみはここまで。
　これからは、クラスメイトとしてよろしくっ！
　だから、ばいばい。

＊＊＊

　玲音がどれだけ大切な存在だったのか、ポタポタとこぼれ落ちた涙に初めて気づかされた。
　バカだ。
　私は本当にバカだ。
　玲音は近くにいてくれるのが当たり前だと思っていた。
　なにがあっても絶対に、玲音は遠くには行かないと思ってた。この先も、玲音は私の隣にいてくれるんだとばかり思ってた。
　玲音に甘えていたのは、私のほうだったんだ。
　ポタポタとこぼれ落ちた涙に、玲音の字がにじんだ。
　でも、もうこの関係は終わらせなきゃいけない。
　私たちはただの幼なじみから、ただのクラスメイトにならなきゃいけないんだ。
　長かったお母さんごっこはもうおしまい。

普通の高校生同士に戻るときがきたんだ……。

　いつの間に引っ越しを終えたのか、大きなトラックが玲音の家の荷物を運んでいった。
　顔を合わせることのないまま、数日後玲音は去って行った。
　可愛い幼なじみとは、これで本当にサヨナラだ……。

特別な存在

　うだるような暑さのなか、夏休みが始まった。
　玲音が引っ越してから、なにもやる気にならない。
　道場は合宿の真っ最中で空っぽだし。
　こんなことなら、毎日バイト入れておけばよかったな。
　この際、バイト代いらないからボランティアで手伝わせてもらおうかな？
　家にひとりでいると、玲音のことばかり考えてしまう。
　ぼんやりと視線を動かすと、いつも玲音が着ていたパーカーが目に入った。
　パーカーを渡すことができないまま、玲音は引っ越してしまった。
　玲音は昔も今も変わらずに、いつも私のそばにいてくれたのに……。
　ふと大人びた表情をするようになった玲音に、いつからとまどいを感じるようになったんだろう。
　時折みせる仕草が、私の知っている玲音じゃなくなってしまったみたいで、すこし寂しかったし、怖いと思ったこともあった。
　なにより、玲音に対する自分の気持ちをどう扱っていいのか、わからなかった。
　いろいろ考えすぎて、頭のなかはもうぐちゃぐちゃ。
　でも、ひとつだけわかっていることがある。

ただ、玲音に、会いたい。
　そのとき、インターホンのチャイムがなり、乱暴にドアがたたかれた。
　ドンドンドン！
　モニターにうつった来客者の顔を確認して、「あっ」と思わず声にだした。
「……どちら様ですか？」
　わずかに開けたドアの隙間から、来客者の顔をちらりと確認する。
　緊張した面持ちで菓子折を手にしている来客者を、じっと見つめる。
「隣に越してきたスティーブン・アレクサンダー・オルニエール……ではなく、如月玲音です！　よろしくお願いします！」
「……間に合ってます」
　そう言って扉を閉めかけると、玲音が慌てて片手で扉を押さえた。
「ちょ、ちょっと待って、りりちゃんっ！」
　扉の隙間から顔をちょこんとのぞかせた玲音を、じっと見つめた。
「このマンション、分譲で貸し手がつかなかったんだって。だから、しばらく俺がひとりでここに暮らすことになってね。母さんの病院には、これからはきちんと通うようにするよ。あっ！　りりちゃんのお母さんにもちゃんと許可とったから大丈夫だよ？　ってことで、今日からまた朝ご

飯よろしくーっ!　あ、もちろん夜ご飯もね？　俺やっぱり、りりちゃんのご飯じゃないと調子出なくてさ」
　一方的にまくしたてる玲音に唖然としつつ、ゆっくりと口を開く。
「えーっと、ごめん、いろいろとよくわからないんだけど、とりあえず殴ってもいい？」
「りりちゃん、照れてる？」
　にっこりと笑っている玲音に、笑顔で応えながら、手首をゆっくりとまわす。
　息を吸って、思い切り手を振りかぶった。
　手のひらが玲音の頬を打つその瞬間、玲音にさっと手首をつかまれて、玲音の胸に強く抱き寄せられた。
　うわわっ!!
　びっくりして玲音の腕の中から玲音を見上げると、耳元で響く甘い声。
「会いたかったよ、りり花。ただいま」
　息ができないほどに強く玲音に抱きしめられて、体に力が入らない。
「……は、放してってば！」
　動揺を隠して、玲音の胸の中から逃れようとすると、耳元で玲音がささやいた。
「りり花に会えなくて、すごく寂しかった」
　玲音のなつかしい声に、ふいに涙がこぼれた。
「りり花は、寂しかった？」
　そう言って私の顔をのぞき込もうとした玲音から慌てて

顔をそらし、玲音に気づかれないように、そっと手のひらで涙を拭きとった。
「さ、寂しいはずがないでしょ！」
　精いっぱいの強がり。本当はすごく寂しかったから。
「そっか」
　言葉どおりに受け止めた玲音は、少し寂しげに笑うと、琥珀色の髪を揺らして顔をななめに近づけてきた。
　黒い瞳を潤ませた玲音がすごくきれいで、今ここに玲音がいることが信じられなくて、嬉しくて、玲音の端正な美しい顔をじっと見つめた。
　玲音の柔らかな眼差しに包まれて、なにも考えられなくなる。
　その瞬間、玲音の唇がふわりと私の唇に触れた。
「りり花、大好きだよ」
　玲音の甘い言葉に、しばらくフリーズ。
　……えっと？
　玲音から体を離して、しばらくふたりで見つめあう。
「えーっと、今……、私たち、なにか……した？」
　首をかしげる私と、にっこりと笑っている玲音。
「今のは『ただいま』のキス」
　玲音の日本語をうまく理解することができなくて、目をぱちぱちとしばたかせる。
「で、これは、『今日からよろしくね』のキス」
　そう言って近づいてきた玲音に、息を吸って、思い切り手を振りかぶった。

リビングルームで正座して玲音と向きあう。
「……相変わらずキレのある、すばらしい平手だね」
　ほっぺたを赤く腫らしながらも、まだニコニコ笑っている玲音に冷たい視線を向ける。
　あー、手がしびれる。
「えっとね、言いたいことも聞きたいことも山ほどあるんだけど。さっき、『うちのお母さんの許可をとった』って言ってたよね？　どうしてうちのお母さんの許可が必要なの？　ちなみに、なんの許可？」
　イヤな予感しかしないけど。
「あれ？　聞いてない？　りりちゃんとふたり暮らしする許可に決まってるじゃん？」
「はい？」
　さすがにうちのお母さんもそこまではしないよね？
　かなりぶっ飛んではいるけど。
　だって、私、嫁入り前の女子高生だし。
「『りり花が玲音くんと暮らしてくれたら、私もパパと新婚気分で過ごせちゃうっ！　お隣なんだし問題ないわよね！』って、りりちゃんのママ嬉しそうに言ってたよ？」
　くっ……。
　うちのお母さんなら言いかねない。
　あの親、大切なひとり娘をなんだと思ってるんだろ!?
　目の前でニコニコと笑っている玲音を見ていたら、急にフツフツと怒りが湧いてきた。
　なんだったの!?　あの涙はなんだったの!?

そもそも、あの手紙はなんだったの!?
「りりちゃん、小刻みに震えて……そんなに俺に会えて嬉しい？」
　勘違いもはなはだしい玲音の胸ぐらをつかみ、睨みあげる。
「誰が喜んでるって？　これが喜んでいるように見える？　っていうよりね、私、玲音にいきなりキスされたことまだ怒ってんの!!　さ、さっきのキスもそうだけど！　私にとってはファーストキスだったのっ!!　あんたみたいに、あっちこっちでチュッチュチュッチュほかの女の子としてるのと違って、私の場合は……」
「あのさ、りりちゃん。俺、りりちゃん以外の子とキスなんてしたことないよ。あ、あと、この前のキス、りりちゃんのファーストキスじゃないよ？」
　……へ？
「俺、寝てるりりちゃんにいつもキスしてたよ？」
　今、なんて……？
『いつも』って、聞こえたのは空耳？
「だって、りりちゃんって、布団に入るとすぐ寝ちゃうじゃん？」
「で？」
「だから、いつもキスしてたよ？」
　いつも……？
　なにをしてたって……？
　なんだか頭が痛くなってきた。

悪い夢でも見てるのかもしれない。
　こめかみを押さえながら、軽く頭をふった。
　目の前の玲音は、いつもと変わらぬ笑顔を浮かべて平然としている。
「りりちゃんって、ベッドに入るとすぐ寝ちゃうじゃん。俺がいたってソファでグウグウ昼寝してるし」
「そりゃ、自分の家なんだから昼寝くらいするでしょ？」
　昔から寝つきだけはとてもいい。
「だからね、寝てるりりちゃん見かけたら、とりあえずチューするように心がけてたんだよ？」
「……心がけること、間違えてない？」
「保育園のころからだから軽く100回は越えるよね？　待てよ。2日に1回として、年間182回。もう12年になるから、軽く2000回超えてるかも？　だから、どれがりりちゃんのファーストキスかって言ったら、うーん。もう、思い出せないかも。ほら、だから俺たちいつも交互に風邪ひいてたじゃん？　キスでも風邪ってうつるんだーって幼心(おさなごころ)に思ってたんだよね」
　そういえば、私が風邪引くたびに玲音も風邪引いてたっけ。いつも一緒にいるからだとばかり思っていたけど。
　って、そうじゃなくてっ‼
「1000回もキスしておいて、ファーストキスもなにも。あ、でも、舌入れたのはこの前のときが初めて……、あれ？　りりちゃん、お顔がなんかすごく……？」
　きょとんと可愛らしい顔で首をかしげた玲音に、ニッコ

リと笑いかける。
「そっかぁ。玲音に感じていたこの胸のドキドキ、もしかしたら恋なのかも……なんて思ってたけど、単なる怒りからくる動悸(どうき)だったみたい」
　ブチッ……。
「り、りりちゃん、今、なにかが切れる音が……。り、りりちゃん、竹刀はマズイよ、竹刀は……あの、本当に！ウギャーッ!!　りりちゃんごめんなさーいっ!!」
　玲音に竹刀を振りおろしながら思う。
　あんなに悩んで悲しんで、ドキドキしたのはいったいなんだったの!?
　ご飯も食べられなくなるくらい、悩んだのはなんだったの!?
　竹刀を片手で押さえながら、ニコニコと余裕の笑顔を浮かべる玲音に、ふつふつと湧きあがる怒り。
　私は結局、いつまでたってもこのあぶない幼なじみに振り回されっぱなし。
「俺がりりちゃんにとって特別な存在だって気がついてもらえるまで、俺、がんばるね」
　余裕そうに微笑む玲音が、懲りずに顔を近づけてくる。
「玲音は、た・だ・の・幼なじみ!!」
　そう言って、もう一度竹刀を大きく振りおろしたところで……。
「隙あり！」
　スッと立ちあがった玲音に竹刀を取られた。

「これから覚悟してね、りりちゃん？」
　あ、と思ったときには遅かった。
　油断してた私の唇に『ちゅっ』っと玲音の唇が触れ、『参りました』と心のなかでつぶやいた。

第 4 章
幼なじみと同居生活

危険なふたり暮らし

　ゆったりとした時間の流れる土曜日の朝。
　朝日のさし込むリビングルームで、スーツケースを片手にご機嫌なお母さんに、詰め寄った。
「お母さん、本当の本当にニューヨークに仕事があるの？」
　気まずい顔をして、パッと私から目をそらしたお母さんの正面にすかさず回り込む。
　すると、お母さんはわざとらしくパスポートやビザを確認しはじめた。
「お母さん、昔からニューヨークに住んでみたいって言ってたよね？　アメリカに長期出張になったお父さんを追いかけて、無理やり仕事調整して行くんじゃないよね？」
「うーん、りりちゃんの日本語、最近難しくてよくわからないのよね？　英語の勉強しすぎちゃったのかしら？」
「そんなわけないでしょ！」
　テーブルをバンとたたくと、お母さんが得意げに商用ビザを取り出した。
「お母さん、こう見えても仕事はバリバリなんだから！」
「だから、どうにでも自分に都合よく調整できるんじゃないの？」
「ペルファボーレ？」
「お母さん、それ、イタリア語。って、もしかして私だけ日本に残して、お父さんとふたりで休暇とって新婚旅行気

分でヨーロッパ周遊、なんて企んでないよね!?」
「…………」
「お母さんっ!!　目が泳ぎまくってるってば!!」
　バンっとテーブルをたたくと、朝ご飯を食べている玲音が顔をあげた。
「もう、いいじゃん、りりちゃん。おばさん、困ってるよ?」
　ダイニングテーブルで、サンドイッチを頬張りながら玲音がお母さんに笑顔を向けると、途端にお母さんの顔が輝いた。
「まぁー!　やっぱり男の子は、いくつになっても素直で可愛いわね。本当によかったわ、玲音くんがうちの子になってくれて!」
「玲音はうちの子じゃありませんっ!!」
「あら、どうせそのうち、うちの子になっちゃうんだからいいじゃないねぇ?」
「はい、お義母さん」
　満面の笑みを浮かべる玲音に声を尖らせる。
「玲音まで悪のりしないでよっ!　っつか、お義母さんとか呼ぶな!　私たち、ただの幼なじみでしょっ!」
　息まく私をどこ吹く風とばかりに、お母さんと玲音はニコニコと笑い合っている。
「じゃ、玲音くん、りり花のことよろしくね?」
「僕が病めるときも健やかなるときも、しっかりとりりちゃんのことお守りします」
「末永くよろしく!」

悪ふざけをしているふたりを睨みつけながら、ドスンと床を踏みならした。
「もうっ！　いいかげんにしてっ！」
　すると調子に乗った玲音が、小さい子にするように私の頭をなでた。
「りりちゃん、そんなに恥ずかしがらなくてもいいのに」
　ニッコリと笑ってそう言った玲音に向かって、無言でかかとを高く振りあげた。
「ひえっ？」
　驚いて目を見開いた玲音の頭めがけて、かかとを垂直に振りおろす。
　すると、玲音の頭にかかとがヒットする寸前のところで、玲音の腕に足をはじかれた。
　思わずバランスを崩してよろけると、さっと玲音に支えられた。
「りりちゃん、大丈夫？」
　ムムッ。
　なんだか悔しいっ。
　すると、それを見ていたお母さんがうわずった声を出した。
「り、りり花！？　あなた、玲音くんになにしてるのっ！？」
　体を起こすと、お母さんに詰め寄った。
「だって、末永くとか、病めるときとか会話がおかしいでしょ！？　どうしてそんな話になるの！？　私たち、ただの幼なじみなのっ！　そもそも１万歩譲って、お母さんも

ニューヨークに仕事があったとして、どうして私と玲音がふたりで暮らさなくちゃいけないの!?」
「だって、ひとり暮らしだとあぶないじゃない。玲音くんと一緒に暮らしてくれれば、りりちゃんになにかあったときにも、玲音くんが気づいてくれるだろうし。体調崩したときだって、おたがい助け合えるでしょ?」
　荷物を確認しながら、平然と答えるお母さんにさらに声を尖らせる。
「だからって、なんで玲音とふたりで暮らさなくちゃいけないの!?　玲音とふたりで暮らすくらいなら、ひとり暮らしがいいっ!」
「それがね、お隣の玲音くんの部屋、1年間限定で借り手がつきそうなんですって。だから、このままだと玲音くん、新しいマンションに引っ越すことになっちゃうのよ。なんだかんだ言っても、りり花、玲音くんがいないとダメでしょ?」
「へー、そうなんだ」
　嬉しそうに笑った玲音に、拳を突き出す。
「んなはずないでしょっ?」
「なんにせよ、りり花が玲音くんと一緒に住んでくれたら、お母さんだって安心だもの」
「まったく安心できないんだってば!!　ものすごく身の危険を感じるの!」
「むしろ身の危険を感じてるのは、玲音くんじゃない? いきなりかかと落としするような娘とふたり暮らしさせる

なんて、本当にごめんなさいね?」
　申し訳なさそうに目を伏せたお母さんに、サラサラと前髪を揺らしながら、これ以上はないほど爽やかな笑顔で、玲音が微笑む。
「慣れてるんで、全然大丈夫です」
　そんな玲音を、お母さんが目を細めて見つめている。
「玲音くんって器が大きいっていうか、本当に心が広いわよね」
　そんなお母さんに冷めた視線を送る。
「じゃ、玲音くん、手のかかる娘だけど、病めるときも健やかなるときも、りり花のことお願いね?」
「任せてください。りりちゃんのことは、病めるときも健やかなるときも、末永く俺が守りますから」
　ううっ。誰かこのふたりを止めてください……。
　すると、スーツケースを手に玄関から一歩踏み出したお母さんが、はっとしたように振り返った。
「あっ!　言い忘れてたけど、ふたりで暮らしてることが学校にバレたら、退学になっちゃうから、気をつけてね。ふたり暮らしは御内密にね!　それじゃ、グッバイ〜!」
「え?　退学ってなに!?　ちょっと!　……はあぁぁっ!?　そんな重要なこと、このタイミングで言う!?」
　がっくりと床に両手をついてうなだれていると、バタンと扉が閉められて、お母さんの足音が遠ざかっていった。
「はぁ。どうしてあんな人が私の母親なんだろ。退学なんてリスク背負うくらいなら、私、やっぱりひとり暮らしが

いい」
「ま、いいじゃん！　これからよろしくね、りりちゃん！」
　ううっ。全然よろしくないっ。
　サンドイッチを食べながらニコニコと笑っている玲音を見あげて、ため息をついた。
　午後になると、お父さんが書斎として使っていた部屋に、玲音のベッドや身の回りのものが運び込まれた。
　玲音の荷物を片付け終わると、もう夕飯の時間になっていた。
　オムライスにケチャップをかけながら、玲音がぽつりとつぶやく。
「なんかさ、なにも変わらないね」
「……うん」
　普段から、お父さんもお母さんもほとんど家にいないからなぁ。
「もうさ、このまま結婚しちゃおっか？」
「こんな生活がつづくのかと思うと、気が重い……」
　小さくため息をついて、冷蔵庫からサラダを取り出した。
「りりちゃん、ガチでスルーされると本気で切ないから、なんか反応して」
「じゃ、一発殴ろうか？」
「いい返事はもらえないんすかね？」
　すねたようにオムライスを口に放り込んだ玲音に、麦茶を渡しながら釘をさした。
「あのね、そんな呑気なこと言ってる場合じゃないんだよ。

バレたら退学なんだよ？　意味わかってる？　これからは、冗談でも一緒に暮らしてるなんて、言っちゃダメなんだよ？」
「むしろさ、実はもう結婚しちゃってます、って公表するのはどう？　そしたら堂々とふたり暮らしできるよ？」
「玲音、年齢的にまだ結婚できないよね……」
「そこはどうにでもなるから！　結婚しちゃいけない、なんて校則はなかったはず！　早速、今から婚姻届け、出しに行っちゃう？」
　琥珀色の髪を揺らし、笑っている玲音に大きくため息をつく。
「校則違反っていうより、法律違反だよね。あのさ、前から思ってたんだけど、玲音っていったいどういう思考回路してるの？　どうしてそんな話になるわけ？」
「うーん、それは俺がりりちゃんのことをこよなく愛しているからかな？」
「つまりは、バカなのね？」
「偏差値は高いほうだよ？」
　ふう……。
「じゃ、そこまで言うならひとつ選んで。グーでパンチ、チョキで目潰し、パーで平手。どれがいい？」
「チューはないよね？」
「チョキで目潰し？　痛そうだけど大丈夫？」
「うーん、でも、俺、結婚しちゃう？って、わりと本気でプロポーズしてみたつもりなんだけどな？」

無邪気に笑う玲音に、あきれて答える。
「もう百万回くらいお伝えしてるけど、私たち、ただの幼なじみだよね？　彼氏でもなければ彼女でもないよね？　わかってる？」
「うーん。わかってるような、わかりたくないような？」
「はあ、疲れる……」
「あっ、りりちゃん、ご飯粒ついてるよ」
　そう言って、玲音が私のほっぺたに手を伸ばした。
　うわわっ！
「どうしたの、りりちゃん？」
「な、なんでもないっ」
　玲音の指先が頬に触れた瞬間、心臓がドキンと飛び跳ねた。
　玲音に触られた頬が、かあっと熱くなる。
　今までこんなことなかったのに、ど、どうしたんだろ？
　動揺していることを気づかれないように、ドギマギしながら、お母さんから預かっていた玲音用の合い鍵をテーブルに置いた。
「玲音の鍵は、これね」
「了解っ!!　合い鍵なんて盛りあがるね！　これからよろしくね、りりちゃん！」
「お願いだから、間違った方向に盛りあがらないでね？　退学なんて本当にイヤだから」
　鍵を受け取ると、当たり前のように私の額にキスをしようとした玲音から、慌ててあとずさった。

「そ、そういうの絶対に禁止だからねっ!? 私の部屋に勝手に入ってきたら、真夜中でも外にたたき出すからね!? わかった!?」
「つまんないの～。せっかくのふたり暮らしなのに」
「当たり前でしょ??」
　荷物をかかえてお父さんの書斎に入っていく玲音の背中を、ゆっくりと目で追う。
「玲音の部屋がうちにあるって、やっぱりちょっと変な感じだね……」
　思わずつぶやくと、玲音が満面の笑みで振り返った。
「それじゃ、いつもみたいに、りりちゃんの部屋で一緒に寝てあげようか?」
　そんな玲音に、間髪入れずに両手でバツをつくる。
「結構ですっ」
「でも、一晩中ふたりきりなんだから、なにしてもいいんだよね?」
　そう言って、近づいてきた玲音に笑顔で応える。
「それなら、もう一度かかと落としにトライしてもいい? さっきのかかと落とし、きれいに決まらなかったから、ちょっと悔しくて」
　それを聞くと玲音が凍りついた。
「……お、おやすみ、りりちゃんっ。今日は疲れちゃったから、かかと落としはまた今度ね?」
　逃げるように玲音が部屋にかけ込んでしまったので、私も自分の部屋でごろんと横になった。

ベッドに寝転がりじっと天井を見つめる。
隣の部屋にいるはずの玲音のことが、気になってなかなか眠れない。
お父さんとお母さんが帰ってこないだけで、いつもとそんなに変わらないはずなのに……。
玲音とふたりきりだと意識すると、なんだか落ち着かない。
どうしたんだろう……。

【玲音side】

　扉を閉めると、これから暮らすことになるおじさんの書斎をぐるりと見回した。
　専門書がぎっちり並んだ本棚をひととおり眺めて、勉強道具をとりだした。
　教科書を開いてみたものの、すぐに教科書を閉じる。
　りり花がすぐ隣の部屋で寝てるのかと思うと、まったく集中できない……。
　一晩中ふたりきりで親も帰ってこないなんて、どうすりゃいいんだよ。
　我慢するにも限界があるだろ……。
　りり花はなんにもわかってないし。
　とりあえず、キッチンでミネラルウォーターを飲んで気持ちを落ち着かせる。
　少し悩んで、音を立てないようにりり花の部屋のドアを開けた。
　案の定、りり花はぐっすりと眠っている。
　本当、りり花って寝つきがいいよね……。
　横になると、気絶したようにコテンと眠っちゃうんだから。
　寝ちゃうとなにしても起きないしね。
　ベッドに腰かけて、眠っているりり花をじっと見つめる。
　一緒に暮らせて嬉しいといえば嬉しいんだけど、これはこれで、なかなか酷な状況だよね……。

そっと、りり花の頬に触れると、眠っているりり花がフニャフニャとくすぐったそうに顔をそむけた。
「りり花、どうしたら俺のこと好きになってくれるの？」
こわれものに触れるように、そっと、りり花の前髪を手のひらでなでる。
りり花はなんにも気づかずに、気持ちよさそうに眠っている。りり花の無防備さに、ますますやるせない気持ちになる。
「いつになったら、俺はりり花の幼なじみを卒業できるんだろうな。こんなに近くにいるのに、本当残酷だよね」
両手でりり花のほっぺたを挟んで、幸せそうに眠っているりり花の唇に軽くキスを落として、部屋に戻った。

【りり花side】

「おはよう、りりちゃん」
「おはよう、玲音」
　お弁当の用意をしていると、目をこすりながらスウェット姿の玲音が近づいてきた。
「りりちゃん、おはようの……」
　ドスッ!!
　当たり前のようにキスしてこようとした玲音に、肘鉄で挨拶をする。
「朝の肘鉄は効くねぇ……」
　くの字に体を歪めて痛みに耐えている玲音をチラリと横目で確認すると、黙って朝ご飯をならべた。
　すると、お腹をおさえながら、玲音が壁に貼られた一枚の紙を見て口をポカンと開けた。
「……りりちゃん、これなに？」
「とりあえず音読してみて」
「へ？」
「いいから。そこに書いてあること読んでみて」
　わけがわからないといった様子で、玲音が読みあげる。
「ひとつ、ベッドに入ってこないこと。もし入ってきたら回し蹴り1回。ひとつ、いかなる場所でもキスしてこないこと。もし破ったら平手5回。ひとつ、使用中の浴室に入ってこないこと。もし破ったら、かかと落とし。きれいにきまるまで無制限。……えっと、これはなんでしょうか？」

「ふたり暮らしをするにあたっての、お約束３ヶ条」
「俺に人間サンドバックになれと？」
「人間サンドバックになるようなことをしなきゃいいんだよね？」
「りりちゃん、かかと落とし無制限って……。たんに、りりちゃんが、かかと落としの練習したいだけなんじゃ」
「なにか文句でも？」

　玲音の目の前にキラリと輝く包丁をさしだすと、玲音ががっくりとうなだれる。

　そんな玲音に、ニッコリと微笑む。
「最近、玲音くん、調子に乗ってるみたいだから。この３ヶ条、心しておいてね？　おたがい自分の身は自分で守ろうね？」

　すると玲音が無邪気に首をかしげた。
「これ以外のことならなにしてもいいの？」
「これ以外のことって？」
「これ以外っていうか、これ以上？　ほら、おばさんに宣言しちゃったから、俺もがんばらないといけないかなと思ってさ」
「いったいなにをがんばるの？　早速、人間サンドバッグになってみる？」
「さーせんしたっ！」

　深々と頭をさげた玲音をコツンとたたいて、キッチンに向かった。

　まったく、この生活のどこが安心なんだか。

玲音といつもどおりの時間に家を出て、バス停へ向かって歩いていると、サイレンを鳴らしたパトカーがとおりすぎた。
「あ、玲音、パトカーだよっ」
「わーっ、本当だ〜！って、りりちゃん、俺、もう高校生なんだけど」
「は、ははっ。そうだったね」
　ついつい、昔の癖で。
　乗り物好きだった玲音は、小さい頃、パトカーや救急車を見つけるたびに喜んでいた。
「やっぱり、りりちゃんのなかでは俺はいつまでたっても『可愛い玲音くん』のままなんだね」
　視線を落とした玲音に追い打ちをかける。
「残念ながら、最近はあんまり可愛くないけどね？」
「りりちゃん、ひどい……」
　大げさに肩を落とした玲音を見て、クスリと笑った。
「でもさ、保育園に行くときに、りりちゃん、俺にいっぱい話しかけてくれたじゃん？『玲音、たんぽぽが咲いてるよ〜』とか、『飛行機雲だよっ』とかさ。りりちゃんにとってはなんでもないことだったかもしれないけど、あれ、すごく嬉しかったんだよ」
　玲音と一緒に、保育園に通いはじめた頃、玲音はほとんど話さず、返事すらしてくれなかった。
　でも、顔を見れば喜んでいるのはわかったし、気持ちをうまく言葉にできないことで、玲音が傷ついているのもわ

かった。
　いつも泣きそうな顔をして、下を向いていることの多かった玲音だけど、パトカーや救急車を見つけたときだけは嬉しそうに顔を輝かせたから、気がつけば、玲音を喜ばせるために必死になって救急車やパトカーを探すようになっていた。
「そういえばさ、りりちゃん、誕生日プレゼントにおばさんからパトカーもらってたよね」
　笑いを噛み殺しながら、玲音が私の顔をのぞき込む。
「あー、あれは結構凹んだね」
　玲音を喜ばせるために、パトカーや救急車を必死になって探している私を見て、私が乗り物好きだと勘違いしたお母さんが、サプライズで巨大なパトカーをプレゼントしてくれたことがあった。
　箱を開けたときのショックといったらなかった。
「俺、あのパトカーもらった記憶がある」
　含み笑いをしている玲音をキッと睨む。
「よく考えたら、あれって玲音のせいじゃん‼」
　ムッとして頬を膨らませると、まるで子供をあやすように玲音に頭をなでられた。
「じゃ、今度お詫びに俺がりりちゃんの行きたいところに連れてってあげるよ」
「本当に？」
　ちらりと玲音を見あげる。
「どこに行きたい？」

玲音の柔らかい眼差しに、しばらく考えてから答えた。
「じゃ、映画観に行きたい!!　今度、駅前の映画館で昔の空手映画をやるらしいのっ！」
「へー、空手映画ね……。はぁ。せっかくのデートなのに、空手映画ねえ……」
　急にテンションのさがった玲音に、慌ててフォローする。
「ごめん、ごめんっ。玲音が観たくなければひとりで行くからいいよ？」
「そうじゃなくてさ……」
　がっくりとうなだれた玲音に、首をかしげた。
「そういえばさ、小さい頃はよく姉弟に間違えられたよね。私、弟が欲しかったから嬉しかったな」
　バス停への道を玲音と肩を並べてゆっくりと歩く。
「俺は腹立たしかったよ。だから、絶対りりちゃんより背が高くなってやると思って、めちゃくちゃ牛乳飲んでがんばったんだよ。だから、ほら、このとおり」
　ムムッ。
　得意げに私の頭をポンポンとたたいている玲音の手を、さっと振り払う。
「でも、牛乳飲みすぎてよくお腹こわしてたよね？」
「いいじゃん、背高くなったんだからさ」
「昔は私のほうが大きかったのにな」
　口を尖らせて目の前の小石を勢いよく蹴飛ばすと、小石がコロコロと転がる。
「小さいりりちゃんも可愛いよ？」

ムムムッ。
　含み笑いをしながら、私の頭をなでる玲音に握った拳をつきだすと、笑顔でかわされた。
「あーもうっ、ムカつくっ！」
「本当、りりちゃんって負けず嫌いだよね？　よしよし、もうすぐバス来るから大人しく待とうね？」
　もうっ!!
　ぷうっと頬をふくらませて、玲音を睨みつける。
　すると、朝日に照らされて優しく笑った玲音を見て、どきりと心臓が波打った。
　んん？
　なんだろ、これ？
「りりちゃん、どうしたの？」
「な、なんでもないっ」
　玲音から目をそらして、遅れて到着したバスにバタバタと乗り込んだ。

　授業中、ななめ前の席に座って真剣にノートをとっている玲音をぼんやりと見つめる。
　琥珀色の柔らかい髪も、黒く潤んだ大きな瞳も小さい頃と変わらない。
　それなのに気がつけば、玲音のほうが私より背が高くなって、足が速くなって、私より勉強ができるようになっていた。
　いつから、玲音に助けてもらうことのほうが多くなった

んだろう。
　休み時間になると、玲音をひと目見ようと下級生の女の子たちがやってきた。
　もう涙を浮かべて私のことを追いかけ回していた、小さい頃の可愛かった玲音じゃないんだよなぁ。
　ぼんやりとそんなことを考えていたら、話したことのない新入生に呼び出された。
　廊下で真っ赤な顔をしているその新入生に、目をパチクリさせる。
　背の高い新入生を見あげると、その新入生が頭をかきながら言いにくそうに口を開いた。
「あの、ちょっと話したいことがあるので、今日帰りに待っていてもいいですか？」
「ここじゃ話せないこと？」
　小さくうなずいたその新入生に、「いいよ」と笑って応えると、ホッとしたようにその新入生の頬がゆるんだ。
　すると、いきなりうしろから羽交い締めにされて軽く悲鳴をあげた。
　こんなことしてくるのは……。
「りりちゃん、今日、合い鍵忘れちゃったから借りてもいい？」
　やっぱり玲音だ。
　すると、玲音の言葉をきいた新入生が眉をよせた。
「合い鍵って……、吉川先輩と如月先輩って本当に一緒に暮らしてるんですか？　ただの噂だと思ってたけど……」

「ち、ち、違うよっ！　一緒になんて暮らしてないっ!!」
　慌てて否定すると、玲音も私に続いた。
「そうそう。ただ合い鍵持ってるだけだよ。ね、りりちゃん？」
「う、うん」
「それじゃ、帰りに昇降口のところで待ってますね」
　そう言って、その新入生が自分の教室に戻ろうとすると、突然玲音が私の耳元に唇を寄せて、小さな声でささやいた。
「りりちゃん、今すぐキスしたい」
「……へ？」
　そう言って、いきなり顔を近づけてきた玲音に、迷わず往復ビンタ。
　頬を赤く腫らしながら、なお顔を近づけてきた玲音に、悲願のかかと落としを決めようとかかとを振りあげたところで、その新入生が青ざめながらつぶやいた。
「よ、吉川先輩、や、やっぱり今日はいいです。ま、また、今度……」
「ほへ？」
　私を見て、怯えたようにあとずさりながら自分の教室に戻っていったその新入生に首をひねった。
「あの子、なんの用だったんだろう？」
「さあね？　別に用なんてなかったんじゃない？　それより、もうすぐ授業はじまるよ？」
　そう言って、にっこり笑った玲音のネクタイをつかんで、周りに聞こえないように、玲音の耳元に口を寄せた。

「……っていうか、学校の廊下でキスとか、信じられないっ！　なに考えてるの!?」
「じゃ、部屋に帰ってからならいいの？」
「んなわけないでしょうがっ!!」
　懲りずにヘラヘラ笑っている玲音の背中をドスドスと蹴飛ばしていると、廊下の向こうでその新入生が怯えたように私のことを見つめていた。
　はあぁ。

　放課後、部室棟に向かって歩いている玲音がくるりと振り向いた。
「りりちゃん、今日はバイト？」
「今日はこのまま病院にいく」
「そっか、いつもありがとな」
　今までの玲音だったら考えられない言葉に、思わず動きを止めた。
「りりちゃん、どうしたの？」
「なんでもないっ。おばさんになにか伝言があるなら伝えておくよ？」
「じゃ、週末行くからって言っといて」
　少し大人びた表情で小さく笑うと、玲音は部室へ向かって歩きだした。
　そんな玲音のうしろ姿を、ぼんやりと見つめながらついて行く。
　おばさんが集中治療室に入ったあの日以来、玲音はすご

く変わった。
　よく病院に行くようになったし、おばさんの話をするようになった。
　すると、部室が見えてきたところで、玲音がぴたりと足を止めた。
「……この距離感おかしくない？」
　そう言って２メートル先にいる玲音が顔をしかめた。
「だって、玲音に近づくと、なにされるかわからないんだもん」
　最近、玲音に近づくと妙に心臓が騒がしいし。
「だからって、いくらなんでもこれはないよね？　めっちゃ会話しにくいんだけど」
　大声を出した玲音にあいまいに答える。
「とにかく、部活がんばってね」
　ひらひらと手を振って、校門に向かおうとすると、部室へと向かって歩きはじめた玲音が、こめかみを押さえながら軽く頭を振った。
「玲音、どうしたの？」
　少し声を張りあげてたずねると、玲音が顔を歪めた。
「なんかさ、ちょっとだるいっつうか、頭痛いんだよね。朝から……」
　両手で頭を押さえて座り込んでしまった玲音のところに慌てて駆けつけた。
「大丈夫？　熱はない？　病院行ったほうがいい!?　このまま病院行く？」

玲音のおでこに手を当てるけれど、とくに熱はなさそう。
「私、サッカー部の顧問の先生に、今日は玲音休むって言ってくる。すぐに病院行こうっ！」
　そう言って走りだそうとした瞬間、立ちあがった玲音に腕をつかまれた。
「え!?」
　驚いて振り向くと、そのまま玲音の両手に抱きしめられた。
「つっかまえた〜」
「は!?　なに？　玲音、離して！」
「ヤダ」
「ヤダじゃないでしょ？　まさか、さっきの全部嘘なの!?」
「嘘じゃないよ。りりちゃん不足による頭痛とめまいだから。よって、ただ今治療中」
「最低っ！　てか、離せっ!!」
「りりちゃん充電中なのでムリっ」
　もうっ!!
　なにこの馬鹿力っ！
「早く離してっ!!　みんなが見てるでしょ！」
「みんなが見てるからこそだよ？　それじゃ、これならどう？」
「え？」
　思わず玲音を見あげると、おでこに降ってきたのは玲音の唇……。
「ギャ――!!」

逃げ出そうとするけれど、玲音の両腕にガッチリとかかえ込まれてまったく身動きがとれない。
「ずっとこうしていたいね？　りりちゃん？」
「ふざけんなっ！」
　軽く玲音に蹴りを入れようとしたものの……。
　ううっ。なぜだか力が入らないっ。
「じゃ、りりちゃん、がんばってくるね！」
　パッと私の体を離すと、逃げるように部室に向かって走り去っていった玲音を見つめた。
　なんだろ……。
　いつもの調子が出ない。
　玲音の唇が触れたおでこが妙に熱い……。
　軽い足取りで部室に向かう玲音を、ぼーっと眺めた。
　それにしても、本気で玲音のこと、心配したのに。
　キスのあとの玲音の得意げな表情を思い出したら、フツフツと怒りがこみあげてきた。
　上機嫌の玲音を全力で追いかけると、うしろから玲音の首を締めあげた。
「い・い・か・げ・ん・に・し・ろっ！」
「グエッ……」

【玲音side】

「あの……如月先輩、ほっぺ冷やしますか？」
「大丈夫。慣れてるから」
　マネージャーがおずおずとさしだした氷を、首をふって断った。
「お前、また吉川さんにちょっかい出して殴られたの？　懲りねえな、本当」
「いい反応するからね～、りりちゃん」
「お前、吉川さんのこと可愛くてたまんないんだな。わざと吉川さんのこと、怒らせるようなことばっかりしてるもんな」
「だね～」
　ジャージに着替えてアップをはじめると、１年の渡辺が会話に加わってきた。
「たしかに如月先輩の彼女さん、めっちゃ可愛いっすよね。俺、すげえタイプ。入学式で見かけて、ヤベえってマジで思いましたもん。ちっこくて可愛いのに強いっていうのも、たまんないっすよね。俺、如月先輩の彼女じゃなかったら、ガチで狙ってたかも。俺の友達にもファン多いっすよ」
　しゃがんで靴ひもを結びながら、渡辺が笑う。その渡辺の頭の上に、スパイクを履いた足を乗せた。
「たしかに、りりちゃん可愛いよね？　でもさ、渡辺。お前、今後、りり花の視界に入ったら処刑な。一晩中ゴールに逆さ吊りにしてやるから。お前の友達にも言っておけよ？」

「さーせんしたっ!!」
　土下座した渡辺の頭をコツンとたたくと、マネージャーに呼ばれた。
「いいよなー、玲音ばっかりさ」
「1年のマネなんて、玲音のことしか見てねえじゃんな」
「本当、不公平だっつうの」
　突然ブーブー文句を言いはじめたメンバーを適当にかわしながら洗い場に行くと、マネージャーの畠山(はたけやま)が、カゴいっぱいのユニフォームを洗濯機につっこんでいるところだった。
「あの、如月先輩……」
「ん？」
　顔を少しのぞきこむと、畠山が顔を赤らめる。
　長い髪をひとつにまとめた畠山が、大きな目を伏し目がちにして、汚れたユニフォームを指さした。
「如月先輩のユニフォームだけ出てないみたいなんですけど」
「ああ、俺はりり花に洗ってもらうからいいや」
「でも……」
「それだけたくさんあったら、一枚でも少ないほうが楽でしょ？　それに、俺、りり花に洗ってもらったほうが調子出そうな気がすんだよね」
「…………」
「用ってそれだけ？　もうすぐ練習始まるんだけど」
　すると、畠山が俺の赤く腫れた頬に視線を向けた。

「あの、それ冷やさなくて本当に大丈夫ですか？」
「ああ、氷ならいらない。りり花に殴られるの慣れてるし」
「痛くないんですか？」
「めっちゃ痛いよ。半端ないからね、りり花の平手。今日は往復ビンタもいただいちゃったしね。でも、俺、りり花のマジ切れしてる顔も好きなんだよね～」

　りり花の怒った顔が目に浮かんで、思わず頬が緩む。
「如月先輩、彼女さんのこと大好きなんですね。すごく可愛い人ですもんね……」
「そうだね、もうかれこれ12年になるしね」

　ま、本当のところは、幼なじみ歴12年を経て、そろそろ次のステップへ突入ってところかな。
「じゃ、練習戻るね」

　もじもじと、はっきりしない態度のマネージャーにくるりと背中を向けて、グラウンドに戻ろうとしたそのとき、水道の蛇口につながれていたホースが、すぽんとはずれて蛇口から水が盛大に噴き出した。
「うわっ!!」

　噴水のように吹き出した水が、またたく間にあたり一面を濡らした。

　顔をあげると、畠山が水道の栓(せん)を止めようとパニクっていた。頭から水をかぶって、びしょ濡れだ。

　そんな畠山の腕をひっぱって、その場から引きはがした。
「落ちつけって。ほら」

　水道の栓をきゅっと閉めると、途端に静まりかえった。

「すっげぇ。びっしょり……」
　呆然としていた畠山は、頭からびっしょりと濡れた俺を見ると慌ててタオルを持ってきた。
「ご、ごめんなさいっ。本当にごめんなさい!!　練習前なのにっ」
「暑いからちょうどいいよ」
「本当にごめんなさいっ!!」
　泣きそうになりながら、何度も頭をさげて謝る畠山の頭を軽くポンポンとたたく。
「気にするなって。そんなに謝ることじゃないだろ。それより……」
　俺と同じくびっしょり濡れている畠山をチラリと見て、着ているジャージを脱いで手渡した。
「……え?」
「アホなこと考えるヤツもいるかもしれないから、それ着てれば?　濡れてるジャージで悪いけど」
「……っ!!」
　水に濡れて下着が透けてることに気づいたのか、真っ赤になったマネージャーをその場に残して、グラウンドに戻った。

【りり花side】

　バス停に向かうためグラウンド沿いを歩く。すると、サッカー部を見学している女の子たちの甲高い声が、いつになくにぎやかに聞こえてきた。
「ムカつく！　なんであの子、如月先輩のジャージ着てるの!?」
「本当だ！　信じられないっ！」
「あの子、如月先輩目当てでサッカー部入部したって有名だよね」
「だからって、あんなに堂々と先輩のジャージ着るなんておかしくない!?」
　女の子たちの甲高い声に、肩をすくめる。
　玲音、相変わらずモテてるなぁ。
　砂まみれになりながらも、必死にボールを追いかけている玲音をしばらく見てから、バス停に向かった。

　病院に行くと、おばさんは珍しく眠っていた。
　看護師さんから、今日は朝から検査続きだったと聞いて、おばさんには会わずに帰ることにした。
　おばさん、一日中検査じゃ疲れただろうな……。
　明日には会えるといいな。
　そんなことを考えながら病院を出ようとした、ちょうどそのとき、沙耶ちゃんからメッセージが届いた。
『今日、部活がなくなって、今、駅にいるの。りり花、ヒマ？』

時計を見ると、ちょうど４時になるところだった。
『ヒマ！　今から行くっ！』
　すぐに返事をして、駅に向かった。
　駅前のM's（エムズ）バーガーにつくと、メロンソーダを飲んでいる沙耶ちゃんをすぐに見つけることができた。
「りり花、急に呼び出しちゃってごめんね？」
「放課後に、こうしてふたりで会えるの、久しぶりだよね！　すごく嬉しいっよ」
　沙耶ちゃんの向かいに座ると、沙耶ちゃんが意味ありげな視線を私に向けた。
「あのさ、最近、玲音くんとなにかあった？」
　じっと見つめてくる沙耶ちゃんに、ぶんぶんと首を横にふる。
「いや、な、なにもないよっ!?」
「もしかして、チューとかされちゃった？」
　ブハッ！
　飲んでいたアイスティーを吹きだした。
「ど、どうして？」
「うーん……。なんとなく、最近、ふたりの距離が近いような気がして。もともと、仲はよかったけど。……なにか違うような気がするんだよね」
「いやいや、そんなこと、ない！　……と思う」
　沙耶ちゃんのご指摘を精いっぱい、否定する。
「でも、それだけ長い間一緒にいるんだから、本当は２回や３回くらいキスしたことあるんでしょ？　保育園の頃に

園庭で……とかさ」
　楽しそうに話す沙耶ちゃんの言葉に目を泳がせる。
　知らない間に2000回以上キスされてました……なんて、情けなくて、さすがに沙耶ちゃんにも言えません……。
　M'sバーガーを出ると、普段はあまり行くことのない駅の裏道を沙耶ちゃんと歩いた。
「たしか、この辺にあるはずなんだけどな」
　沙耶ちゃんが先輩から教えてもらったという、新しい雑貨屋を探していると、赤い派手なエプロンをつけたお兄さんが、ビラを片手に私と沙耶ちゃんの間に割り込んできた。
「はい、どーぞー。カラオケ、今なら２時間100円！　女子高生ならフリードリンク付きでーすっ！」
　沙耶ちゃんが、ちらりとそのビラを見る。
「フリードリンクつきで、２時間100円って安くない？　ここ、行ってみようか！」
「行ってみたいっ！　カラオケ行くと玲音がイヤがるから、あんまり行ったことがなくて」
　それを聞くと、沙耶ちゃんが顔を曇らせた。
「玲音くんから離れない限り、いつまでたってもり花に彼氏なんてできないよね」
「は、はは……」
　沙耶ちゃんの言葉に苦笑いしながら、少し奥まったところにあるそのカラオケ店に入る。
　お店に入り、ふたりで盛りあがったところで、玲音から着信があった。

おばさんになにかあったのかと、不安にかられながら電話をとる。
「玲音、どうしたの？　なにかあった!?」
『俺の愛しのスイートベイビーは今、なにをしてるのかな？　もしかしたら、俺に会いたくて、泣いてた？　俺は今、部活の休憩中で……』
「……ごめん、忙しいから切るね」
　返事を待たずに通話を切った。
「りり花、電話とらなくていいの？」
　沙耶ちゃんがそう言って、着信中を表示している私のスマホを指さした。
「せっかく沙耶ちゃんと一緒にいるんだもん。今日くらいはゆっくり楽しみたいからいいの」
　沙耶ちゃんとカラオケしてるって言ったら、玲音、ここまで来ちゃいそうだし。
　しばらくすると、また玲音から着信があった。
　ううっ。この際、無視しよっ。無視。
　帰ったら、うるさいかもしれないけど……。
「りり花、ちょっとトイレ行ってくるね」
　沙耶ちゃんがトイレに行くと、少し悩んでスマホをカバンの奥にしまった。
　それから、いくら待っても沙耶ちゃんが戻ってこない。
　具合でも悪いのかな？
　そう思って扉の外へと視線を向けると、沙耶ちゃんが廊下で誰かと話していた。

知り合いにでも会ったのかな？
　部屋からぴょこんと顔を出す。
　すると、沙耶ちゃんが話しているのは、強面のスキンヘッドの男の人。
　沙耶ちゃんのお友達、ではなさそう。
　よくよく見れば、お話ししてるんじゃなくて、沙耶ちゃん、捕獲されてる。
　ま、まずいっ！
　近くに竹刀の代わりになるようなものを探すけれど、見当たらない。
　でも、相手はひとり。
　どうにかなるかもしれない。
　すると強面のスキンヘッドが、顔を出した私に気づいた。
「おっ！　キミ、この子のお友達？　ふたりとも、レベル高いねぇ。ねぇねぇ、キミも一緒に遊ぼうよ。女子高生でしょ？　全部払ってあげるからさ」
「だ、大丈夫です」
　廊下に飛び出して、自分に引き寄せるように沙耶ちゃんの腕をぐいっとつかむ。
　すると、スキンヘッドのお兄さんがニヤリと笑って、沙耶ちゃんを両手でかかえ込んだ。
「いや、大丈夫とかじゃなくてー。つうか、ぶっちゃけ拒否権ねぇから！　ほら行こっ。お兄さんたちが遊んであげるから！」
　近くを通った店員さんに目で助けを求めたけれど、店員

さんは見て見ぬ振りをして行ってしまった。
　信じられないっ！
　無理やり沙耶ちゃんを引っ張って連れて行こうとする、スキンヘッドのお兄さんに手を伸ばすと、うしろから別のだれかに肩をつかまれた。
「キミは俺と行こうね。いや～女子高生、めっちゃ久しぶり！　キミ、可愛いよねえ？」
　金髪頭のそいつが、全身をなめまわすように見てきてゾッとする。
「離してくださいっ！」
　金髪男の手を思い切り振り払おうとするけれど、さすがに力ではかなわない。
「おおっ、威勢がいいね？　強気な女子高生を泣かせるのが趣味っていうヤローも奥にいるし、ほらほら、早く俺らの部屋に行こうぜっ」
　俺ら……って、いったい何人いるんだろう。
　強面のスキンヘッドに捕獲された沙耶ちゃんは、今にも泣きだしそうな顔をしている。
　これは本気でマズイ。
　諦めてとりあえず金髪頭に従おう……。
　と、見せかけて、金髪頭が私の腕をつかむ力をゆるめたその瞬間、金髪頭の右手をつかんでその腕をねじりあげた。
「いってぇ！」
　金髪頭が怯んだその隙に、そいつのたるんだ腹を思い切り蹴りとばして体を離した。

そのまま、沙耶ちゃんにベタベタ触っているスキンヘッドの手を払い、足をひっかけた。
　スキンヘッドがバランスを崩して、前のめりに倒れたのを確認して、沙耶ちゃんの手を取って、お店の入り口に向かって駆け出した。
　思いきり走って走って、走って……。
　なんとか、怖いお兄さんたちから逃げ切れる、……はずはなかった。
　世の中そんなにうまくはいかない。
　入り口の自動ドアを出たところで、ネックレスを首輪のようにジャラジャラとぶらさげたシルバーヘアの鋭い目をしたお兄さんに腕をつかまれた。
「沙耶ちゃん、逃げてっ！」
　先にお店を出た沙耶ちゃんが、驚いて戻ってこようとしたので慌てて首を横にふり、先に逃げるように伝える。
　気がつけば金髪頭とシルバーヘアのお兄さんにはさまれていた。
「キミ、元気いいね〜。俺の大切なお友達をおちょくってくれて、ありがとね。そんなに元気がいいなら、キミひとりで俺ら全員、相手にしてくれんのかな？」
　そう言いながら、金髪頭が私の喉元にナイフを突きつけてきた。
　遠くからこちらを見ている沙耶ちゃんに首を振って、見つかる前に逃げろと合図を送る。
　金髪頭が私の肩に腕を回す。

カップルにみせかけて、周りから見えないように私の首筋にナイフを当てた。
　その手慣れた動作に、背筋が凍る。
　周りの人は、見るからにガラの悪いそのふたりから意図的に視線を外していて、誰も気がついてくれない。
「じゃ、行こっか」
　ここまでだ……。
　金髪頭とシルバーヘアにはさまれて、絶望的な気持ちで店内に向かって一歩踏み出したそのとき、グラリと大きく体が揺れた。
　ドンッと尻もちをついて見あげると、首に当てられていたナイフが蹴り飛ばされて、金髪頭が顔面に回し蹴りを食らっているところだった。
　唖然として目の前の光景を見つめる。
　回し蹴りをまともにくらった金髪頭は、盛大に鼻血を吹き出して倒れこんだ。
　その横で、シルバーヘアがみぞおちを押さえて座り込んでいる。
「りり花！　ボケっとしてんなよっ！　走れっ！」
　玲音の声だった。
　目の前で起きた光景が信じられないまま、手を引かれて無我夢中で走った。
　はぁ……はぁ……はぁ……。
　お店からだいぶ離れたところまで走って、足がもつれてしゃがみこんだ。

「あんなとこでなにしてたんだよ！　バカりり花！」
「なにって……はぁ……カラオケ……」
「あの店あぶねぇんだよ！　なんであんな店入ってんだよ！　こんな時間に出歩いて、バカかお前！」
「こんな時間って、まだ7時前……」
「十分遅い時間だろっ!!」
　怒り狂う玲音をじっと見つめる。
「どうして……？」
　肩で息をしながら玲音にたずねる。
「どうしてあそこにいたの？」
「それは……」
　言いにくそうに口をつぐんだ玲音を、じっと見つめると諦めたように玲音が口を開いた。
「……スマホ」
「……え？」
「りり花の居場所、GPSで探した」
「玲音、ストーカーなの？」
「おいっ！　誰が助けてやったと思ってんだよっ」
　視線を尖らせた玲音に小さく謝る。
「す、すみませんっ」
　すると、玲音が長いため息をついた。
「お前の母さんから頼まれてたんだよ。りり花になにかあったときのためにって。俺のスマホから、お前の居場所探せるように登録してあるんだよ」
「いつから？」

「りり花がスマホ買った瞬間から」
「ってことは5年前もから!?　怖っ」
「はぁ!?　どの口が言うか?　どの口が?」
　玲音にほっぺたを両手でぎゅっとつかまれて、涙目になる。
「ご、ごめんなさいっ!!　それより、玲音……」
「ん?」
　じっと玲音の顔をのぞき込む。
「さっきの回し蹴りなんだけど……」
　それを聞いた玲音が体を固くした。
「あの回し蹴り、素人じゃできないよ」
　まるで見本のようにきれいな回し蹴りだった。
「言わなきゃダメ?」
　じーっと玲音を見つめて、コクンとうなずく。
　けれど、玲音は固く口を結んだまま話そうとしない。
　でも、回し蹴りは訓練された人じゃなければ、あんなふうにきれいに決めることなんて絶対にできない。
　視線をそらさず、じっと玲音を見つめる。
　すると観念したように玲音が口を開いた。
「あー、もうっ!　こっそり習ってたんだよ、空手。ずっと隠し通すつもりだったのに!」
　驚きすぎて、しばらく言葉が出なかった。
　呼吸を整えて、あらためて玲音にたずねる。
「玲音、空手嫌いじゃなかったの?」
「嫌いなのは空手じゃなくて、りり花の周りにいる道場の

男たちだよ。りり花が強い男が好きだって言うから……」
　頬をふくらませて目をそらした玲音をのぞき込む。
「いつから習ってたの？」
「中学に入ってすぐの頃から」
　そんなに前から!?
「全然気がつかなかった……」
　唖然として玲音を見つめた。
「部活帰りに道場行ってたし、月に数回だったし。りり花が習ってた道場とは違うとこだから」
　信じられない思いで玲音の話に耳を傾ける。
　空手は流派が違うと参加する大会も違うことが多い。
「どうして教えてくれなかったの？」
「あいつに勝てるようになるまでは、言うつもりなかったんだよ」
　語気荒くそう言った玲音に、きょとんとする。
「あいつって誰？」
「絶対に教えない！」
　玲音がそう言って顔を背けたそのとき、沙耶ちゃんから着信があった。
　慌ててスマホを手にした途端、通話が切れてしまった。
「ごめん！　ちょっと沙耶ちゃんに電話するねっ」
　電話をかけようとして、その手を玲音に止められた。
「沙耶ちゃんなら、交番に逃げ込んで彼氏が迎えに来たはずだよ。だから沙耶ちゃんも無事だよ」
「そっか……。よかった……」

玲音の言葉にホッと胸をなでおろした。
「ついでに、警察もあの店に向かったから、もう大丈夫だと思う。今までにも同じようなことが何度もあったらしいから」
「そっか……」
　安心したら、力が抜けた。
　歩道にしゃがみこんだまま動けずにいると、近づいてきた玲音の両腕に包まれた。
「心配させんな、バカッ！」
　玲音の胸のなかでコクンとうなずいた。
「ほら、帰るぞ」
　玲音に手を引っ張られて立ちあがり、手をつないでマンションまで戻った。
　私の手のひらを包む玲音の体温に、ホッとする。
　いつの間に玲音の手はこんなに大きくなったんだろう。
　家に帰って、シャワーを浴びると、バタンとベッドに体を投げ出した。
「疲れたーっ!!」
　はぁ……。本当に怖かった……。
　玲音が来てくれて、本当によかった。
　あのときの玲音、ちょっとかっこよかったな……。
　気が抜けたら急に眠くなった。
　まぶたが……重い……。

【玲音side】

　りり花が眠ってしまい、しばらくすると、インターホンが鳴った。
　ドアの前に立っているのは、沙耶ちゃんだった。
「これ、りり花のカバン。交番で彼が迎えに来てくれるのを待ってる間に、警察の人がお店まで取りに行ってくれたの。明日、カバンないと困るだろうから届けに来た。りり花にメッセージ送ったんだけど、返事ないから」
　カバンを受け取りながら、りり花を起こさないように小さな声で話す。
「ありがとう。りりちゃんは疲れて寝ちゃってる。明日の朝、渡しておくね」
「……疲れて寝てるって、まだ、9時半だよ？　小学生じゃないんだから」
　眉を寄せた沙耶ちゃんににっこりと笑って答える。
「俺がりりちゃんのこと、そうやって育ててきたからね？」
「……はい？」
「りりちゃんが変な男にひっかかったら大変だからさ」
　すると、沙耶ちゃんが顔をしかめた。
「あのさ、りり花に彼氏ができようが、そんなの玲音くんには関係ないでしょ？　玲音くんはただの幼なじみなんだから。そもそも、どうして玲音くんががりり花の家にいるの？」
　息まく沙耶ちゃんに、さらに声を落とす。

「沙耶ちゃん、俺たち実はね……」
　しばらく沙耶ちゃんと立ち話して、沙耶ちゃんが頬を紅潮させて帰っていくのを見送った。
　シャワーを浴びて、りり花の寝ている寝室に向かうと、相変わらずりり花は無防備に眠っている。
　りり花の寝顔を眺めながら、その髪をゆっくりとなでた。
　りり花が無事で、本当によかった。
　はぁ……。
　マジで焦った。
　少しでも遅れていたら……と、考えるだけでゾッとする。
　寝ているりり花の隣に潜り込み、両手でりり花をぎゅっと抱きしめる。
　りり花の髪に顔をうずめて、そのおでこに軽く唇を触れさせた。
「俺が、りり花のことを守るから」
　そう言って、スヤスヤと眠っているりり花の唇に、ゆっくりと自分の唇を重ねた。
「大好きだよ……」
　寝ているりり花にそうつぶやいて、りり花の体温を両手に感じながら目を閉じた。

【りり花side】

　最近、沙耶ちゃんの様子がおかしい。
　昨日は学校に着くやいなや、ひと気のない非常階段まで連れていかれた。
「あ、あの、りり花！　今まで私、彼氏の友達を紹介するとか、余計なことばっかり言って、本当ごめんね。私、詳しいこと全然知らなかったから」
「え？　詳しいことって？」
　朝から挙動不審な沙耶ちゃんに、眉を寄せる。
「あ、いいの、いいの！　こんなところで話せることじゃないしさ。あの、りり花の気持ちもわかるし！」
「私の気持ちって？」
「いや、わかるかどうかは、ともかく！　私はりり花と親友ってこと!!　なにがあっても、私はりり花のことも玲音くんのことも応援してるから!!」
「……う、うん」
　私の両手を握って、目をキラキラと輝かせている沙耶ちゃんに、曖昧に笑って答えた。
　でも、沙耶ちゃん、いったい、なんの話をしてたんだろう？
　朝ご飯を食べながら昨日の沙耶ちゃんを思い出していると、玲音が首をかしげた。
「りりちゃん、どうしたの？」
「あのね、最近の沙耶ちゃん、おかしくない？　玲音が話

しかけてくると、急に席を立ってどっか行っちゃうし」
「そうかな？　俺たちに気を遣ってくれてるんじゃない？」
　玲音の言葉に、頭を悩ませる。
「なんのために気を遣ってるの？　前はね、『玲音から離れて、早く彼氏作ってダブルデートしようよー』って毎日のように言ってたのに、最近は『ふたりのこと、応援するから!!』って、そればっかり言うんだよ？　私、なにを応援されてるの？」
「さぁ？　なんだろうね？　それより、りりちゃん、早くネクタイ結んで？」
「……うん」
　玲音のネクタイを結びながら、首をかしげた。

【玲音side】

　……え？
　沙耶ちゃんになにを言ったかって？
　ほんのちょっと、嘘をついただけだよ？
　りり花と俺は本当は実の双子の姉弟で、姉弟と知りながら、俺たちは禁断の恋に落ちてしまったんだ……ってね。
　だから協力してほしいって、涙ながらに沙耶ちゃんにお願いしたんだ。
　だって、あの子いつもりり花に男を紹介しようとするからさ。
　ほら、沙耶ちゃん、禁断モノ好きだって言ってたから。
　でも、りり花には内緒だよ。
　りり花は俺のものだからさ。

【りり花side】

　翌日、朝のホームルームが終わると、矢野先生が入ってきて黒板に『自習』と大きく書いた。途端に教室がさわがしくなる。
「お前ら、自習は休み時間とは違うからな。とりあえず絶対に教室から出るなよ」
　それだけ伝えると、先生はさっさと職員室にもどっていった。
「ねえねえ、りり花、早弁しちゃおうよ！　教室から出なければなにしてもいいって言ってたよね？　お昼は買いにいけばいいしっ！」
「賛成！　お腹空いたよね！」
　お弁当を取り出して、窓際の沙耶ちゃんの席の前に座る。
　すると、沙耶ちゃんが校庭で体育をしている１年生を見て眉を寄せた。
「ねえ、りり花。あの１年、どうして玲音くんのジャージ着てるの？」
「え？」
　沙耶ちゃんに言われて校庭に視線を向けると、だぶだぶの大きなジャージを着て走っている女の子が見えた。
「あれ玲音のジャージなの？」
「うん、さっきすれ違ったら胸に『如月』って刺繍がされてたんだよね。あきらかにサイズ大きいし、肩にラインが入ってるのは男子のジャージでしょ。この学校で、如月っ

て名字は玲音くんだけだし。なにがあったの？」
「さあ？」
　玲音、なにも言ってなかったな。
　玲音のジャージを着て、幸せそうにしている女の子をぼんやりと眺めていると、チクリと胸が痛む。
　その理由がわからず、卵焼きをぱくりと食べた。
　すると、玲音が私たちの席までやってきた。
「りりちゃん、もう弁当食ってるの？　まだ1時間目だよ」
　玲音が目を丸くする。
「朝ご飯の続き？……みたいな。玲音のお弁当は私の机のなかに入ってるよ」
「サンキュー！　じゃ、俺も早弁しちゃおっかな。あ、りりちゃん、今日の帰り、部活見に来れる？」
「ごめん、今日はバイト」
「ちぇっ。つまんないの。やる気でねえ」
「部活くらいひとりでがんばれ」
　肩を落とした玲音にあきれていると、沙耶ちゃんが玲音に鋭い視線を向けた。
「それより、玲音くん。あの子なんで玲音くんのジャージ着て体育してんの？　浮気？」
　沙耶ちゃんの言葉に、玲音が訳がわからないといった様子で首をひねる。
「なにそれ？」
「あの子のこと」
　沙耶ちゃんの視線を追って校庭を見回した玲音が、ぴた

りと動きを止めた。
「なんであいつ、俺のジャージ着てんの?」
「玲音くんの知り合い?」
　沙耶ちゃんがたずねると、玲音が不機嫌そうに答えた。
「うちの部のマネージャーの畠山。あいつなに考えてんだ?」
「さあ?」
　3人でなんとなく校庭を眺めていると、机の上に置いてあった私のスマホがブーブーと震えた。
　颯大からのメッセージだった。

モヤモヤした気持ち

　夕飯の時間、ハンバーグを食べながらご機嫌の玲音をちらりと盗み見る。
「りりちゃん、めっちゃ美味いっ！　俺、絶対りりちゃんのハンバーグが、世界一美味いと思うっ！」
「じゃ、明日のお弁当にもいれておくね」
「本当に!?　やったっ！　いい嫁もって、俺って本当に幸せ者だ～！」
「嫁じゃないけどね？」
「じゃ、彼女かな？」
「……でもないけどね？」
　できる限りの冷たい視線を玲音に送る。
「相変わらずつれないなあ！　でも、俺はりりちゃんのこと大好きでしょ？　それで、りりちゃんも俺のこと好きでしょ？」
「幼なじみとしてね？」
「ってことは、俺たちは相思相愛ってことだから、なにしてもいいってことだよね？」
「どうしてそうなるの？」
「今日学校で習ったじゃん。3段論法ってやつ」
「本当に授業聞いてた？　3段論法が泣いてるよ？」
「っつうか、りりちゃん、全然食べてないじゃん！　ほら、あーんして！」

フォークに刺したハンバーグを、目の前にさしだした玲音に首を振る。
　すると、ニコニコと笑ったまま、玲音がじっと私の目をのぞき込んだ。
「……りりちゃん俺になんか隠してるでしょ？」
　ドキッ‼
「えっと、いや、なんで？」
　びっくりして思わず麦茶をこぼしそうになった私を、玲音がじっと見つめている。
「りりちゃんってさ、ハンバーグ作るのは世界一上手だと思うけど、隠しごとするのは世界一ヘタだよね？」
「べ、べつに隠すつもりなんてなかったよ。ただ……」
「ただ？」
　ニコニコしてるけど、玲音の目、全然笑ってない……。
　えーん……。
　めっちゃ怖い。
　ほんの数分前までご機嫌だったのに。
「あ、あのね……、その、昼に、颯大からメールがあったの……」
「……颯大？」
　颯大の名前を聞いた瞬間、玲音のこめかみがピクリと動いた。
「この前の大会で颯大、優勝したんだって。それで、颯大のお祝い会を道場のメンバーでやることになってね」
　ううっ。

悪いことするわけでもないのに、声が震える。
「……ふたりきりなの？」
　ひえっ。
　玲音の視線が、恐ろしいほどに尖ってるっ！
　怖すぎるってば!!
「ま、まさかっ！　師範や館長も来るよ」
「りりちゃんは行きたいの？」
　えーん……。
　ハンバーグをフォークでグサグサ刺しながら、そんなに怖い顔してたずねてこないで。
　ハンバーグが、そぼろになっちゃう……。
「少しだけでも参加したいなぁとは思ってるけど、玲音が行くなっていうなら行かないよ？」
「じゃ、行かないで」
「わかった……」
　コクンとうなずいて視線を落とした。
　……仕方ないか。
　そう思いつつも、やっぱりちょっと残念。
　心の中でため息をついて、サラダに手を伸ばした。
　すると、ニコっと笑った玲音に、おでこをペシっとたたかれた。
「なーんて、嘘だよっ。そんな落ち込んだ顔しないでよ。ふたりきりで会うんじゃないんでしょ？　それならいいんじゃない？」
「本当!?　行ってもいいの？」

思わず身を乗り出す。
「どこでやるの？　そのお祝い会」
「駅前の『焼き肉ジュージュー』だって」
「食べ放題のとこ？」
「うん！」
「久しぶりに楽しんでおいでよ」
　笑顔の玲音に、ホッと胸をなでおろした。
　やった〜!!
　絶対に反対されると思ってたから、ものすごく嬉しいっ！
「じゃ、早速、行けるって返事してくるっ！」
　スマホを取りだして、すぐに颯大に返事を送った。

【玲音side】

「つうかさ、あんなの本心のはずないじゃん？」
　ベッドに腰かけて、すやすやと眠ってしまったりり花にこぼす。
「あんな顔されたら、行くな、なんて言えなかったんだよ」
　りり花のサラサラの髪を指ですくうと、気持ちよさそうにりり花が頬をゆるめる。
「行かせたくねぇ……」
　りり花の頬にそっと触れる。
　幸せそうに眠っているりり花に、ゆっくりと顔を近づけておでこにキスを落とす。
「りり花、いつになったら俺のものになってくれんの？」
　そのまま唇を滑らせて、りり花のぷるんとした柔らかい唇に自分の唇を重ねる。
　唇を重ねたまま、りり花のパジャマのボタンに手をかけた。
　颯大にとられるくらいなら、このまま……。
　そんな思いが頭をかすめたけれど、少しためらって、その手を止めた。
　はあ……。
　無理矢理やったところで、りり花の心が俺のものになんなきゃ意味ないしね。
　あーあ……。
　なんで『行っていい』なんて言っちゃったんだろ。

寝ているりり花の隣に滑り込むと、ふんわりと甘い香りが漂ってくる。
　両手で包み込むようにりり花を抱きしめて、りり花の髪に顔をうずめた。
　このままずっと俺の腕の中にとじこめておけたらいいのにね。

　りり花が出かける土曜日の夕方は、すぐにやってきた。
「じゃ、玲音、ご飯ここに置いておくからね？　ひとりで大丈夫？」
「うん、俺もでかけるかもしれないし」
「そっか」
「りりちゃん、遅くならないようにね？　帰り、迎えに行こうか？」
「ううん、大丈夫っ！」
　いつになく浮かれているりり花を、横目でちらりと見る。
　そんなりり花の両手首をつかんで、無理やり壁に押しつける。
「りりちゃん、俺、りりちゃんのこと本気だから。それだけは覚えておいてね？」
　きょとんと俺を見あげたりり花に唇を近づけると、間髪入れずに平手が飛んできた。
「玲音こそ、お約束３ヶ条、覚えておいてね？　私も本気だから」
「さすがりりちゃん！　絶妙の切り返し」

ひりひりと痛む頬をさすると、ゆっくりとりり花に両手を伸ばす。
「じゃ、いい子でお留守番しててね？」
「了解っ！」
「いってくるね？」
「うん、いってらっしゃい！」
　無言のまま見つめあうこと、約3分。
「……あのさ、いいかげん離してくれる？」
　俺の両手に閉じ込められて、身動きできなくなっているりり花が深いため息をつく。
「じゃ、いってきま～す！」
　俺の腕からすり抜けると、ウキウキと出かけたりり花を憂鬱な気分で見送った。

　りり花が家を出て10分が過ぎたところで、俺も着替えはじめる。
　家を出ようとドアを開けると、俺はピタッとその場に静止した。
　なぜなら、隣の家の前にマネージャーの畠山が立っていたからだ。
「こんなとこで、なにしてんの？」
　少しずつ畠山に近寄り、私服姿の彼女に問いかける。
「あの、如月先輩に借りてたジャージを返しに来たんですけど。でも、あれ？　如月先輩の家ってこっちじゃ……？　先輩が出てきた家、吉川って表札がありますね……」

まずい……。
「ちょっとりりちゃんちに用があってさ」
「そうなんですか？」
　りり花の家の鍵を締めている俺を、畠山がいぶかしげに見つめている。
「それより、ジャージなんてわざわざ返しに来なくてもいいのに。部活で渡してくれればいいだろ？」
　無愛想にそう言うと、畠山は肩を落とした。
「ま、いいや。とりあえずバス停まで送るよ」
　スマホと鍵をポケットにつっこんで、エレベーターホールに向かうと、畠山がおずおずとついてくる。
　エレベーターで１階に降りると、畠山とバス停へ向かった。
　すると畠山が消え入りそうな声でつぶやく。
「吉川先輩と、まさか一緒に暮らしてるんですか？」
「ちょっと用があっただけだって言ったろ？」
「合い鍵までもってるのに？」
　責めるような畠山の口調に顔をしかめる。
「それだけ俺とりりちゃんが深い関係だってことだよ？　あのさ、勝手に押しかけてきて、余計なこと詮索されても困るんだけど？」
　口調を強めてそう伝えると、畠山がしゅんと視線を落とした。
「もし、吉川先輩とふたりで暮らしてることがばれたら、退学なんですよね？」

畠山の声にぴくりと眉をあげる。
「なんでそんなこと知ってんの？」
「部活の前に如月先輩と吉川先輩が話してるのを聞いちゃったんです」
「だとしても、畠山には関係ないだろ？」
　すると畠山が思いつめたように口を開いた。
「関係あります……。入学してから毎日、先輩のこと見てました。サッカー部に入ったのも先輩に少しでも近づきたかったから。私、如月先輩のことが好きなんです」
　顔を赤らめてじっと見つめてくる畠山に、あっさりと伝える。
「でも、俺、りり花のことしか好きじゃないよ？」
「どうして吉川先輩なんですか？」
　納得がいかないという顔をしている畠山に、笑顔を向けた。
「なぜならば、俺がりり花のことをどうしようもなく好きだから」
「そんなの答えになってないです。それに……、もし如月先輩がそう思っていたとしても、吉川先輩が如月先輩のことを大切にしてるようには、見えないんです。私なら如月先輩のことたたいたりしない。私ならもっと先輩のこと大切にできます」
「りり花以上に俺のことを大切にしてくれる人はいないと思うけどね？」
「でも……」

「畠山にはさ、もっといいヤツがいるよ。俺、なかなか腹黒いからね？ こんな俺をまともに相手してくれるのなんて、りり花くらいだと思うよ」
「そんなことないです!! 私だって……」
　気色ばんだ畠山の言葉をすぐにさえぎった。
「悪いけど、俺がりり花じゃなきゃダメなんだよ。俺の世界は、すべてりり花のためっつうか。シュート決まればりり花に見てて欲しかったなって思うし、きれいなもの見たら、りり花に見せてあげたいなって思う。こうしてりり花の話してると、りり花に会いたくてたまらなくなる」
「でも、吉川先輩は如月先輩のこと、どう思ってるんですか？」
「俺のこと好きだって言ってくれてるよ」
　ま、残念ながらちょっと意味は違うけどね。
「だから、なにを言われても俺は畠山の気持ちには応えてあげられない」
「でも、そんな簡単には先輩のこと、忘れられません……」
　唇を噛んで下を向いた畠山に諭すように伝える。
「畠山は、もう少ししたらほかの誰かを好きになると思うよ。でもさ、俺は違う。俺にとって、りり花だけがこの世界でたしかなものなんだよ」
「たしかなもの？」
　畠山は、訳がわからないといった顔で俺を見あげた。
「たとえばね、俺がかっこいいシュート決められなくても、ものすごく情けないことしでかしてもさ、ついでに背が高

かろうが低かろうが、俺がどんな俺であっても、りり花は俺に対して変わらない。俺がへこんだときには優しく抱きしめてくれるし、俺が間違えたときには怒ってくれる。最後は俺のわがままを聞いてくれる。わかってくれなくていいんだけどね。なんつうか、もうDNAレベルでりり花のことが好きなんだよね」
「如月先輩がべた惚れってことですか」
「そ、べた惚れ」
　今すぐりり花に会いたいし。
　しばらく無言のまま歩道のコンクリートを見つめていた畠山が、顔を曇らせて低い声をだした。
「もし吉川先輩と同棲してることを学校にバラすって言ったら、私とつきあってくれますか？　吉川先輩が退学にならないように協力するって言ったら、私にキス……してくれますか？」
「……は？」
　あんぐりと口を開けて、畠山を見つめる。
「お前、自分がなに言ってるかわかってる？　ものすごくむちゃくちゃなこと言ってるんだけど。なに考えてんの？」
「だって、どうしても私の気持ちが、吉川先輩に負けてるとは思えないから……」
　唇を噛みしめて瞳を尖らせた畠山を、チラリと見つめる。
「別にいいけどさ、気持ちのないキスされて嬉しい？　キスしたからって俺、情が移ったりもしないけど」
「吉川先輩ばっかりずるいです」

絞り出すようにそう言った畠山の顔を、じっと見つめる。
　思い詰めた顔をしている畠山の両肩をつかむと、畠山の細い体をゆっくりと自分に引き寄せた。
　目を丸くして驚いている畠山に小さく微笑んで、顔を近づけた。

【りり花side】

　張り切って家を出たのはいいけれど、バスに乗ってからお財布を家に忘れてきたことに気づいた。
　うわっ、失敗した〜！
　久しぶりに道場のみんなに会えるのが嬉しくて、浮かれすぎた。
　稽古中は師範も館長も忙しくて、なかなかゆっくり話せないし、玲音がイヤがるのがわかってるから、最近は道場にも行ってなかった。
　だから、久しぶりに道場のみんなに会えるのが嬉しくてたまらない。
　それに、この前の大会で颯大がどんな勝ち方をしたのか聞けるのも、すごく楽しみだった。
　集合時間まで余裕があるから、家に取りに帰ってもまだ大丈夫だよね？
　バスを途中下車すると、道路をはさんだ反対側のバス停に走った。
　幸い自宅へ向かうバスがすぐにやってきたので、飛び乗った。
　いつものバス停で降りると、マンションに向かって猛ダッシュ！
　遅刻はしないと思うけど、今日は少しでも早く行きたいっ。
　しばらく走ると、歩道でいちゃいちゃしているカップル

が目に入った。
　うー……、邪魔だ。
　どうしよう、少し遠回りになるけど、裏の道から行こうかな。
　なにも歩道の真ん中でいちゃつかなくてもいいのに。
　ま、気がつかないふりして、走って通りすぎちゃえばいいか！
　そう思って足を早めた瞬間、その背の高いうしろ姿に動きを止めた。
　あれ？　もしかして、あれって……。
　女の子をそっと抱き寄せて、その耳元に顔を寄せているのは……玲音だ。
　声なんて聞こえないし、表情もよくわからない。
　相手の女の子は背の高い玲音に隠れてしまって、誰なのかわからない。
　でも、玲音がうっすらと笑っているのはわかる。
　突然イヤな音を響かせはじめた心臓の音にとまどいながら、くるりとうしろを向いて、裏の通りから全力ダッシュで部屋にもどった。
　うーん……、イヤだ。
　なんだかイヤだ。
　今までこんなの全然気にならなかったのに。
　どうしたんだろう……。
　でも、他人の空似かもしれないし。
　ううん、私が玲音のことを見間違えるはずがない。

そんなことを考えながら部屋に駆け込み、机の上に置いてあったお財布をつかむと、玄関に向かった。
　玲音が一緒にいたのは誰なんだろう？
　モヤモヤとした気持ちを振り払うように、バス停に向かって走った。

【玲音side】

　薄暗くなってきた歩道で、頬を赤く染めた畠山を引き寄せて、畠山の耳もとに顔を近づけた。
　緊張しているのか、畠山の肩が小刻みに震えている。
　そんな畠山の耳もとでそっとささやく。
「畠山って、可愛いよね？」
　耳まで赤くなった畠山に言葉を続ける。
「サッカー部でも畠山、人気あるしね」
　そう言って少し声のトーンを落とした。
「だから自分に落とせない男はいないとでも思った？　そうでなきゃ、直接家まで来たりしないよね。もし俺がいなかったら、りり花のことも脅すつもりだったの？」
　パッと顔をあげた畠山に、冷たい視線を投げつける。
　顔色を変えてぶんぶんと首をふる畠山の耳元に唇をよせる。
「あのさ、俺にどんなイヤがらせをしても、どんだけ俺のことを悪くふれまわってもかまわない。でも、万が一、りり花のことを少しでも困らせるようなことしたら、たとえ同じ部のマネージャーでも、ただじゃ済まないからね？」
　怯えたように顔をあげた畠山にニッコリと微笑むと、畠山の肩をつかむ手に少しだけ力を込めた。
　驚いて目を見開いた畠山を冷たく見つめながら、声を尖らせる。
「バラしたければ、俺たちが一緒に暮らしてること言って

もいいよ。バレたら俺が学校を辞めればいいだけのことだから。でも、男であれ女であれ、りり花を傷つけるヤツだけは絶対に許さない。わかった？」
　コクコクと怯えながらうなずいた畠山を、正面から見据える。
「じゃ、もう俺たちには近づかないでね？」
　にっこり笑ってそう伝えると畠山は震えながらうなずいた。
「でも、どうして……吉川先輩ばっかり……」
　消え入る声でそうつぶやいた畠山を冷たく一瞥すると、畠山はバス停に向かって逃げるように走り去っていった。
　畠山を見送り、りり花のいる店に向かった。

【りり花side】

「りり花どうした？ 肉、食ってる？」
　颯大に顔をのぞき込まれて、はっと顔をあげた。
「う、うんっ！」
「最近道場に来ないじゃん。どうしたの？」
　パクパクと勢いよくお肉を平らげていく颯大に、笑顔を作る。
「ちょっとバタバタしててね。でも、颯大すごいよねっ。この前の大会、圧勝だったんだってね!!　さっきもね、館長が自分のことみたいに自慢してたよ」
「全然圧勝じゃねえって。ギリギリ。結構あぶなかったんだぜ？」
「またまた。颯大はいつもそうやって謙遜するよね」
「謙遜なんかしてねえって」
　目尻をさげて、恥ずかしそうに頭をかいた颯大を見てくすりと笑った。
　颯大は本当に昔から変わらない。
「圧勝なんてもんじゃなかったっすよ。男もほれるかっこよさでしたよ、マジで」
　ひとつ年下の敦くんが尊敬の眼差しで颯大を見つめる。
「でも、優勝なんて本当にすごいなぁ……。私なんて体がなまっちゃって全然動けなくなっちゃったもん」
「吉川もまた道場に通ったらどうだ？　しばらく来ないうちに、お前、だいぶ体幹が弱くなっただろ？」

師範代の影沢さんに指摘されて、コクンとうなずいた。
「とりあえず、体幹鍛えるために肉食っといたら？」
　おどけたように笑いながら颯大が私のお皿にお肉をどっさりと入れた。
「こんなに食べられないよっ！　颯大こそ、食べておきなよ。道場の期待のエースなんだからっ」
「ま、たしかに颯大は期待のエースだよな。なにより颯大目当ての女子高生がかなり増えたんだぜ？」
「へー、すごいじゃん、颯大っ」
　にやりと笑って颯大の脇腹をつつくと、おもしろくなさそうに颯大が頬をふくらませた。
「そんなの興味ねえもん」
　それを聞いて、影沢さんがお肉を食べてる颯大の頭をゴツンとたたいた。
「ったく、お前ばっかりずるいんだよっ」
「影沢さん、彼女と別れたばかりだからって八つ当たりしないでくださいよ」
「うるせえっ！　お前なんてさっさと彼女つくっちまえ」
「勘弁してくださいよ。俺、ちゃんと好きな子いるんですから」
　焼けたお肉を取り分けながら、みんなの話に耳をかたむけていると、パッと颯大と目があった。
　うーん……。
　どうしたんだろう？
　みんなに会えてすごく嬉しいのに、どうしてなのか気分

が晴れない。
　さっきの玲音の姿が、頭から離れない。
　なんでこんな気持ちになるんだろう。

　お店を出ると、爽やかな夜風が心地いい。
　それにしても、食べ放題だからって、みんなものすごくたくさんお肉食べてた。お店、つぶれちゃったりしないのかな？
　そんなことをぼんやりと考えていたら、颯大に肩をたたかれた。
「りり花、送ってくよ」
「大丈夫だよ。まだそんなに遅くないから」
「つうか、話したいこともあるし」
「話したいこと？」
　そう言って颯大と歩き出したそのとき、うしろから強く腕をつかまれた。
「りり花、帰るぞ！」
　イラだったその声に顔をあげると、そこに立っているのは玲音だった。
　……玲音がどうしてここに？
　そうたずねようとしたところで、館長に呼ばれた。
「りり花、ちょっとこっち来い！　これ、お前の忘れ物じゃないのか？」
「ごめん、ちょっと待ってて！　館長のところに行ってくるっ」

宣戦布告

【玲音side】

　館長に呼ばれて店内に戻っていったりり花を目で追っていると、颯大が苦笑いしながら頭をかいた。
「玲音くんのお迎えか。今回は俺がりり花をマンションまで送るってわけにはいかない？」
「俺がいるんだから、そんな必要ない」
　ぶっきらぼうにそう伝えると、しばらく考えるそぶりをしていた颯大が口を開いた。
「必要、あるよ」
「は？」
「玲音くんがりり花を大切に思ってるのと同じくらいには、俺もあいつのことを大切に思ってるからさ」
「それって……」
「俺も、ずっとりり花のことを特別に思ってきた。別に隠すつもりもない」
　迷いのない颯大の強い瞳に、動揺がかくせず思わず大きな声を出す。
「なにいきなり勝手なこと言ってんだよ！」
　颯大に詰め寄ると、その物怖じしない瞳で颯大にいさめられた。

「ここで俺たちが言い争ったところで、りり花を困らせるだけだよ」

　冷静さを失わない颯大に言い返すことができず、悔しくて、爪がくいこむほどに強く手を握り締める。

「俺がただの空手仲間で終わるのか、玲音くんがただの幼なじみで終わるのか、それを決めるのは俺たちじゃない。最後に決めるのはりり花だろ？」

　おだやかにそう言った颯大に言葉を失う。颯大の言うとおりだった。

「おたがい、正々堂々いこうな」

　颯大がそう言ったところで、りり花がもどってきた。なにも言い返せないまま、颯大のことを唇をかみしめて睨みつけた。

「りり花、じゃ、また今度な。いつでも相手するから必要なときは声かけろよ」

「颯大、ごめんっ。またね！」

　軽く手をあげて帰っていく颯大に、りり花が手を振っている。

　そんなりり花に、ますます苛立ちが募る。

「ほら、帰るぞ」

　りり花の視界から一刻も早く颯大の姿を消したくて、ぐいぐいとりり花の腕をひっぱって進んでいく。

　すると、りり花が俺の手をふり払った。

「ちょっと待って！　どうして玲音がこんなところにいるの？」

「あぶないから迎えに来たんだよ」
「あぶないって、まだ8時半だよ?」
「りり花、夜苦手だろ? 暗いところひとりで歩けないじゃん」
「それはそうだけど、でもどうして?」
「ヤキモチ」
「え?」
「颯大に対しては俺、全力でヤキモチ焼いてるから」
「玲音こそさっきの……」
「ん?」
　途中で言葉を切ったりり花を不思議に思い、立ち止まった。

第4章 幼なじみと同居生活

【りり花side】

『玲音こそさっきの女の子となにしてたの』
　そう聞きかけて、やめた。
　心配そうに私の顔をのぞき込んでいる玲音を、じっと見つめる。こんなに気になるなら聞いちゃえばいいのに。
　どうしてだろう、聞くことができない。
　街灯の少ない薄暗い通りにさしかかると、歩調をゆるめた玲音が右手を私にさしだした。
「ん」
　玲音にさしだされた手を、ぎゅうっと握る。
　ううっ。やっぱり暗いところは苦手だ……。
「りりちゃん、ちょっと寄ってかない？」
「え？」
　玲音が指さしたのは、小さい頃によく遊んだ公園だった。
　バス通りから離れた場所にあるこの公園は、最近ではほとんど来ることがなくなっていた。
「うわっ、なつかしいね。小さい頃とほとんど変わってないね？」
　子供のころはすごく大きく感じたジャングルジムが、こぢんまりと小さく感じられる。
「久しぶりに登ってみよう」
　そう言って、先にジャングルジムに登った玲音が手をさしだした。
　その手をぎゅっと握る。

ジャングルジムのてっぺんに登ると、懐かしさに包まれる。
「この公園、こんなに小さかったんだね？」
　ジャングルジムの上から、ぐるりと公園を見回す。
「そうだな」
　玲音がサラサラと髪を揺らしながら目を細めた。
「りりちゃんとさ、ここでよく願いごとしたよな」
「一番星にお願いごとをひとつだけってやつ？　星に手が届きそうだって玲音が立ちあがって、落ちかけたこともあったよね」
　思わず笑うと、玲音が頬を膨らませた。
「俺さ、実はいつもふたつ願いごとしてたんだ」
　静かな公園に玲音の声が優しく響く。
「りりちゃんはなんてお願いしてたの？」
「ずっと同じ。おばさんの病気が治りますようにって。玲音は？」
　そう言って、玲音の顔をのぞき込んだ。
「ひとつは、母さんの病気がよくなりますように。もうひとつは、りりちゃんとずっと一緒にいられますようにって。まだ入院してるけど、母さんは元気でいてくれるし、りりちゃんとは今でもこうして一緒に過ごせてるから、願いごとちゃんとかなってるのかもな」
　夜空をゆっくりと仰ぎながら、玲音はおだやかな笑顔を浮かべている。
「じゃ、久しぶりにお願いごとしてみようか？」

「だな」
　夜空を見あげて願いごとをしばらく考えてみたけれど、やっぱり私の願いごとは今でもかわらない。
　軽く目をつぶって、小さい頃とかわらぬ願いごとを胸のなかでつぶやいた。
　ゆっくりと目をひらいて、玲音の顔をのぞき込む。
「玲音はなにをお願いしたの？」
「小さい頃とほとんど一緒。母さんがよくなりますように。それから、りりちゃんの特別な存在になれますように」
「十分特別な存在だと思うけど？」
　むしろ、特殊な存在？
「じゃ、キスしてもいい？」
　いつになく玲音の真剣な表情に、そして、その美しさに息をのんだ。
　月明かりに照らされた玲音と視線が絡みドキリとして顔をそらすと、玲音の片手に頬を包まれた。
「りり花、こっち見て。俺のことちゃんと見て」
　玲音の潤んだ瞳が大きく揺れる。
　誰もいない公園のジャングルジムの上で、玲音の手のひらに頬を引き寄せられて、心臓が苦しいほどに大きな鼓動を奏でる。
　そっと近づいた玲音の唇が私の唇にふれる瞬間、女の子を抱き寄せていた玲音の姿が頭をかすめた。
　思わず玲音から顔を背けると、私の頬をつつんでいた玲音の手のひらだけが不自然な形で空に残った。

「ご、ごめんっ」
　とっさに謝ると、玲音が困ったように笑って、行き先を失った手をおろす。
「ガチで謝られると結構傷つくんだけど。むしろいつもみたいに、パーンって殴ってもらったほうが爽快かも？」
「じゃ、殴ろうか？」
「わざわざ殴られるのもね？」
　気まずい沈黙が続いて、無意識に言葉がこぼれ落ちる。
「子供の頃はよかったね……。難しいことなんてなにも考えずに、楽しければ笑って、悲しければ泣いて、思ったまま毎日を過ごすことができた」
　玲音が可愛くてしょうがなくて、一緒にいるのがすごく楽しかった。
　こんな気持ちになることだってなかった。
　夜空を見あげると、厚い雲に隠されて今夜は星がひとつも見あたらない。
　すると、少し大人びた表情で玲音が微笑む。
「俺は今でも、思ったまま毎日を過ごしてるよ？　『りりちゃんのこと大好きだよー』って目一杯アピールしてるつもりなんだけど、伝わらない？」
「じゃ、どうして……」
「なに？」
『どうして、ほかの女の子にもあんなことするの？』
　そう聞きかけて言葉をのんだ。
「……なんでもない」

よくわからない。
　玲音がなにを考えているのか、どうしてこんな気持ちになるのか、自分でもよくわからない。
　暗い歩道を、口数の少なくなった玲音と歩いている途中で、思わずぎゅっと玲音のシャツの裾をにぎった。
「ああ、ごめんな。暗いよな、ここ」
　優しく笑った玲音に手を引かれて、ハッとする。
「ご、ごめん」
　パッと手を離そうとしたけれど、玲音の手に強く包まれて、そのまま手をつないで歩いた。
「ごめんな、りり花。さっきの……、イヤだったよな」
　ポツリとつぶやいた玲音に、とまどいながら首を横に振る。
　いやだったのは、玲音がほかの女の子と一緒にいたこと。
　そして、それを黙っていることだよ……。

　家に戻り、いつもどおりテレビを見て笑っている玲音に、『さっき、歩道で女の子となにしてたの』って聞けばいいのに、聞くことさえできない。
「りりちゃん、どうしたの？」
「どうしたんだと思う？」
「へ？」
　ソファの上できょとんとしている玲音を残して、自分の部屋にこもった。

【玲音side】

　いい雰囲気だったんだけどな……。
　やっぱりりり花にとって、俺は『可愛い玲音』でしかないのかな……。
　静かな寝息を立てて眠っているりり花の頬に、そっと触れる。
　こうしてるときだけは、俺のりり花でいてくれるんだけどね。
　いつか、りり花のことを手放さなきゃいけない日がくるのかな……。
　つうか、無理だ。
　りり花がほかの男と……なんて、絶対無理だ。
　髪をなでると、りり花は幸せそうに俺の手のひらに頬を寄せた。
　そんなりり花の寝顔にキスをひとつ落として、自分の部屋に戻った。

第4章 幼なじみと同居生活

【りり花side】

　授業中、真剣に黒板を見ている玲音を見て、ため息をついた。
　すこし考え込むように玲音が視線をさげると、玲音の琥珀色の髪がさらさらと揺れる。
　きれいな顔してるなぁ。
　もう10年以上毎日見てきた顔なのに、玲音から目が離せない。
「りり花、どうしたの？」
　休み時間になると、沙耶ちゃんが私の顔を心配そうにのぞき込んできた。
「あのさ、玲音って一般的に言ってかっこいい部類に入る？」
「今更なに言ってるの？　かっこいいかどうかで言ったら、間違いなく学校一だよ」
「そうなんだ……」
　じっと玲音を見つめていると、隣で沙耶ちゃんが目を輝かせた。
「切ないよね、すごく切ないよねっ。うん、うんっ。大丈夫だよ、私はりり花の味方だからっ」
「へ？」
　瞳を輝かせている沙耶ちゃんに首をひねる。
　すると、うしろからいきなり玲音が抱きついてきて、息が止まりそうになった。

「り〜り〜ちゃん！　深刻な顔してどうしたの？」
「ちょ、本当にやめてっ！　苦しいってば！」
「本当は嬉しいくせに〜！」
　そう言って、私の正面にまわった玲音が目を丸くして驚いた。
「わわっ、ごめん、りりちゃんっ！　マジで苦しかったんだ。顔、真っ赤！」
　そんな玲音に力なく拳をふるうので精いっぱい……。
「あ……！」
　沙耶ちゃんがロッカーから、体操服を取り出しているのを見て気がついた。
「どうしたの？」
「ぼーっとしてて、ジャージ家に忘れてきちゃった。3時間目、体育だよね？」
「じゃ、見学？」
「そうしようかな」
　すると、それを聞いた玲音が笑顔になった。
「りりちゃん、俺のジャージ貸してあげるよ。俺、部活用のジャージあるから」
「ありがと。でも今日は見学しちゃう」
「なんで？　いつも俺のパーカーとか勝手に着てるじゃん？」
「だって、玲音のジャージ、汗くさそうだし」
「俺は汗すらも爽やかだよ？」
　そんなの知ってる。

玲音は汗かいてても、なんだかいい匂いがする。
　ただ、ほかの女の子が着ていたジャージだと思うと、ちょっとだけ抵抗がある。
　なにより、こんなことを気にしている自分が、なんだかすごくいやだ。
　すると、ズボっと頭からジャージをかぶせられた。
「りりちゃん、それ俺の試合用の勝負ジャージ。それ着てると、めっちゃ調子いいんだよ。だから特別に貸してあげるっ！」
「えー、いいよ。これ着ちゃうと見学できなくなっちゃう」
「いいからいいから！」
「っていうか、背中にこんなに大きく『KISARAGI』って入ってたら、玲音から借りたのバレバレだよっ！」
「いいじゃん、どうせそのうち、りりちゃんだって如月になるんだから！」
「ならないっつーの!!　玲音までお母さんみたいなこと言わないでよ！」
　すると、隣に座っていた沙耶ちゃんが、真っ赤な顔をして目を潤ませはじめた。
「ど、どうしたの、沙耶ちゃん？」
　今の会話の、どのあたりに感動ポイントが!?
「おめでとう、りり花」
「……へ？」
「ついに、ふたりの関係をお母さんに伝えたんだね。理解してもらえたんだね。私も、本当に嬉し……いよ……」

「さ、沙耶ちゃん、なんの話なのかまったくわからないんだけど。玲音からジャージを借りるかどうかって話だよ?」
 いきなり、感極まって涙をうかべた沙耶ちゃんに唖然としていると、玲音がニコニコと答えた。
「沙耶ちゃん、ありがとう。結婚式には是非沙耶ちゃんも来てね。そんなにおおっぴらにはできないと思うけど、沙耶ちゃんには是非、俺たちのことを見届けてほしいんだ」
「結婚式っておかしいでしょ? どこからどう話がねじ曲がると、ジャージ借りる話が結婚式に結びつくの!?」
 ゴツンと玲音をたたくと、そんな私を見て沙耶ちゃんがクスっと笑った。
「もう、りり花ったら、ムリして隠さなくていいのに」
「……へ?」
 私、なにかムリしてる?
 最近どうも沙耶ちゃんとの会話がかみ合わない……。

第5章
大好きな幼なじみ

幼なじみは心配性

　放課後、保育園の扉を開けたところで、わっと子供たちが集まってきた。
　元気いっぱいの子供たちとボール遊びをしていると、園長先生の息子の圭介さんが大学から帰ってきた。
「りり花ちゃん、もう来てたんだ？　いつもありがとね」
　ちょっとチャラい感じのする圭介さんだけれど、圭介さんが園庭にやってくると、子供たちは吸い寄せられるように圭介さんのもとに集まっていく。
　圭介さんは園庭の片隅にボディバッグを置くと、そのまま子供たちと遊びはじめた。
　子供たちに揉みくちゃにされながら楽しそうに笑っている圭介さんは、それでいて誰よりも子供たちの安全に目を光らせている。
「晃平、その木には登るなよ！　昨日、毛虫が何匹かいたから刺されるぞ」
　圭介さんの声に驚いた５歳児クラスの晃平くんは、慌てて毛虫がいたという木から離れた。
　茶髪でどちらかといえば可愛い顔立ちをしている圭介さんは、子供だけじゃなく、お母さんたちにも人気がある。
　早めにお迎えにきたお母さんたちは、圭介さんと嬉しそうに話してから帰っていく。

「りりちゃん先生、さよーならっ。またあしたっ」
　子供たちに見送られて保育園を出ると、圭介さんが追いかけてきた。
「りり花ちゃん、送るからちょっと待ってて！」
「まだ7時だし、家までそんなに遠くないから大丈夫ですよ？」
「そういう問題じゃないんだよ。もしりり花ちゃんになにかあったらうちの責任問題になるでしょ？」
「すみません」
　チャラそうに見えるけど、圭介さんって意外と真面目だ。先生たちでさえ、空いた時間にスマホチェックとかしているのに、圭介さんが保育園でスマホを取り出しているところを見たことがない。
「圭介さんが園長先生になったら、すごく楽しい保育園になりそうですね」
　思わずそうつぶやくと、圭介さんが目を丸くした。
「どうしたの、いきなり？」
「圭介さん、子供たちに大人気だから」
　思ったままを伝えると、圭介さんが頬を緩める。
「お世辞でも嬉しいね！　俺もさ、最近気づいたんだけど、意外と子供好きなんだよね。この前さ、りり花ちゃんに『やりたい仕事をすればいい』って言われたでしょ？　よくよく考えたら、俺、保育園で仕事すんの、結構好きなんだって気づいちゃったんだよね」
　ポケットに手を突っ込んですごく嬉しそうに笑った圭介

さんに、大きくうなずく。
「俺さ、自分の子供も５人くらい欲しいんだ」
「５人かぁ。楽しそうですね」
「りり花ちゃんは子供好きだから、きっといいお嫁さんになるよ」
　そう言って、圭介さんが私の頭に軽く手を置いた。
　すると……。
「お嫁さんってなんのことだよ!?」
　背後から突然響いた低い声に、ビクッとして振り返ると、恐ろしいほどの殺気を漂わせながら、玲音が立っていた。
「玲音!?　どうしたの!?」
　玲音はあからさまに尖った視線を、圭介さんに向けている。
　そんな玲音をさらりとかわしながら、圭介さんは笑顔を見せた。
「りり花ちゃんの知り合い？　じゃ、ここでいいかな？」
　玲音をチラリと見て、小さくふくみ笑いをして帰って行った圭介さんを、玲音がまだ全力で睨みつけている。
「玲音、今日は早かったね？」
「りり花、あいつ誰？　前にも送ってもらってたよな？」
　私の質問には答えないまま、玲音は責めるように私に訊(き)いてきた。
「園長先生の息子さんで圭介さんって言うの。大学生で私と同じ補助員としてアルバイトしてる。ちょっとチャラそうに見えるけど、仕事はテキパキしてるし、めっちゃ子供

たちに人気があるんだよっ。すごく信頼できる人だから心配しなくても大丈夫だよ」
　あれ？
　なんで私が必死になって、圭介さんのフォローしてるんだろ？
「あのチャラチャラしたヤツのどこが信頼できるんだよ？ つうか、むしろあいつに送られるほうがあぶねぇだろ？」
「そんなに悪い人じゃないよ？」
「あんなヤツに送ってもらわなきゃならないバイトなら、すぐにやめなさい」
　腰に手をあてて、そう宣言した玲音をきょとんと見あげる。
　……お父さんですか？

　翌日、保育園に行くと、圭介さんが園庭の掃除をしていた。
「圭介さん、今日は早いですね？」
「今日は大学の講義、午前中だけだったんだよね。それより、昨日会った男の子って彼氏？」
「いえ、幼なじみです」
「あ～なるほどね！　そんな感じ、したした！　俺、めっちゃ睨まれたもんね」
「玲音が失礼な態度とって、すみませんでした」
　ペコリと頭をさげて謝ると、圭介さんは楽しそうに笑った。

「いいの、いいの。むしろめっちゃ親近感？　彼に優しくしてあげてね」
「……へ？」
　鼻歌を歌いながら用具入れを片付けはじめた圭介さんに、首をかしげた。

　子供たちの帰りの支度をして、お別れの挨拶を終えると、気がつけば6時半になっていた。
「お先に失礼します」
　声をかけると、遊具を片付けていた圭介さんがまた送ってくれることになった。
　このくらいの時間ならひとりで帰れるんだけどなぁ。
　薄暗い園庭を突っ切って門を通りすぎたところで、突然大きな声で名前を呼ばれて飛びあがった。
　驚いて振り向くと、そこに立っていたのは玲音だった。
「玲音!?　こんなところでどうしたの!?」
「俺がりり花を連れて帰ればいいんですよね？」
　声を尖らせて、玲音が鋭い視線を圭介さんに向けると、圭介さんが楽しそうに笑った。
「あ、そういうこと？　それなら全然OK」
「とにかく、これからは俺がりり花のこと迎えに来ますから」
　宣戦布告するようにそう言った玲音に、圭介さんは笑いながら答えた。
「それはそれですごく助かるよ。じゃ、りり花ちゃん、お

疲れ様」
　そう言って、園庭に戻っていく圭介さんを玲音がじっと見つめている。そんな玲音をぐいっと強くひっぱる。
「どうしたの、玲音？　帰ろうよ」
　それでも動こうとしない玲音に首をひねると、玲音が圭介さんに声を張りあげた。
「あの、りり花、補助員としてバイトしてるんですよね？　だったら、"りり花ちゃん"なんて呼び方しないで、"吉川さん"とか、そういう呼び方したほうがいいんじゃないっすか」
　突然大きな声を出した玲音に、少し驚いたように圭介さんが振り返った。
「ちょっ、玲音、なに言ってるの!?」
「たしかにそうだね！　じゃ、これからはりり花ちゃんのこと、"吉川さん"って呼ぶようにするね。じゃ、"吉川さん"、お疲れ様！」
　今すぐにでも殴りかかりそうな勢いの玲音を、圭介さんは飄々とかわしている。それどころか、圭介さんは玲音のひとことひとことを楽しんでいるかのようにさえ見える。
　そんな圭介さんの態度に、玲音は出力最大の不機嫌モード。
　ううっ。
　なんでこんなことになってんだろ。
　ムスッとしたまま立ち尽くしている玲音を、ぐいぐいとひっぱって、保育園が見えなくなったところで玲音に詰め

寄った。
「もうっ！　バイト先にまで来て、あんなこと言わないでよ!!」
「だって、あいつなんかムカつくんだよ。軽そうだし、チャラそうだし。あんなヤツと一緒にバイトしてるなんて気が気じゃねえんだよ」
「圭介さん、少しチャラい感じはするけど悪い人じゃないよ？　すごく仕事もできるんだよ？」
「りり花はそういうところが甘いんだよ。お前はなんにもわかってないんだから、黙って俺の言うこと聞いておけばいいんだよ！　もう、お前は高校生なのっ！　いいかげん自覚しろよっ!!」
「私、別に玲音みたいにモテないもん」
「つべこべ言うなっ!!」
　玲音に手首をつかまれて、玲音にひっぱられながらマンションに戻った。

　ムムッ!!
　なんか、ムカつく。
　めちゃくちゃムカつくっ!!
　自分はほかの女の子といちゃいちゃしてたくせにっ!!
「りりちゃん、怒ってる？」
　ダイニングテーブルを挟んで玲音が眉をさげる。
「ちょっとね」
「で、この緑色の物体は？」

泣きそうな顔で玲音がお皿を指さした。
「ピーマンとベーコンの炒め物」
「だからって、こんなにピーマン山盛りにしなくても。つうか、俺の皿にはベーコンがひとつも見当たらない……」
「高校生なんだから、ピーマンぐらい食べられると思います」
　フンと顔を背けると、玲音が肩を落とした。
「だからって、こんなに？」
「おかわりもあるよ？」
「くっ……」
「とにかく、もうバイト先には絶対に来ないって約束してっ！　圭介さん、彼女いるんだから、私に興味あるはずないでしょ！　あんな態度取ったら、いくらなんでも失礼すぎるよっ!!」
「それだけは譲れない」
　ムッとしながら答えた玲音に、ドンと音を立ててタマネギサラダを突き出した。
「残さず食べてね？」
「りりちゃん、俺、タマネギ食えない……」
「とにかく、もう二度と圭介さんに失礼な態度取らないって約束して！　圭介さんは、私のことなんてただのアルバイトとしか思ってないんだからっ」
「りりちゃんのお願いでも、これだけは無理。迎えに行くから」
　……ムムッ！

もうっ、玲音の頑固ものっ!!
「りりちゃん、昨日のカレーの残りある?」
　眉をさげて見つめてくる玲音に、背中を向けた。
「バイト先に来ないって約束するまであげないっ」
「じゃ、いいよ。ピーマン全部食うから。そのかわり毎日りりちゃんのこと迎えにいく。それでいい?」
「うっ……」
　すると、玲音は涙目になりながらピーマンを無理やり口につめこみはじめた。
　ううっ……。
　苦しそうに、ピーマンを頬張っている玲音を見ていられなくなって、温めたカレーをそっと玲音の前にさしだした。
「次にバイト先に来たら、殴り倒すからっ」
「なんだかんだ言っても、やっぱり、りりちゃんって優しいよね。つうかさ、この際、俺とつきあってることにしちゃえば?　ってか、もう面倒くさいから本当につきあっちゃおうか?」
「どうしてそうなるの?」
　はぁ。
　明日から保育園に行きにくいなぁ。

第5章 大好きな幼なじみ 》》 261

【玲音side】

　今日は珍しくいつもより早く部活が終わった。
　りり花は沙耶ちゃんと寄り道して帰るって言ってたな。
　ナンパとかされてないよな?
　とりあえずメッセージ送って、居場所だけでも確認しておくか?
　あれこれ悩みながらマンションに向かっていると、いきなりうしろから肩をたたかれた。
「この前はどうも」
　ゲッ。
　りり花のアルバイト先の園長の息子だ。
　たしか圭介とかいってた。
　茶髪を揺らしながら笑ってるそいつを、チラリと見る。
　ムムッ。
　保育園で見かけるとき以上にチャラチャラしてる。
　ペコリと頭をさげて足早にその場を去ろうとすると、ガシッと腕をつかまれて引き留められた。
「ちょっと待ってってば! そんなに怖い顔しないでよ。あわよくばりり花ちゃんを食っちゃおうなんて、まったく思ってないから」
「どうだか」
「キミってさ、りり花ちゃんの幼なじみ的な?」
「だったら?」
　正面に回り込んで俺の顔をのぞきこんだそいつに、露骨

にイヤな顔をしてみせる。
　つうか、チャラい。
　いらつくほどに、チャラい。
「俺さ、これでも、女の子には人気あるんだよ。お嫁さん候補山盛りだから安心して。だから、りり花ちゃんに手を出すつもりなんてまったくないよ」
　話をスルーしながらさらに歩く速度を速めると、小走りで圭介って奴がついてきた。
「なんでついてくるんですか？」
「ごめん、ごめんっ。べつに悪意はないんだけどさ。なつかしいな〜と思って。なんつうか、キミのリアクションのひとつひとつに身に覚えがあるからさ」
「……は？」
「俺の彼女ね、幼なじみなんだよ」
「え？」
　その言葉に思わず足を止めた。

「あ、ここです。りり花はしばらく帰ってこないと思うんで」
　りり花の家の鍵を開けて、圭介さんを招き入れる。
「そっか、じゃ、ここでりり花ちゃんと一緒に暮らしてるんだ」
「最近暮らしはじめたばかりなんですけど……」
　そう言って、圭介さんにダイニングチェアをすすめると、テーブルの上にコンビニで買ってきたスナック菓子やペットボトルのジュースを並べた。

向かい合わせに座るやいなや、圭介さんが顔をしかめる。
「つうかさ、幼なじみってめちゃくちゃ不利だよな。小さい頃から知ってる分、男として見られないっつうかさ」
「そーなんですよ‼」
　圭介さんの言葉にテーブルをドンっとたたいた。
「それでほかの男に心でも動かされた日にゃ、『おいおい、こっちは何年お前のこと見てると思ってるんだよ』ってマジギレしたくもなるよな。ま、そんなことでキレても、ますますイヤがられるだけなんだけどね〜」
「俺、りり花がほかの男と部屋にふたりきりでいるの見ただけで、動揺しすぎて、その前後の記憶とんでるんすよね……」
「そりゃ、動揺するわ」
　テーブルの上に広げられたスナック菓子に手をのばしながら、圭介さんがうなずく。
「もう、腹が立ってしょうがなくて、とりあえずりり花のことを無視してみたものの、それで相手のところ行かれたらマズイなと思い直して、とりあえずいつもどおりにしようとは思うんだけど。でも、やっぱりほかの男をこの部屋に入れたのがどうしても許せなくて……。あー、話してたらいろいろ思い出してきた。つうか、あのとき、りり花、手をあいつの背中に、手を……。ああっ‼　ムカつくっ‼　やっぱり、今思い出すだけでむかついてたまらねえっ‼」
「まあまあ、落ち着いて。はい、ぐいっとどうぞ」
　手渡されたジュースを一気に飲み干す。

「もう、最後のほうなんて自分でもなにやってんだかよくわかんなくなってきちゃって……」
「あー、マジでよくわかる。うちの彼女なんて、ほかの男とつき合ってた時期あるから」
「それはキツイっすね……」
「あー、キツかったねぇ」
　そう言って、今度は圭介さんが一気にジュースを飲み干した。
「最初はさんざん邪魔してみたんだけどさ、ほかに好きな奴がいるのにいくら俺がかき回したところで、彼女を傷つけることにしかなんねぇんだなって、気づいちゃったんだよね」
「じゃ、圭介さんが引いたんですか？」
「ああ、そのときはね。だって、しょうがないじゃん？幼なじみっていう馴れ合いの関係ってだけで、彼女のことをしばりつけるのは違うのかなって思ったからさ」
　圭介さんはそう言って、でかいせんべいをバリバリと音を立てて食べはじめた。
「圭介さん、大人っすね。俺はり花がほかの男とつきあうとか絶対ムリッ。あーやべぇ。ムリだ、絶対ムリ。想像するだけで腹立ってきた……」
「俺だってムリだったよ？　だからガラパゴス諸島に逃亡しちゃった。２ヶ月間のボランティアでね。ゾウガメとかウミイグアナの記録とりながら泣いたなぁ」
「俺も、万が一り花が彼氏つくったら、サハラ砂漠(さばく)でサ

ソリの収集でもしようかな……」
「オホーツク海の流氷(りゅうひょう)測定ボランティアなんてのもあったよ?」
「へー……」
　すると、突然圭介さんが得意げに顔を輝かせた。
「でもね、俺ら大学卒業したら結婚すんの。よくがんばったでしょ?」
　そう言ってピースサインをした圭介さんに、バンッと両手をテーブルについて頭をさげた。
「これから師匠って呼ばせてもらっていいすか。いや、マジで!」

【りり花side】

　沙耶ちゃんと寄り道をした帰りにバス停に向かって歩いていると、ポンッと肩をたたかれた。
「りり花、こんなところでなにしてんの？」
　ふりかえると、そこに立っていたのは、目を細めて人懐こそうに笑っている学ラン姿の颯大だった。
「颯大こそ、こんなところでどうしたの!?」
　制服姿の颯大を見るのは初めてだ。
　なんだか新鮮。
「俺は学校帰りだよ。うちの学校、この近くだからさ。それよりボケッとしてどうした？」
「颯大の制服姿はじめて見たかも。いつも道着だから」
「なんだよそれ。それより、りり花、このあとヒマ？　ヒマなら飯食いにいかね？　腹ペコペコでさ」
「ごめん、夕飯までに帰らなきゃいけないんだ」
「もしかして、玲音くんが家で待ってる……とか？」
　颯大を見あげて、コクンとうなずいた。
「りり花って、いつも玲音くんと一緒に夕飯食ってるの？ この前も玲音くん迎えに来てたよな」
　颯大と並んで歩きながら、言葉を選んだ。
「玲音の家、いろいろあってね。小さい頃からうちでご飯食べてるんだ」
「そっか。……あのさ、りり花と玲音くんってつきあってんの？」

「ま、まさかっ!!」
　ぎょっとして颯大を見あげると、颯大が私を見て小さく笑った。
「じゃ、俺とつきあう?」
「え?」
　にっこりと笑っている颯大をびっくりして見つめた。
「颯大?　あ、あの……?」
「本気だよ。さすがに冗談でこんなこと言わないよ」
　あまりに突然すぎて、なんて答えたらいいのかわからない。
「すぐに返事が欲しい、とかそういうことじゃなくてさ。りり花が俺の気持ちを知っておいてくれれば、それでいい。ちゃんと下心があって、りり花のこと誘ってるんだよ」
　おだやかな笑顔を浮かべてそう言うと、颯大は私の頭に軽く手を置いた。
「じゃ、りり花、またな」
　私の動揺を察したのか、颯大はいつものように軽く手を挙げて去っていこうとした。
　混乱してなにも伝えることができないまま、遠くに離れていく颯大の背中を見つめた。
　颯大は誰よりも強くて、優しくておもしろくて、ずっと颯大に憧れてきた。
　自分の強さをひけらかすこともせずに、人一倍の努力をしている颯大のことを尊敬してきた。
　颯大が私のことを……?

「颯大、待って!」
　考えるより先に、走って颯大を追いかけていた。

　いつもより少し遅い時間にマンションに帰ると、部屋の電気がついていることに気づいた。
　あれ?
　玲音、もう帰ってるのかな?
　ガチャリとマンションの扉を開き、玄関に足を一歩踏み入れて、その光景に呆気にとられた。
　リビングルームで玲音と盛りあがってるのは、……圭介さん?
　なんで圭介さんがうちにいるの?
　唖然として玄関で立ち尽くしていると、圭介さんがこっちにやって来た。
「あ、りり花ちゃんお帰り!　勝手にお邪魔しちゃってごめんね」
「はあ……」
「じゃ、俺、そろそろ帰るから玲音くんもがんばって」
「もう帰っちゃうんっすか?」
　荷物を持って立ちあがった圭介さんを、玲音が引き留めている。
　その光景を信じられない思いで見つめた。
「ま、俺がりり花ちゃんにアドバイスできるとしたら、身近にいる男が一番だってことかな」
　そう言ってヒラヒラと手をふって、陽気に帰って行った

圭介さんを、呆然と見送った。
「玲音、どうして圭介さんがうちにいたの？」
　テーブルの上を片付けながら玲音にたずねる。
「いろいろあってね。つうか、俺の心の師匠だね」
　圭介さんが玲音の師匠？　どうして、急に？

【玲音side】

「いや、本当に、圭介さんってすげぇ。ガラパゴス諸島からどうやって結婚まで持ち込んだんだろ」

　圭介さんが帰ってから、しばらく圭介さんの話を思い出してぼんやりしてたら、りり花が心配そうに俺の顔をのぞきこんだ。
「玲音、どうしたの？　なにかあった？　考えごと？」

　心配そうに俺の顔をのぞき込んだりり花のことを、じっと見つめる。
「りりちゃん、結婚とかどう思う？」
「いいんじゃない？　……って、誰が？」
「俺とりりちゃん」

　すると、りり花があきれたようにつぶやいた。
「……バカなのね？」
「だよね〜。はぁ、道のり長いなぁ」
「さっきからなんの話をしてるの？」
「あ〜、圭介さんがマジで羨ましい。そっか、いざとなったらオホーツク海があるのか。でも、絶対ムリだ〜っ。絶対許せねえ……俺にはムリだぁ……!!」
「玲音、本当に大丈夫？」

　不安そうに俺の顔を見つめてきたりり花の頭を、両手でがしっとつかむ。

　きょとんとしているりり花に、ふわりと唇を合わせた。
「…………」

無言のままフリーズしているりり花に、恐る恐る口を開く。
「り、りりちゃん？」
「……え？」
「お約束３ヶ条やぶっちゃったんだけどいいの？」
「あ、そっか……」
　ぎゅっと目をつぶって、りり花の鋭い平手を覚悟する。
　けれど、いくらたってもたたかれないので不思議に思って、うっすらと目を開けてみる。
　すると、りり花が目の前で固まっていた。
　視点がさだまらずにぼんやりとしているりり花に
「りりちゃん、どうしたの？」
　と声をかけると、りり花は長いため息をついて自分の部屋にこもってしまった。

【りり花side】

　部屋のドアを背中でバタンと閉めて、ほっぺたに手を当てる。
　顔が、熱い。
　唇にそっと人さし指をあてると、体がかあっと熱くなる。
　玲音の前髪が触れるほどに近かった。
　目をつぶった玲音があまりにきれいで、なにも考えられなくなった。
　思い出すと恥ずかしくてたまらなくて、頭をぶんぶんと振る。
　立っているのも苦しいくらいに鼓動が速まり、ずるずるとしゃがみこんだ。
　心臓が壊れそうなくらいにドキドキしている。
　……颯大があんなこと言うからいけないんだ。
　ベッドにごろんと転がって天井を見つめた。

　夜中、ふと目をさますと、ホッとする匂いに肩の力がぬけた。
　あれ？　この匂いは……。
　暗闇で目をこらして見えてきたのは、すやすやと眠る玲音の……寝顔？
　ひ、ひえっーっ!!
「な、な、なんで玲音がここで寝てるの？」
「んー、りりちゃんの様子がおかしかったから。おばさん

たちがアメリカ行っちゃって、やっぱり寂しいのかなと思って。だから、添い寝……しにきた」
「そ、そっか」
　じゃなくて!!
　添い寝とかいらないからっ!!
「おやすみ、りりちゃん」
　半分寝ぼけながら私のおでこにキスをすると、玲音はまたぐっすりと眠ってしまった。
　ううっ。
　こんなことされたら、ますます眠れないってばっ!!
　寝ぼけた玲音が、抱き枕を抱くように私に両手を回してきた。
　玲音に抱きしめられて、とまどいながらも玲音の胸に顔をうずめた。

もう、無理っ！

「おはよ、りりちゃん。もう朝だよ？」
　耳もとに響く甘い声に、重いまぶたを必死にこじあける。
「りりちゃん、よく眠れた？」
　なんとか目を開くと、間近にせまるのは……玲音の顔？
「うわわっ!?　な、な、なにしてるのっ!?」
　馬乗りになっている玲音をバシバシとたたく。
「だって、りりちゃん、なかなか起きないから」
　玲音の顔が間近にせまって、息が止まりそうになる。
「あのさ、最近、りりちゃん変だよ？　どうしたの？」
「変って、な、なにがっ!?」
「だって、いつもなら容赦なくパーンって平手がとんでくるのに。りりちゃん、どうしたの？」
　か、顔が、近いっ!!
　近すぎるっ!!
「ど、ど、どうもしないっ！　それより勝手に部屋に入ってこないでっていつも言ってるでしょっ！　着替えるから出ていって！」
　ドスドスと玲音を蹴飛ばして部屋から追い出すと、熱くなったほっぺたに手をあてた。
　うぅ。
　玲音の顔がまともに見れない……。

その日は学校でも玲音のことばかり考えていた。
　今日はバイトはお休みだったので、気分転換に、放課後ひとりでぶらぶらと買い物に出かけたけれど、なんだか気持ちが落ち着かなくてすぐに家に帰った。
　部屋に荷物を置いてソファに座る。
　玲音と一緒にいるとなんだかおかしい。
　気がつけば玲音のことを目で追っているのに、恥ずかしくて玲音と目を合わせられない。
　12年も一緒にいるけれど、こんなこと初めてだ。
　あー、もうっ！
　考えてもわからないものはわからないし、とりあえずシャワーでも浴びてすっきりしようっ！
　そう思い、洋服を脱いで浴室のドアを開けた。
「あ、りりちゃんお帰り。一緒に入る？」
　……へ？
　浴槽に体を沈めてニコニコと手招きをしている玲音を見てしばしフリーズ。
　うっぎゃーっ!!
　タオルを体に巻きつけて逃げるように浴室から飛び出すと、お風呂からあがった玲音がTシャツを着ながら近づいてきた。
「そこまで驚かれるとさすがに傷つく……」
「な、な、なんで家にいるの？　部活は？」
「野球部が大会で勝ち進んでて、今週いっぱいグラウンドの使用が野球部優先になっちゃってさ。それでサッカー部

は今日はお休み」
「だ、だからって、どうしてこんな時間にお風呂に入ってるの?」
「よくりりちゃん、言ってるじゃん。昼間のお風呂めちゃ気持ちいいって。だからマネしてみた。でも、一緒に入りたいなら言ってくれればよかったのに」
「一緒に入りたいはずが、な・い・よ・ね? 本気で心臓止まるかと思ったんだから!!!」
「俺の美しい裸体を見て興奮しちゃった?」
　ぐっ……。
「ふざけんなっ!」
　怒りに任せて平手で玲音の頬を打つ寸前に、玲音に手首をつかまれた。
「ほらほら、りりちゃん、落ち着いて?」
　そう言って、にっこりと笑った玲音に腰を引き寄せられた。
　顔をななめに近づけてきた玲音の黒い瞳が優しく揺れて、玲音の澄んだ眼差しに、なにも、考えられなくなる。
　優しく重ねられた玲音の唇がゆっくりと離れる。
　力が入らなくて、その場に立っていられなくなり、しゃがみこんだ。
　ポロポロとこぼれる涙にどうしたらいいのかわからない。
　も、やだ。
　なんでこんなに玲音にドキドキしてるのか、わからない。

こんなふうにキスされるの、きつい。
「り、りりちゃん、ごめんっ。調子乗りすぎたっ」
　慌てて両手で抱きしめてきた玲音になにも答えることができない。
　もう、無理……。
　意識しすぎて、まともに玲音の顔を見ることすらできない。
　どんな顔して玲音に向き合えばいいのかわからない。
　ドンッと玲音を突き飛ばして、部屋にこもった。

　颯大が変なこと言うからいけないんだ。
　あの日の颯大との会話が頭のなかから離れない。

＊＊＊

　颯大に告白されたあの日。
　走って颯大を追いかけた。
「待って、颯大‼」
　私の声に足を止めた颯大を、まっすぐに見つめた。
「颯大、ごめん。私、そんなふうに颯大のこと、見たことがない。だから、ごめんなさい」
　大きく息を吸って、言葉を続ける。
「颯大のことを、ずっと尊敬してきた。今でも颯大のことは誰よりもすごいと思ってる」
　私の正直な気持ちだった。

「でも、俺じゃダメなんだよな？」
　颯大の言葉に、思っていることを素直に伝えた。
「私、誰かとつきあうとか、あんまり考えたことがなくて、正直よくわからない」
　それを聞くと、颯大が優しく笑った。
「誰か好きな人がいる、とか？」
　黙って首を横にふる。
「それじゃ、納得いかないな」
　その場を和ませるように軽い口調でそう言うと、颯大は私の顔をのぞき込んだ。
「りり花さ、玲音くんのこと、どう思ってるの？」
「……え？」
「りり花、中学の頃から口癖みたいに言ってるだろ。『彼氏なんていらない。今のままでいい』って」
　颯大が言うとおり、その気持ちは今も変わらない。
「玲音くんがりり花の弟じゃないって聞いたときからさ、なんとなく感じてたんだけど、りり花の言う『今のまま』って、玲音くんと一緒に過ごす毎日のことなんじゃないのかな。それってさ、悔しいけど『このままずっと玲音くんと一緒にいたい』ってことなのかなと思ってさ」
　目の前で優しく笑っている颯大に、なんて答えたらいいのかわからなかった。
　玲音は小さくて可愛くて、弟みたいに大切な存在だった。
　一緒にいて安心できるのも、一緒にいて嬉しいのも楽しいのも玲音だった。

玲音に対する想いは小さい頃から変わらない。

颯大を見つめながら、ゆっくりと言葉を紡ぐ。

「玲音とは小さい頃からずっと一緒にいて、家族みたいな存在だよ。だから、好きか嫌いかって聞かれたら普通に好きだけど、でも、それって颯大の言ってる『好き』って気持ちとは違うんじゃないかな……」

颯大はそれを聞くと、目を細めて私を見つめた。

「あのさ、りり花。普通は、男に対する『好き』って気持ちはひとつだけだよ。りり花、玲音くんのいない毎日、想像できる？　玲音くんに対する気持ちは、男に対する『好き』って気持ちとは本当に違う？」

颯大の問いに、すぐに答えることができなかった。

「もし、本当に違うならさ、俺にももう少しがんばらせて。俺もこのままじゃ納得できない。いい加減な気持ちで伝えたわけじゃないから、りり花もよく考えてから答えを出してほしい。もし、玲音くんのことを、本当にただの幼なじみとしか思っていないのなら、俺のこと、少しずつでいいから考えてほしい」

＊＊＊

男に対する『好き』って気持ちはひとつだけ。

颯大に言われた言葉がぐるぐると頭の中をまわっている。

『玲音のことは大好きだよ。小さいころからずっと大好き

だよ』
　何度も玲音に繰り返してきた言葉。
　玲音はただの幼なじみ、なんかじゃ……ない。
　あの日以来、玲音の顔をまともに見ることができなくなった。
　学校でも、玲音と目を合わせられないまま過ごした。
　するとお昼休みに、玲音がネクタイを持ってやってきた。
「りりちゃん、ネクタイ結んで！」
　ネクタイ片手に嬉しそうに笑っている玲音に首をかしげる。
「そういえば、本当は自分でネクタイ結べるんじゃなかったっけ？」
　当たり前のように、玲音のネクタイ結んでたけど……。
　あの日の手紙をふと思い出す。
「結べるようにはなったけど、すぐにほどけちゃうんだよ」
　困ったように眉をさげた玲音に、ため息をつく。
　そういうのは、自分で結べるとは言わないのに……。
「それじゃ、じっとしててね？」
　クスクスと笑って顔を近づけてくる玲音から、必死になって体を離す。
　うっ……、ち、近いっ。
「玲音、あんまり顔、近づけてこないで！」
「だって近づかないと、俺のネクタイ結べないでしょ？」
　イスに座った玲音と向かい合って、ネクタイを結ぼうとするけれど。

ううっ。
　いつもやってることなのに、なんでこんなに緊張するんだろう。
　くっ……!!
　手が震えてうまく結べない。
「ごめん、自分で結んで」
　イスから立ちあがって玲音から逃げ出そうとしたら、腕をがっしりとつかまれた。
「りりちゃんどうしたの？　顔、赤いよ？　熱でもあるの？」
　立ちあがった玲音が、私のおでこに自分のおでこをコツンとあてた。
「なっ、なんでもないっ！」
　もうっ、本当にムリッ!!
「りりちゃん、俺のネクタイ結んでくれないの？」
　しょんぼりと視線を落とした玲音を、ちらりと見る。
　ううっ。
　玲音の顔を見ないようにして、なんとかネクタイを結び終わると、玲音が不安そうに私の顔をのぞき込んだ。
「りりちゃん、体調悪い？　ネクタイぐちゃぐちゃ……」
「お願いだからあんまり近寄らないで！」
「？」
　きょとんとしている玲音を残してトイレに逃げ込んだ。
　ダメだ……。
　ドキドキしすぎて苦しい。

気がついたら学校帰りにそのまま病院に向かっていた。
「どうしたの、りりちゃん。なにかあったの？」
　いつもと変わらぬおだやかな笑顔を浮かべるおばさんに、ポツリポツリと思っていることを話した。
「自分で自分がよくわからないの。今までこんなこと一度もなかったのに、その人と一緒にいると、なんだかおかしいの。近づくだけで息が止まりそうになったり、緊張したり、心臓が飛びはねたりするの。目が合うだけで恥ずかしくて、どうしたらいいのかわからなくなる……。今までどんなふうに話してたのかすら……わからなくなっちゃったの」
「学校の男の子？」
「う、うん」
　さすがに玲音だとは言いにくい。
「その男の子のことを意識しすぎちゃって苦しいの？」
「……うん」
「りりちゃん、その男の子のことが好きなのね？」
　ベッドの上で微笑んでいるおばさんに、思ったままを伝える。
「よくわからないの……。だって、今までだって普通に好きだったし」
「でも、友達や家族に対する好きって気持ちと、そういう気持ちは違うでしょう？　なんでもないことがすごく気になったり、その子のことばかり考えたり、遠くから見てるだけでドキドキしたり……」

「おばさん、これってどうしたら治るの？」
「治す必要なんてないのよ」
　笑顔で答えたおばさんに、顔を曇らせる。
「でも、今のままだと普通の会話すらできない……。今までどんなふうに話してたのか、わからなくなっちゃったの」
　玲音のことを考えると、胸の奥がぎゅっと苦しくなる。
「それなら、今、りりちゃんが思ってることや感じてることを、そのままその子に伝えてみたらどう？」
「思ってることを？」
「そう。ドキドキして苦しい、とか緊張する、とか。『普通にしなきゃ』って思うよりも、今、りりちゃんが思っていることをそのまま伝えたら、きっとわかってくれると思うわ」
　そっか……。
　思ってることをそのまま、玲音に伝える……。
　きっと、玲音なら聞いてくれる。
　そう思うと、ちょっと気持ちが楽になった。
「羨ましいわ〜、そういう恋する気持ち！」
　明るく笑ったおばさんにポツリとつぶやく。
「私はこんな気持ち、苦しくてなんだかイヤ」
「それだけ相手の男の子のことが好きなのよ。一度会ってみたいわ、りりちゃんが好きになった男の子に。それにしても、りりちゃんに好きな子ができたなんて知ったら、玲音泣いちゃうわね。また妙な方向に走らないといいけど」
　突然、玲音の名前が出てきて飛びあがった。

「今度、その子の写真見せてね?」
　そう言ったおばさんに、曖昧な笑顔を返した。

　帰りのバスに揺られながら、玲音のことを考えていた。
　緊張するのもドキドキするのも、玲音のことが好きだから?
　玲音のことを思う気持ちは、小さい頃と変わらないのに?
　わからないことだらけのなかで、ひとつだけわかっていることがある。それは、もう玲音のいない生活なんて考えられない、ということ。

　家に帰ると、玲音がいきなり飛びついてきた。
　ううっ。勘弁して、本当……。
「りりちゃん、最近おかしいよ?　どうしたの?　なにか、あった?」
「ごめん、なんでもないっ。すぐにご飯作るねっ。つうか、離れろっ」
　がっちりとホールドして離してくれない玲音を突き飛ばして、キッチンに向かった。
「りりちゃん、なにかあったの?」
「な、なんでもないっ!」
　ダメだ。玲音のことを意識しすぎて、まともに顔が見れない。

好きなんだ

　翌日の土曜日、目を覚ますとジャージに着替えた玲音が荷物を整えていた。
「あれ？　玲音、今日は部活？」
　スポーツバッグに荷物を詰めながら、玲音が顔をあげる。
「これから選抜試合があってさ。今回の大会、うちの学校が予選会場になってるから、テントや備品の準備しなきゃいけないんだよ。りりちゃんが見にきてくれたらめっちゃがんばるんだけどな」
　子犬みたいな顔で上目遣いで甘えてくる玲音に、ドキンと心臓が飛び跳ねる。
「ご、ごめん、今日は沙耶ちゃんと出かける予定があるから！」
　今、玲音の試合を見たら、心臓がもたない気がする。
「えー、せっかく選抜メンバーに選ばれたのにな。お弁当の差し入れとかあったらがんばれるのになー！」
　そう言って時計を見た玲音が飛びあがった。
「やべっ！　遅刻するっ！　じゃ、りりちゃん、行ってくるねー！」
　バタバタと玲音が出ていくと、沙耶ちゃんからメッセージが届いた。
『りり花、ごめん！　この前の英語のテスト、追試で呼び出された！　土曜の午前中に呼び出すなんて、英語の砂

川(かわ)、鬼畜！』

　そんな沙耶ちゃんに『また今度、リベンジしようっ』と返事をすると、ふーっとため息をついた。
　さて、どうしよう。
　玲音の顔がちらちらと浮かぶ。
　ちょっとだけ、観に行ってみようかな？
　サッカーをしている玲音は、悔しいけどかっこいい。
　でも、今の私はドキドキしすぎて、まともに試合なんて観れないかもしれない。
　なにより、所かまわずベタベタくっついてくる玲音に、私の心臓が耐えられるとも思えない。
　よし！
　こうなったら今日は一日家でゆっくりするぞ！
　そう決めて、ソファーにゴロンと横になってみたけれど。
『お弁当の差し入れとかあったらがんばれるのになー！』と言っていた玲音の顔がふと浮かぶ。
　はあ。
　少し悩んで立ちあがった。
　やっぱり、私が玲音を甘やかしてるのかも。
　玲音の嬉しそうな顔を思い浮かべながら、玲音の好きなものをたくさん作って、お弁当箱に詰めた。
　玲音の好きなものを詰めすぎて、お弁当箱がずっしりと重い。
　でも、ほら、選抜のメンバーになったって言ってたし！
　自分に言い訳をするように、荷物を持って急ぎ足で学校

に向かった。
　バスのなかから窓の外に視線を移すと、強い日差しが地面を照りつけている。
　今日も暑くなりそう……。

　バスを降りると、他校の制服を着たサッカー部らしき集団がぞろぞろと校門に向かって歩いていた。
　校門を抜けると、うちの学校の女の子たちや見慣れない制服を着た女の子たちがグラウンドの周りに陣取っている。
　グラウンドの隅には運営用のテントと救護班と書かれたテントが張られていて、屋上からは大会の名前の入った垂れ幕がかかっていた。
　いつもと違うその光景に少し驚いた。
　まだ試合は始まっていないのか、各校の選手がそれぞれ輪になってストレッチをしたり、パス練習をしているところだった。
　玲音はどこにいるのかな？
　と、グラウンドを見まわしたそのとき、ひときわ高い女の子たちの歓声があがった。
　視線を向けると……。
「りり花！」
　選抜の青いユニフォームを着た玲音が、こっちに向かって走ってくるところだった。
「りり花、来てくれたんだ！」

「沙耶ちゃん、予定ができちゃって……」
　そこまで言って、ユニフォーム姿の玲音を見つめる。
　選抜のユニフォームを着た玲音を見るのは初めてだった。
「そのユニフォーム、すごくよく似合う。すごく……」
　かっこいい、と言いかけて、恥ずかしくなってその言葉をのみこんだ。
　あれ……？
　じっと玲音を見つめる。
　珍しく、玲音の表情が固い。
「玲音、どうしたの？」
「……あのさ、りり花」
　玲音が顔をこわばらせている。
「今日、大会の初戦なんだけど、相手強豪校だし、選抜メンバー入りした２年は俺だけだし。結構緊張しててさ」
　困ったように笑う玲音の瞳が、不安に揺れる。
「だからさ、ちょっとだけ力貸して？」
　返事をする間もなく、両手を広げた玲音に、ぎゅうっと抱きしめられた。
　うわわわっ！
　玲音の胸に強く押しつけられて、ドキドキしすぎて、
　こ、このままだと心臓が壊れるっ！
　と、思ったそのとき。
　ユニフォームごしに玲音の心臓の音がトクトクトクと、聞こえてきた。

「……マジで、やばい」
　玲音の声が緊張でかすれている。
「りり花、最後まで見ててくれる？」
　玲音の胸のなかで、コクコクとうなずいた。
　そのとき、「如月！　始まるぞっ！」と、グラウンドの向こうから玲音を呼ぶ声が響く。
　すると、玲音は大きく息を吸い、顔をあげた。
「よしっ！　これで大丈夫。りり花、ありがと」
　小さく笑った玲音は、琥珀色の髪を揺らし、強い眼差しで走って戻っていった。
　すると、くるりと振り向いた玲音が、大きな声を出した。
「りり花、絶対に勝つから!!　よく見とけよっ!!」
　その玲音の笑顔にドキリとして、また息が止まるかと思った。
　試合が始まると、玲音にボールがわたるたびにキャーッという悲鳴にも似た歓声があがる。
　グラウンドを駆け回る玲音から、目が離せない。
「ねえ！　あの、ブルーのユニフォーム着てる背の高い子、かっこいいっ！」
　そんな声があちらこちらから聞こえてくる。
　うん、たしかに玲音は抜群にかっこいい。
　鮮やかなブルーのユニフォームは、背の高い玲音の華やかさをいっそう引き立たせている。
　玲音がボールを蹴るたびに、琥珀色の髪がサラサラと揺れて、額の汗が光を反射してキラキラと光る。

瞳を揺らしてゴールを目指せば、ボールはまっすぐにゴールネットに吸い込まれていく。
　立て続けにシュートを決めたせいで、玲音に対する相手チームのあたりが強くなる。
　ラフプレーが続いて、玲音が大きくバランスを崩した。
　前のめりに倒れる寸前に、土埃をあげて立ちあがった玲音は、そのまま鋭い角度からシュートを決めた。
　その瞬間、グラウンドにいた玲音と目が合い、周りの音が聞こえなくなった。
　玲音の本当に嬉しそうな笑顔がまっすぐに届く。
　一瞬、世界にふたりだけになってしまったかのような錯覚に囚われた。
　玲音の笑顔がキラキラと輝いて、あまりにその姿がきれいで、どうしてなのか涙が浮かんだ。

　ハットトリックを決めた玲音の功労もあって、無事に初戦突破を決めて試合終了した。
　喜んでいる部員のもとに、マネージャーたちがタオルを持って駆け寄る。
　その中に、まっすぐに玲音に向かった女の子がいた。
　玲音のジャージを着ていた子だ。
　たしか『畠山さん』だ。
　畠山さんが頬を紅潮させて玲音にタオルを渡そうとすると、玲音は畠山さんの顔を見ることもせず、その手を冷たく払った。

呆然と立ち尽くしている畠山さんをまったく気に留めることなく、玲音は先輩たちとハイタッチをかわし、私に向かって走ってきた。
　近づいてくる玲音に、女の子たちの甲高い声が響き渡る。
「りり花！」
　少し土のついた玲音の額に、汗が光っている。
「どうだった!?」
「あのさ、玲音、さすがに今のは……」
　と言いかけたところで、玲音が私の手元のカバンに目を留めた。
「もしかして、それ俺の弁当!?」
「作りすぎちゃって、こんなに大きくなっちゃったんだけど……」
「やったっ！　本当に差し入れ持ってきてくれたんだ！」
　子供みたいに喜ぶ玲音に、やっぱり来てよかったと頬が緩む。
「俺、汗でドロドロになっちゃったから、ちょっと着替えてくるよ！　一緒に食べよっ！」
　そう言って部室へ走っていった玲音を見送った。
　グラウンドに目を向けると、そこにはもう畠山さんの姿はなかった。

　沙耶ちゃんにも果物の差し入れを持ってきたので、教室にいる沙耶ちゃんのもとへ届けに行こうと、昇降口へ向かった。

そこで、畠山さんにばったり会った。
　そのまま通りすぎようとすると、
「吉川先輩がお弁当持ってきてくれたって、如月先輩が喜んでいたんですけど、本当ですか？」
と声をかけられた。
　畠山さんの強い口調に思わず「はい」と、敬語で答える。
　いや、私の方が先輩なんだけど……。
「昼食は私たちが用意してるので、そういうことされると困るんです。大事な大会中だし。お腹壊されても困るし」
「あ、そっか、よく考えたらそうだよね」
　トゲのあるその言い方に、とまどいを隠せない。
「それじゃ」
　と、その場を離れようとすると、悪意のある声が響いた。
「彼女気取りで、いい身分ですよね」
「私、彼女じゃ……」
　そこまで言って、畠山さんに強い口調でさえぎられた。
「ただの幼なじみ……とでも言うつもりですか？　彼女じゃないなら、こんなふうに気を持たせるようなことしなきゃいいのに。ただの幼なじみだったら、ここまでしないでしょう？　如月先輩が本当に、かわいそう！」
　思わず畠山さんの言葉を繰り返した。
「玲音がかわいそう？」
「かわいそうです。如月先輩はあんなにあなたのことを想ってるのに、あなたは如月先輩の気持ちに甘えて、全然先輩のこと大事にしてないじゃないですか。先輩の気持ちに

ちゃんと応えられないなら、幼なじみなんてやめて欲しい。見てて本当、ムカつく」
　そう言って畠山さんは、私からカバンをとりあげると、玲音のお弁当箱をランチバッグから取り出して床にたたきつけた。
　お弁当箱からハンバーグが転がり、卵焼きや唐揚げが埃まみれになる。
「どうして、こんなこと……」
　呆然としてつぶやくと、畠山さんがしぶしぶと答えた。
「如月先輩、着替えてから急に体調崩して横になってるから、こんなもの食べられませんよ。無理して食べて、午後の試合に出られなくなっても困るんで」
「玲音が？」
　ついさっきまで、あんなに元気だったのに？
「今日、すごく暑いから、熱中症かもしれませんね。誰かさんが見に来たせいで、如月先輩、バカみたいに張り切ってたから。午後に試合が控えてるんで、人のいないところで休んでもらってます。本当、吉川先輩って迷惑な人ですよね！」
　吐き捨てるようにそう言った畠山さんを、じっと見つめる。
「玲音はどこにいるの？」
「今日、保健室は使えないので、ほかの場所で休んでもらってます」
「それって……」

「……こっちです」
　歩きはじめた畠山さんに、少しためらいながらもついていった。
「……お弁当、すいませんでした。やりすぎました」
　背を向けたまま謝った畠山さんに、そんなに悪い子じゃないのかもしれないと思う。
「あー、うん、ま、仕方ないけど……」
　お弁当、どうしよう……。
　玲音、あんなに食べたがってたから、がっかりするだろうな……。
　校舎の周りを少し歩いただけで、強い日差しにふらっとする。
　こんな暑い中ずっと走り回ってたら、熱中症になってもおかしくない。
　たしかに試合後の玲音の頬は真っ赤になっていた。
「この倉庫、中は涼しいからこういうとき、よく使うんです」
　畠山さんに連れていかれたのは、校舎の裏手にあるさびれた倉庫だった。とてもじゃないけど、居心地がよさそうには見えない。
　扉に手をかけて、びくともしないその重さに驚いた。
「その扉すごく重いから、さすがに吉川先輩でも片手では無理だと思いますよ。ここ、使ってください」
　そう言って畠山さんが指さした入り口の横にあるロッカーに荷物を置いた。
　両手でその扉を開けると、ムンッと蒸し暑い空気が流れ

てくる。
　熱中症かもしれないのに、こんなに暑いところで休んでるの？
　なんだか、おかしい……と思いながら一歩足を踏み入れたところで、ドンッと強く背中を押された。
　前のめりに倒れると背後でガラガラと扉が閉まる音。
　あ……！
　気づいたときには遅かった。
　扉を開けようと思っても、外から施錠されたのか、びくともしない。
　ぐるりと見まわすと、埃っぽいその倉庫に窓はなく、天井に備えつけられた天窓からは強い日差しが差し込んでいる。
　入り口にかけられた温度計は39度を指している。
　このまま、ここにいるのは、ちょっとマズイ……。
　すこし動くだけでも汗が噴き出してくる。
　スマホで……と思っても、荷物は全部扉の外。
　あー、失敗した。
　大きな声を出したところで、グラウンドのにぎやかな声援にかき消されて聞こえるはずがない。
　あまりの暑さに頭がくらくらした。
　ここは体力温存！と思い、じっとしていても、汗がダラダラと流れていく。
　息苦しいほどの蒸し暑さに、立っているのがツラくなって、しゃがみこんだ。

水筒もないし……。
うだるような暑さに、唇が渇いて、頭がぼうっとする。
あー、もう、なにしてるんだろう。
ちょっと玲音を見たかっただけなのにな。
玲音は大丈夫なのかな……。
視界がぼんやりと揺れて、意識が遠のいていく。
体を横に倒して、目をつぶる。
これって、熱中症なのかな……？
ふと、熱中症で亡くなった人のニュースを思い出す。
私、死んじゃうのかな……。
薄らいでいく意識の中、思い浮かぶのは玲音の笑顔だった。
もし死んじゃうなら、最後に、玲音に会いたかったな。
今日の玲音は、本当にかっこよかったよって、言ってあげたかった。
今日の玲音……？
ううん、玲音はいつもかっこいい。
大人びた表情も、優しく笑っている顔も、甘えてくる玲音も、大好き……。
ちゃんと、玲音に、好きだよって言えばよかった。
もっと、玲音と一緒に……いたかったな……。
遠のく意識の中、玲音の声が聞こえた気がした。

霞がかかった視界にぼんやりと玲音が映る。
ここは……？

「りり花!!」
　玲音の声と同時に、視界がまた暗くなる。
　強く玲音に抱きしめられて、なつかしいその香りにほっとする。
　いつも、助けてくれるのは、玲音だ。
「よかった、りり花、よかった。もう、大丈夫か？」
「……すこし、頭が痛いくらい」
　すると、視界の隅に、泣きはらした畠山さんの姿があった。
「ごめんなさい！　本当にごめんなさい！」
　保健室の角で泣きじゃくりながら謝り続ける畠山さんが、一歩こちらに向かってくると、
「りり花に近づくなっ！」
　と、玲音が畠山さんを怒鳴りつけた。
　私を強く抱きしめる玲音の手や声が、小刻みに震える。
　すごい剣幕で玲音が立ちあがると、畠山さんの前に立ちふさがる。
「お前、わかっててやったんだよな？　りり花になにかしたら許さないって、俺、言ったよな？」
　怒りに声を震わせて、殺気を漂わせ、今にも畠山さんにつかみかかりそうな玲音を止める。
「玲音、あの、ちょっと待って！　ちょっとだけ、畠山さんと話をさせて」
「ダメ、こいつ、なにするかわからないから」
　激高している玲音の洋服の裾を必死にぐいぐいっとひっ

ぱる。
「あのね、玲音、氷が食べたい。アイスでもいい。冷たいものがほしい。のどが渇いてツラいの」
　それを聞いた玲音は、私の顔と畠山さんの顔を交互に見つめて、諦めたように自分のお財布に手を伸ばした。それから、「何かあったらすぐに鳴らして」と、スマホを私の手元に置いた。
　玲音はこれ以上ないほどに鋭い瞳で畠山さんを睨みつけると、低い声で畠山さんにつぶやいた。
「お前、これ以上りり花になにかしたら、本当にただじゃ済まないからな。わかってるよな。俺は絶対に、お前のことを許さない」
　そう言って玲音が保健室を出ていくと、ぶるぶると震える畠山さんとふたりきりになった。
「ごめんなさい……。本当にごめんなさい。ちょっと困らせようと思っただけだったのに……」
　取り乱した畠山さんの姿に、それは本当だったんだろうと思う。
「吉川先輩がいないことに気づいた如月先輩が、吉川先輩のことを必死で捜してて。そんな如月先輩を見てたら、どんどん怖くなってきて、言えなかった……」
　畠山さんが青ざめた顔で話し続ける。
「もし私が吉川先輩のことを閉じ込めたって知ったら、如月先輩、絶対に私のこと、許してくれないと思って……。怖くてたまらなくなった……」

そう言って、泣きはじめた畠山さんを怒る気にはならなかった。
「もう、いいよ。とりあえず、大丈夫だったから」
　ひとつ息を吸って、言葉を続ける。
「畠山さんの言うとおりだよ。私は、無神経だったと思う。私にとって玲音がどれだけ大切な存在なのか、よくわかった。私がどれだけ玲音を必要としてるのかも、よくわかった」
　そこまで言って、ゆっくりと体を起こして、まっすぐに畠山さんを見つめた。
　まだ、頭がガンガンと痛む。
「でも、これだけは約束して」
　力を振りしぼり、じっと畠山さんを見つめる。
「もし、同じことを玲音にしたら、絶対に許さない。誰であっても、玲音を傷つける人は絶対に許さない」
　それを聞くと、畠山さんが唇を歪めた。
「ふたりとも、同じこと言うんですね」
「同じこと？」
　訳がわからず、畠山さんの言葉を繰りかえした。
「もう、十分です。今後、いっさい、如月先輩にも吉川先輩にも、近づきません。あんな怖い先輩、こりごりです。申し訳ありませんでした」
　そう言って力なく頭をさげると、畠山さんは保健室を出て行った。

すると、すぐに玲音がアイスクリームを手に戻ってきた。
「りり花、本当に大丈夫？」
　心配している玲音に、アイスクリームを食べながら笑顔を作る。
「あいつ、あぶないやつだってわかってたのに、りり花のこと守れなくて、本当にごめん」
「私こそ、迷惑かけてごめんなさい。私、玲音に助けてもらってばかりだね……」
　情けなくて、視線を落とす。
「迷惑じゃない。どんなときも俺がりり花を助けに行く」
　優しい玲音の言葉に、顔がかあっと熱くなる。
「でも、私が倉庫にいるってどうしてわかったの？」
　畠山さんは怖くて玲音には言えなかったって、言ってた。誰かが気づいてくれたとは思えない。
「りり花がいないから、おかしいなと思って探してたら、いつも俺が使ってる弁当箱が、『玲音、お疲れさま！』ってりり花の字で書かれたメモと一緒に昇降口に転がってた。あんなことするやつ、畠山しかいないだろうと思って問いただしたけど、あいつ口を割らなかった」
　玲音の瞳が怒りに震える。
「スマホもつながらないし、焦って学校中探してたら、あの倉庫からりり花の声が聞こえた気がして、扉開けたら、りり花が倒れてて、意識がなかった。無事で、本当によかった」
　玲音の名前を、無意識に呼んでいたのかもしれない。

「りり花のことを守れなくて、ごめんな」
　自分を責めて謝り続ける玲音に、首を横に振る。
「いつも、私を助けてくれるのは玲音だよ」
　泥だらけの玲音の顔を手のひらでそっと包む。
「玲音、いつも、助けてくれてありがとう。それから、今日の試合、すごくかっこよかった」
「りり花が見ててくれたから、がんばったんだよ。りり花も、俺が見つけるまで、よくがんばったな」
　保健室のベッドのうえで、玲音と視線がからむ。
　玲音の柔らかい眼差しに包まれて、心を決める。
　ちゃんと、玲音に伝えよう。
　伝えられないまま終わってしまうのは、もういやだ。
「あのね、玲音、聞いてね」
　じっと見つめる玲音に言葉を紡ぐ。
「私ね、玲音のこと……、その、玲音と同じき、きも……きもっ……」
　そこで、玲音が立ちあがった。
「りり花！　気持ち悪いのか!?　ちょっと待ってろ、今、洗面器持ってくるから！　吐き気がしたら救急車呼べって言われてるんだよっ」
「ち、違う、違うよ玲音！　お願い、落ち着いて。ここに座って」
　洗面器をかかえた玲音とあらためて向きあう。
「えっとね、玲音」
　玲音の優しい瞳をじっと見つめる。

「私、玲音のことが……ずっと、あの……す、す」
　恥ずかしくて体がかあっと熱くなる。
　すると、そんな私を見て玲音が青ざめた。
「りり花！　顔が真っ赤になってるっ！　やっぱり病院行かなきゃダメだ！　今、顧問呼んでくるっ！」
　いや、玲音、ちがうの……。
「お願い、私の話を最後まで聞いて……」
　慌てて保健室から出て行った玲音につぶやいた。

【玲音side】

　翌日、部活を終えて、バス停からマンションへの道を歩きながら首をひねった。
　最近、りり花の様子がおかしい。
　キレのある平手もとんでこないし、目も合わせてくれない。
　なんていうか、微妙に避けられてるような気さえする。
　もしかして好きな奴ができたとか？
　いや、まさか……。
　俺は頭を振って、最悪の想像をかき消した。
　そんなことはありえない。
　だって、りり花の周りにそんな男いないし。
　なぜなら俺が片っぱしから排除しているから。
　ひとりだけ排除しきれてない奴がいるけど……。
　でも、最近は道場に行ってるって話も聞かないし、りり花に隠しごとができるとも思えない。
　あれこれと考えながらマンションに向かって歩いていると、エントランスの前に人影が見えた。
「こんなところでなにしてるんすか？」
　学ラン姿の颯大に声をかけると、驚いたように颯大が振り向いた。
「ああ、玲音くんか」
「……りり花なら、今日は遅くなるって言ってたから、しばらく帰ってこないと思います」

「そっか。じゃ、帰るよ」
「……いいんですか?」
　あっさり帰ろうとした颯大を思わず引き止めた。
「ちょっとりり花の顔を見たくなっただけだから」
　颯大にまっすぐに見据えられて、負けずに視線に力を込める。
　すると、颯大が表情を緩めた。
「俺はさ、負け試合だってわかってても逃げたりしない。ただ、これはちょっと違うのかもしれないな」
「なんのことですか?」
　眉を寄せた俺に、颯大はおだやかな声で続けた。
「つまりさ、玲音くんにはかなわないってことだよ」
「は?」
「ちょっとだけ話せる?」
　返事の代わりに軽くうなずくと、颯大と肩を並べてマンション裏の公園まで歩いた。

「俺じゃなくて、りり花に会いにきたんですよね?」
　それを聞くと、颯大が小さく笑った。
「玲音くんは俺がりり花とふたりで会ってもいいの? この前も、ものすごい勢いでりり花のことを連れて帰ってただろ?」
　古ぼけた木のベンチに座って、颯大の顔をじっと見つめる。
「りり花に会わないで欲しいって言ったら、帰ってくれる

んですか?」

　俺の問いには答えないまま、颯大が苦笑いした。

「俺さ、この前りり花に告ったんだよ」

　……は!?

「りり花から聞いてない?」

　告られたどころか、颯大に会ったことすら知らなかった。

「りり花はなんて答えたんですか?」

　震える声を必死でおさえる。

　あいつ、なに勝手に告られてんだよ。

　なんで、俺になにも言わないんだよっ。

　理不尽な苛立ちが抑えきれない。

「りり花、すごく困ってた。ま、玲音くんが弟じゃないって聞いたときから、なんとなくわかってはいたんだけどさ。この前も焼き肉屋の外でずっと、りり花のこと待ってたんだろ?」

「……心配だったんで」

　思わず本音をこぼした。

「俺はさ、ガキの頃から当たり前のようにりり花の隣にいて、りり花に大切にされてる玲音くんがずっと羨ましかったよ」

「俺は……」

　俺は、『颯大は強い。颯大はすごい』って、りり花に尊敬されてる颯大がずっと羨ましかった。

　りり花に思われてる颯大が羨ましかった。

　りり花に男を近づけないようにすることはできても、り

り花の心のなかの颯大を追い出すことまではできなかった。
　でも、ここでそれを口に出すことは絶対にできない。
　暗くなりはじめた空を仰ぐと、颯大はベンチから立ちあがった。
「道場で組手してるときに、何度かりり花の上に倒れ込んだことがあってさ。俺だって、一応男だから好きな子が目の前にいればそれなりのことは考える。何度か、どさくさに紛れてキスしようかと思ったこともある。りり花、隙だらけだしな。でもさ、なんつうか、りり花にとって俺は空手仲間のひとりでしかないんだよな。それを無理やりどうこうしようとは思わないよ」
　あのバカッ！
　俺の知らないところで、キスされそうになってんじゃねぇか！
　爪が手のひらに食い込むほどに強く拳を握りしめた。
「りり花を困らせるのがわかってるのに、これ以上余計なことを言うつもりはないよ。ちょっとりり花の顔が見たくなって寄っただけだから、もう帰るよ」
　カバンを肩にかけた颯大をじっと見つめた。
「俺は、たとえりり花を困らせるってわかってても、りり花をほかの男のところになんか行かせられない」
　思わず語気を強めると、颯大は目を細めて俺を見た。
「ま、そういうのは人それぞれなんじゃない？　少なくともりり花は俺のことを信頼してくれてるし、いい空手仲間

だと思ってくれてるみたいだから、とりあえずはその関係を大切にするよ」
「それは、りり花のことを諦めるってことですか？」
　感情を見せない颯大に、イラ立ちが隠せない。
「俺は伝えることは伝えた。あとはりり花次第だよ。もし、玲音くんがりり花にとって本当にただの幼なじみでしかないなら、俺とのことを考えてくれって伝えたよ」
　颯大の言葉に平静さを失った。
「なに勝手なこと言ってんだよっ！」
　声を荒げると、颯大が視線を尖らせる。
「俺も本気だって言っただろ」
　いつもはおだやかで感情を見せない颯大が、空手の取り組みのときにだけ見せる鋭い目つきで俺を睨んだ。
　そんな颯大をまっすぐに見つめ返す。
「俺は『りり花次第』なんて思うことはできない。例えりり花を困らせたとしても、りり花を手放すなんてできない」
「前にも言ったように、決めるのは俺たちじゃない。りり花だよ」
　そう言い残すと颯大は帰っていった。

　りり花が最近おかしいのは、颯大のせいだったのか。
　道場に行くたびにりり花は目を輝かせて颯大のことを見ていた。
　『颯大はすごい、颯大は強い』っていつも颯大のことばかり話していた。

帰っていく颯大の背中を見つめながら『馴れ合いの関係ってだけで彼女を縛りつけるのは違う』と言っていた圭介さんの言葉を思い出していた。
 俺とりり花は、ただ長い間一緒にいるだけ。
 りり花がほかの男のところに行かないように、俺がガッチリとりり花をつかんで離さないだけだ。
 でも、りり花の気持ちは……。

 『りり花はいない』なんて嘘までついて颯大を追い返して、俺はなにをしてんだろ……。

ちゃんと伝えたい

【りり花side】

「りりちゃん、ただいまっ」
「おかえ……、んんんっ!?」
　玄関に入ってくるなり、玲音がいきなり玄関まで迎えにきた私に唇を押しつけてきた。
　く、く、ぐるしいっ！
　プハッ！
「な、な、なに考えてんのっ!?　死ぬかと思ったでしょ」
　ドキドキしすぎて、本当に死ぬかと思った……。
　ここは、いつもどおり拳で一発。
　呼吸をととのえながら、玲音を殴りつけようと拳を握りしめた途端、玲音に怒鳴られた。
「バカりり花っ！　なんで避けないんだよ!?　なに簡単にキスさせてんだよ!?」
「……へ？」
「お前はどうしてそうなんだよっ、もっと危機感もてよ!?」
「あの？」
「いいから、そこ座れ。正座しろっ」
「は、はい」
　って、え？　はい？　なんで？
　なぜか玄関で正座して玲音と向きあう。

「まず、男が顔を近づけてきたら逃げる。顔を背ける。わかったか?」
「……ほへ?」
「わかったかって、聞いてんだよっ」
「は、はいっ!」
「怪しいと思ったら、1メートルは距離をとれ。間合いの取り方はわかってんだろ? お前、今までなんのために空手や合気道ならってきたんだよ!?」
「はい、すみません」
　……あれ? これ、なに?
　なんでこんなことになってんの?
「ちょっとりり花、こっち来い」
「……はい」
　膝を寄せて玲音に近づくと、玲音が迷わずに唇を重ねてきた。
　ううっ!!
　すると、玲音が床を拳でゴンとたたいた。
「お前、本物のバカか!? なに簡単にキスさせてんだよ!? だからお前はダメなんだろ!? 今、言ったばっかりだろ!? 簡単に騙されてんじゃねえよっ!」
　えっと……。
　騙してるのもキスしてるのも、玲音なんですけど……?
　怒り狂う玲音をチラリと見あげる。
「あの、……ですね、なんで私がさっきから怒られてるんでしょうか……?」

「りり花が隙だらけだからに決まってんだろっ？」
「そんなこと言われても……」
「とにかく相手が誰であれ常に疑うこと！　男は24時間、年中無休でエロいこと考えてんだよ。りり花みたいにフワフワ生きてたらあぶねぇんだよ。わかったか？」
「は、はい……」
　なにがなんだか、さっぱりわからない。
「それから。お前、俺になにか隠してることない？」
　玲音と正座して見つめあう。
　今なら玲音に言える……かな？
　玲音に、ドキドキしてるって、……言ってみる？
　怒り狂っている玲音をじっと見つめる。
　でも、この状況で？
　玄関で正座しながら告白したりするものなのかな？
　余計なことを言ったら、また怒られそうな気がする。
「な、なにも隠してないっ」
　玲音から視線を外してそう言うと、玲音の顔がますます険しくなった。
　こ、怖っ！
　そこで玲音が目をそらした隙に、逃げるように自分の部屋にかけ込んだ。
「おいっ！　りり花、ちょっと待てっ！」
　バタンと扉を閉めると玲音が入ってこないように背中でドアを押さえる。
　はぁ。

顔が熱い……。

　翌朝、バス停に向かいながら玲音がくるりと振り返った。
「りりちゃん、なんでそんなに離れて歩いてるの？」
「だって玲音が疑えっていうから」
「疑うのは俺じゃなくてっ！」
「でも、身の周りで一番危険な人を考えてみたら玲音なんだもん。24時間年中無休でエロいこと考えてるんでしょ？　サイテー……」
　冷たい視線を玲音に送る。
「だから、それは俺のことじゃなくてっ！」
「…………」
「りりちゃん、そんなケダモノを見るような目で俺のこと見ないで……」
　玲音がしょんぼりと肩を落とすと、ちょうどバスがやってきた。
　バスに乗り込むと、玲音がポケットからなにやらとりだす。
「りりちゃんが楽しみにしてた例の映画、明日からだよ。早速観に行く？」
「うわっ！　本当にチケット買ってくれてたの!?　朝から行きたいっ！」
　興奮している私の頭を、玲音が優しくなでる。
「せっかくのデートなんだから、俺のために可愛いかっこしてきてね？」

「空手の道着ってのはどう？　盛りあがりそうじゃない!?」
「それだけはイヤだ……」
　心底イヤそうな顔をした玲音に吹き出した。
　そっか……。
　玲音だから、こんなに楽しいんだ。
　玲音と一緒だから、こんなに嬉しいんだ。
　近すぎてわからなかった想いに気づいたら、ちょっとだけ気持ちが楽になった。
　玲音に伝えたいな。
　玲音は特別だって、玲音のいない生活なんて考えられないって。
　つり革につかまって窓の外を眺めている玲音を見あげる。
　でも、どうやって玲音に伝えればいいんだろ？
　普通なら屋上に呼び出して告白したりするんだろうけど、一緒に暮らしてるのに、わざわざ屋上に呼び出すのも面倒だし、かといって、部屋でそんなこと言ったら、発情した玲音にその場で襲われそうで怖いし……。
　玲音の顔をぼんやりと見つめながら考えごとをしていたら、玲音の顔がいきなり近づいてきた。
　うわわわっ！
　びっくりして思わず玲音のことを両手で突き飛ばした。
　ううっ。
　心臓、止まるかと思った。

「そこまでイヤがられるとさすがに傷つく……」
「ご、ごめんっ」
　イヤがったわけじゃないんだけど、緊張しすぎてなんだかうまく振る舞えない。
　いつもの会話の流れで、さらりと気持ち伝えてみようかな？
「玲音、あのね」
「ん？」
　玲音にじっと見つめられてしばしフリーズ。
「あのね、あた、あたし……その、れ、れおん……と、ス、ス、スキ……」
「あ、りりちゃん、すきやき食いたい？　じゃ、店調べておくね。つうか、渋いね？」
「う、うん」
　ダメだ。
　まったく伝えられる気がしない……。

【玲音side】

　どうもりり花の様子がおかしい。
　挙動不審にもほどがある。
　そんなことを考えながら、音楽室から教室へと続く渡り廊下を歩いていると、男子バレー部のキャプテンがりり花に話しかけているところだった。
　ネクタイをほどいて、すぐにりり花のところに駆けつけた。
「りりちゃん、ネクタイほどけちゃった」
　すると、りり花が目を丸くした。
「また？」
「うんっ」
「ちょっと待っててね。話があるんだって」
　ちらりと俺のことを見たバレー部のキャプテンが、りり花をどこかに連れて行こうと手を伸ばしたので、その手をはらいのけた。
「りりちゃん、俺、今すぐ職員室行かなきゃいけないんだけど、これじゃ行けない……」
　眉をさげて、りり花をじっと見つめる。
「じゃ、動かないでね」
　背伸びをして、俺のネクタイに手を伸ばしてきたりり花を素早く両腕でロックオン。
「ちょ、玲音っ!?　なに!?」
　腕の中で暴れるりり花にキスの雨を降らせていると、バ

レー部のキャプテンは顔を引きつらせて去っていった。
　ふぅ。
　腕の力を緩めてりり花に視線を戻すと、りり花が目に涙を浮かべて真っ赤になっていた。
　ヤベッ。
「り、りりちゃん？」
「わた、わた……ううっ」
「り、りりちゃん、大丈夫？」
　意味不明なことをつぶやくりり花にちょっと不安になり、正面にまわって、その顔をのぞき込む。
「こ、こ、こ、こんなの全然平気じゃないんだから！　ほいほい簡単にキ、キスしてきて！　玲音のバカッ!!」
　りり花は俺を突き飛ばして、どこかへ行ってしまった。
　マズい。
　本気で怒らせた。

　数学の授業が始まるギリギリのところで、りり花は教室に戻ってきた。
　授業中、黒板を見つめながら痛みに耐える。
　痛い。
　ものすごく痛い。
　ななめうしろに座ってるりり花の視線が背中に突き刺さって、まったく集中できねぇ。
　ゆっくりと振り返ると、驚いたようにりり花は目を見開いて、俺から顔を背けた。

はぁ。あとでちゃんと謝ろ。
　授業が終わって、りり花にさっきのことを謝りに行くと、りり花は俺の顔を見るなり走って逃げていった。
　これはさすがにヘコむ。
　そんなにイヤだったのか……。

　悩みに悩んで、学校から直接病院に向かった。
　俺をみると母さんは目を丸くして驚いた。
「こんな時間にどうしたの？」
　母さんに聞かれて、首をふった。
「最近りり花の様子がおかしいんだよ。挙動不審っていうか。りり花、母さんになんか言ってなかった？　俺、怒らせるようなことした覚えないんだけど……」
　いや、少しはあるか。
　かなり……ある、かな？
　それを聞くと、母さんが身を乗り出した。
「そうなの!?　玲音と一緒にいるときにりりちゃんの様子がおかしいの？」
「目も合わせてくれないし、この前はいきなり泣き出すし。かと思えば、俺のこと恐い顔してじっと睨んでるし」
「りりちゃんがいきなり泣きだすなんて、玲音、なにをしたの？」
「キ、ス……じゃなくて、えーっと、キィー……ツツキのモノマネ……かな？」
「なにバカなこと言ってるの？　とにかく、りりちゃんが

最近、玲音と一緒にいると様子がおかしいのね?」
　嬉しそうな顔をして笑っている母さんを睨みつける。
「なんでそんなに嬉しそうなんだよ。人が真剣に相談してるのに」
「ふふっ、なんでもない。でも、すごく嬉しいのよ。だって、お母さん、りりちゃんのこと大好きだもん」
　りり花のことなら、俺のほうが好きに決まってる。
　なんてさすがに母さんの前では言えないけど。
「玲音、りりちゃんの様子がおかしくても優しくしてあげるのよ？　りりちゃんの気持ちを一番に考えてあげてね」
「りり花の気持ち？」
　ニコニコと楽しそうに笑っている母さんに、返事をすることができなかった。
　りり花の気持ちなら、ずっと前からわかってる。
　病室をあとにしてマンション近くのバス停で降りると、りり花とよく遊んだ公園まで足をのばした。
　誰もいない公園のジャングルジムに登り、ぼんやりとりり花のことを考える。
「りり花の気持ちか……」
　ポツリとつぶやいた言葉は暗闇(くらやみ)に紛れて消えた。
　りり花と離れたくなくて、りり花を独占することばかり考えてきた。
　ワガママを言えば、りり花はいつでも受け入れてくれたから。ほかの誰かにりり花の隣を譲るなんて考えたこともなかった。

でも、それじゃあ、りり花の気持ちは……？
　このジャングルジムのうえでキスをしようとしたときの、下を向いてしまったりり花の、困ったような悲しそうな表情がよみがえる。
『りり花の気持ちを考えてあげて』
　母さんの言葉が何度も頭のなかで繰り返される。
　いつもいつも俺のことを一番に考えてくれたりり花の気持ちを、今までちゃんと考えたことはなかった。
　いや、ちがう……。
　本当はわかっていたのに、ずっと気がつかないふりをしてきた。
　りり花はいつも顔を輝かせて颯大のことを話す。
『すごい、すごい』と颯大のことを話すりり花は、本当に嬉しそうだった。
　りり花は颯大を見るようには、俺のことを見てはくれない。
　それがわかっていたから、なおさら颯大にりり花を近づけたくなかった。
『りり花を困らせるつもりはない』と穏やかに笑っていた颯大の姿が思い出される。
　悔しいけれど、俺は、颯大にはなにひとつかなわない。

【りり花side】

「玲音、どうしたの？」

家に帰ってきてから、ずっと玲音がなにやら考えこんでいる。

「なんでもないよっ。それより、めっちゃ腹減った！　うわっ、春巻きうまそ〜っ！」

テーブルの上に並んだ夕飯を見ると、玲音は嬉しそうに頬を緩めた。

「玲音、あのね……」

『玲音のことが好き』って、サラッと言ってみようかな？

「あの……」

「りりちゃん、この春巻きめちゃくちゃうまいっ！」

「よかった！　ハハッ……」

ダメだ。

とてもじゃないけど春巻き食べながら告えるようなことじゃない。

「りりちゃん、明日の映画、朝起きたらすぐに行こうねっ！　空手映画つうのが残念だけど、りりちゃんとデートできるならどこでもいいし！」

そっか、玲音とデートかぁ。

明日のことを考えるとドキドキして、恥ずかしくて、玲音の顔すら見ていられなくなる。

「りりちゃん、どうしたの？」

「な、なんでもないっ」

玲音に背を向けて呼吸を整えた。
　明日。
　明日、ちゃんと玲音に伝えよう。

　翌朝、目を覚ますといきなり玲音に抱きしめられた。
「な、な、なに!?」
　寝ぼけながらスウェット姿の玲音を見あげる。
「ちょっとだけ、こうしててもいい？」
　息が苦しくなるほど強く抱きしめられて不安になった。
　病院でなにかあったのかな？
　おばさんのことが頭をかすめる。
「玲音、どうしたの？　大丈夫？」
　不安になってたずねると、玲音が笑って答える。
「ただの欲求不満解消……かな？」
「ふざけんなっ！」
　玲音の頭をコツンとたたくとキッチンに向かった。
　ううっ。
　心臓が破裂しそうだよっ。
　こんな状態で玲音に好きだ、なんて言えるのかな。
「俺、ちょっと部室に用があるから、映画館前で待ち合わせでいい？」
「うんっ」
　恥ずかしくて、玲音の顔を見ることができないまま答えた。
　一足先に玲音が出かけていくと、普段は着ることのない

第5章　大好きな幼なじみ >> 323

ワンピースを着てグロスをつけた。
　今日、ちゃんと玲音に伝える。
　玲音のいない生活なんて考えられないほど、玲音は大切な存在なんだって。
　玲音と同じ気持ちで、私は玲音のことが、好きなんだって。
　鏡のなかの自分の姿を何度も確認してから、家を出た。
　いつも一緒にいるのに、待ち合わせをするだけでなんだかドキドキする。
　バスに乗っている間もソワソワと落ち着かなかった。
　映画館に向かい、入り口で玲音を探す。
　けれど玲音の姿は見当たらない。
　いつもバカみたいに早く来るのに、どうしたんだろう？
　待ち合わせの時間から20分近くがすぎたころ、
「りり花？」
　とうしろから名前を呼ばれた。
　ふりかえると、そこに立っていたのは玲音ではなくて颯大だった。
「どうして颯大がここにいるの？」
　きょとんと颯大を見あげると、颯大が映画のチケットを私に見せた。
「玲音くんからこのチケットもらったんだよ。つうか、いきなり押しつけられた」
　意味がわからず、颯大の手にしているチケットをじっと見つめる。

すると、気まずそうに颯大が口を開いた。
「たぶん、玲音くん、りり花が俺のこと好きだって誤解してる」
「……え？」
「玲音くん、いきなり俺にこのチケット渡すから、なにがなんだかわからなくて引き留めようとしたら、『りり花のことよろしくお願いします』って言って、走って帰っちゃったんだよ」
　チケットを見つめたまま言葉を失っていると、颯大にポンポンと軽く頭をたたかれた。
「颯大、私……」
「わかってるよ、玲音くんのことが好きなんだろ？」
　颯大をまっすぐに見てうなずく。すると、颯大が頬を緩めた。
「早く玲音くんのところに行ってあげなよ。りり花も自分の気持ち、ちゃんと伝えろよ」
　見あげると、颯大の柔らかな眼差しに包まれた。
「あーあ……、俺の７年分の片思い終わっちゃったな」
　そのつぶやきに、胸が少し切なくなる。
「その代わりさ、このチケットもらってもいい？　俺もこの映画ずっと観たかったんだ」
「颯大、本当にごめんっ。それから、……ありがとう」
　おだやかな笑顔を浮かべる颯大に、頭をさげた。
　ただ玲音に会いたくて、一心に玲音のもとへ走り出した。

マンションに戻り、息を整えながらドアを開けると、玲音が大きなボストンバッグを片手に立っていた。
「……りり花!?」
　目を見開いて驚いている玲音を、思い切り平手でたたく。
「……痛ぇ」
　痛みで目をしばたかせている玲音に詰め寄る。
「なんで待ち合わせに来なかったの？　どうして勝手に颯大にチケット渡したの？　玲音、なに考えてるの？」
「俺が行くより、りり花が喜ぶと思ったから」
　小さな声で答えた玲音に、声を荒げる。
「私、そんなことして欲しいなんてひとことも言ってないっ。それに、その荷物はなに？　また黙って出ていくつもりだったの？　どうして玲音はひとりで暴走しちゃうの？　どうして私の話を聞いてくれないの？」
「じゃ、俺はどうすればよかったんだよ……」
　下を向いたままそうつぶやいたかと思うと、玲音はボストンバッグを乱暴に投げ捨てた。
「りり花こそなに考えてんだよっ！　なんで戻って来たんだよっ！」
　突然大きな声を出した玲音に体を震わせた。
「俺なりに、りり花の幸せとか考えてみたつもりなんだけど？　でも、やっぱりめちゃくちゃムカつくし、こんなの俺じゃねえしっ。挙げ句にりり花は怒って帰ってくるし。それなら俺はどうしたらいいわけ？　りり花が責任とって

俺とつきあってくれんの？」
「責任とかじゃなくて、私は……」
　そこまで言ったところで、玲音に両手をつかまれて壁に強く押しつけられた。
　視線を尖らせた玲音に押さえつけられて、まったく身動きがとれない。
「颯大に告られたんだろ？　最近妙によそよそしいし、目も合わせてくれないし、かと思えば、いきなり泣き出すし。全部、颯大のせいなんだろっ」
「玲音、それは違うっ……」
「『颯大はすごい、颯大は強い』って、ほかの男にしっぽふってるりり花のことを、今まで俺がどんな思いで見てきたと思ってんだよ」
　力任せに玲音が壁をたたくと振動で体が揺れた。
　そんな玲音の手首をぎゅっと握る。
「玲音、聞いてっ」
「映画のチケットを颯大に譲ったのだって、りり花が喜ぶと思ったからじゃん。でも、もうやめた。やっぱり俺は、圭介さんや颯大と違って、相手のために身を引くなんてできない。そんなに人間できてねぇし。俺のこと、男として見てくれなくてもいいよ。『可愛い玲音』のままでいいから、このまま俺のものになってよ」
「ちょっ、ちょっと待って！」
「もうさ、りり花が俺のことを好きかどうかなんて関係ない。りり花がほかの男のところに行くのは耐えられない。

第5章　大好きな幼なじみ　≫ 327

このまま俺のものにするから覚悟して」
　そう言って力ずくで床に押し倒してきた玲音のことを、両手をつっぱって慌てて止めた。
　玲音は今までにないくらい、余裕のない表情で切なげに私を見おろしている。
　どんな言葉も、玲音にうまく届かないもどかしさで、胸がひりひりと痛む。
「玲音っ！　お願いだからちょっと待って！」
「待たない。もう十分待たされた」
「だから、私の話を聞いてってば」
「りり花は颯大が好きなんだろ。でもそんなの聞きたくねえんだよ。そんなの俺には関係ねえんだよっ！」
「だから、違うんだってば！　颯大のことが好きだなんてひとことも言ってない。玲音が勝手に勘違いしてるだけだよ！　玲音のことが好きだってずっと言ってるじゃん！」
「そんなの知ってるよ。12年前から変わらず『可愛い玲音』のことが好きなんだろ。だからどうしたんだよ。俺が言ってるのはそういう好きじゃねえんだよ。俺はもう保育園に通ってるガキじゃねえんだよっ！」
「だから、そういう好きだって言ってるじゃん。このわからず屋っ！」
「わからず屋なのはりり花だろ！　お前いつになったら俺のこと好きになんだよ！」
「だから玲音のことが好きだって、さっきから何度も言ってるじゃん！　玲音のバカ!!　玲音こそ、道路で女の子と

いちゃいちゃしてたくせにっ！」
「……は？」
　私の言葉に玲音が動きを止めた。
「私が颯大のお祝い会行ったとき、バス停近くの歩道で女の子といちゃいちゃしてたじゃん!!」
「……なんでりり花がそんなこと知ってんだよ」
　唖然としながら玲音がつぶやく。
「忘れ物しちゃって取りに帰ったときに、たまたま見ちゃったの！　玲音のエロ！」
「なんだよ、それ。マネージャーの畠山が家に押しかけてきたから説得して追い返してただけだよ」
「へー、説得ね？　あんなにベタベタ触ってたくせに？　もう玲音なんて知らないっ！」
　プイッと玲音から顔を背けると、玲音が目をパチクリとさせた。
「……それってもしかして、ヤキモチ？」
「へ？」
「りり花、俺にヤキモチ……焼いたの？」
　……ヤキモチ？
　ずっと胸に引っかかっていたこのモヤモヤは、玲音にヤキモチ焼いてたから？
　……うっ。
　気まずい思いでチラリと玲音を見あげる。
「知らないっ！　バカ玲音！」
　馬乗りになっていた玲音を突き飛ばして、バタンと部屋

にかけこむと頭から布団をかぶった。
　もう、やだっ！
　玲音と一緒に映画行けるって、楽しみにしてたのに。
　どうしてこんなことになっちゃったんだろう……。
　すると、部屋のドアが開いて玲音が入ってくる気配がした。
「りり花、その服、もしかして俺のために着てくれたの？」
「知るかっ」
「ちゃんと俺に見せて？」
「二度と見せない！」
　布団を頭からかぶりながら玲音に返事をする。
「りり花、あの日歩道で話してたのはマネージャーの畠山だよ。いきなりマンションに押しかけてきたから帰ってもらっただけ」
「玲音、あの子のことベタベタ触ってた」
「なかなか帰らないから、脅し……じゃなくて……説得してただけだよ」
「…………」
「りり花、顔見せて？」
「イヤだっ。絶対イヤ。玲音なんて嫌いだもん」
「俺はりり花のことが好きだよ？」
「私は玲音のことなんて嫌いっ！　一緒にいると、わけのわかんない気持ちになるから、もうやだっ！　小さい頃のほうがよかった。ただ楽しくて、なんにも考えないで笑っていられた。こんな気持ちになることってなかった。玲

音がほかの女の子触ったり、玲音がほかの女の子にキスしてるとこ見て、イヤな気持ちになることだってなかった！」
「俺、りりちゃん以外の女の子に、そんなこと絶対にしない」
　玲音に力ずくで布団からひきずりだされて、ベッドの上で玲音と向きあうと、玲音がしわくちゃになったワンピースにそっと触れた。
　玲音が真剣な表情でもう一度問いかける。
「これ、俺のために着てくれたの？」
　下を向いたままぎゅっと唇を噛むと、玲音の両腕に包まれた。
「めっちゃ可愛い。このまま脱がしちゃいたいくらい可愛い」
「……死ね」
「うん、死にそうなくらいりり花が可愛くてたまらない。りり花のことだけが、好きで好きでたまらない」
「バカ玲音」
「バカでもいいよ。りり花がずっと俺の隣にいてくれるなら」
　そう言って、玲音がコツンと自分のおでこを私のおでこにくっつけた。
「りり花、俺のところに帰ってきてくれてありがとう」
　玲音の声が優しく響く。
「……次にこんなことしたら絶対に許さないからっ」
　両手をのばしてぎゅっと玲音に抱きついた。
　トクトクと頬に伝わる玲音の心臓の音を聞きながらゆっ

くりと息をすった。
「玲音、ちゃんと聞いてほしいの……。私は、玲音のことが……好きなの」
　玲音の胸のなかでつぶやくと、息もできないほど強い力で玲音に抱きしめられた。

【玲音side】

　胸のなかでりり花の声が響く。
「玲音と一緒にいると、ドキドキして苦しかったの。恥ずかしくて目が合わせられなかったの」
　そうつぶやいて、ギュッとしがみついてきたりり花を信じられない思いで抱きしめた。
　洋服ごしに、りり花の体温がじんわりと伝わってくる。
　俺の胸に必死にしがみついているりり花が愛おしくて、その体温に涙が出るほど嬉しくて、壊してしまいそうなほどに強く、りり花を抱きしめた。
　りり花が俺にドキドキしてくれる日が来るなんて、夢にも思わなかった。
　速まるりり花の胸の鼓動を感じて、頭がどうにかなりそうだ。
「俺は、いつもりり花にドキドキしてるよ」
　真っ赤になっているりり花の耳元でささやくと、りり花の震える唇を見つめた。
　指先でりり花の唇にそっと触れる。
「りり花、キス……してもいい？　その、無理やり……じゃなくて」
　コクンとうなずいて、ゆっくりと目をつむったりり花の肩を抱く。
　りり花をのぞき込むようにして、そっと唇を重ねると、その唇の柔らかさに心が高ぶる。

かすかに震えるりり花の唇は、これまでにないほどに甘い。
　ゆっくりと唇をはなすと、りり花と見つめあった。
「りり花、俺をりり花の彼氏にしてくれる？」

　小さくうなずいて俺の胸に顔をうずめたりり花を、もう一度両手で強く抱きしめた。

【玲音side】

　夕飯を食べてシャワーを浴びると、少し悩んでりり花の部屋に入った。
「あのさ、りりちゃん。隣で寝ても……いい？」
　ためらいがちにたずねると、りり花が笑顔で応えた。
「うん、いいよ」
「へ？」
「一緒に寝よう」
「いいの？」
「うん。シャワーも浴びたし」
　笑顔で答えたりり花に、動揺が隠せない。
「えっと、それって……？」
「玲音が隣で寝てくれるとね、すごく安心できるの」
「う、うん……」
　とまどいながら、りり花の隣に滑り込む。
「今日は、いろいろあったね？」
「……だね」
　ふたりでベッドに横になり、向かいあう。
　小さなあくびをしたりり花を両手で抱き寄せて、そっと顔を近づけた。
　すると、幸せそうに眠っているりり花の寝息が、頬に触れる。
　って、……うそだろ!?
　あっという間に眠ってしまったりり花のほっぺたを、

ぎゅっとひっぱる。
「りりちゃーん、起きて……」
　ぐっすりと眠っているりり花を、軽く揺さぶる。
「りりちゃーん……」
　こうなると、りり花はなにをしても起きない。
　はぁ。
　りり花、一緒に寝るってこういうことじゃないよね？
　俺たち、つきあうことになったんだよね？
　新手の拷問かな？
　気持ちよさそうに眠っているりり花の唇に軽いキスを落として、りり花を胸のなかに引き寄せる。
　でも、これから先もりり花の寝顔は、俺だけのものなんだね。
　りり花の甘い寝息を感じながら、幸せな想いで眠りについた。

【りり花side】

「おはよ」
「お、おはよ」
　目が覚めて、隣で寝ている玲音と目があうと、軽く唇を重ね合った。
　ううっ、恥ずかしい……。
「えっと、りりちゃん？」
　くっ……。
　恥ずかしくて顔が見られない……。
「りりちゃん、その反応、かえって照れるんだけど」
「じゃ、殴ろっか？」
「それもちょっとね……」
　今さらだけど、ふたりきりっていうのがどうにも恥ずかしい。
「じゃ、もう1回してもいい？」
「うん」
「え？」
　驚いた顔で玲音が目を見開いた。
「いいよ」
　玲音をじっと見つめると、玲音が耳もとまで顔を赤く染めて、ぱっと目をそらした。
「いいよ、とか言うなよ」
「ずっと……ずっと、一緒にいようね？」
　朝日につつまれて、玲音の胸のなかで玲音の熱を帯びた

唇を何度も受け止めた。

　玲音と一緒にバス停に向かいながら、玲音の制服の裾をぎゅっとつかんだ。
　すると、玲音の手のひらに右手を包まれた。
　手をつないだことなんて何度もあるのに、なにかが違う。
　いつもと変わらない朝なのに、目に映る世界が輝いて見える。
「なんだか、キスするのと同じくらい恥ずかしいかも」
　そうつぶやくと、玲音が黙ってコクンとうなずいた。
　バスを待ちながら、じーっと見つめてくる玲音にたずねる。
「どうしたの？」
「いや、りりちゃんが本当に俺の彼女になったんだなって思うと……」
「それは、……う、うん」
　なんだかものすごく照れくさい。
「もうさ、あの手この手で邪魔したり、妨害したりする必要ないんだと思ったら感慨深くてさ」
「邪魔したり妨害したりって、なんのこと？」
「あ、いや、なんでもないっ！　忘れて忘れて！」
　きょとんと玲音を見あげると、玲音が慌てたように目をそらした。

　お昼休み、玲音が食べ終わったお弁当箱を、沙耶ちゃん

に渡している。
「沙耶ちゃん、これ"俺の"りりちゃんに渡しておいてくれる？」
「私、ここにいるけど？」
「ああ、ごめん、ごめん。可愛すぎて見えなかった〜」
「…………」
　帰りのホームルームの時間になると、玲音が笑顔でやってきた。
「沙耶ちゃん、"うちの"りりちゃんどこにいるか知ってる？」
「……目の前」
　ドン引きして答えた沙耶ちゃんに、玲音が笑顔を向ける。
「あ、本当だ！」
　ニコニコと笑っている玲音に我慢できなくなり、バンッと机をたたく。
「ウザい、ウザすぎるっ！　いちいち私を呼ぶときに、変な所有格つけないでっ！」
「だって嬉しくてさー！」
「その暴走っぷりはいつまで続くの？」
　呆れてたずねると、玲音が無邪気に答えた。
「りりちゃんと正式に入籍するまで？」
　明るく笑う玲音に、冷たい視線を向ける。
「そんなことしたら本当に退学になっちゃうでしょ？　どうして玲音ってそんなことしか考えられないの？」
「そりゃ、りりちゃんのことが好きだから決まってるじゃ

ん」
「はぁ。やっぱりただの幼なじみに戻ろうか？」
「まだ付きあって31時間と20分しか経ってないのに!?」
「怖いっ！　なんでそんな計算してるの!?」
「だって、念願叶ってやっと『りりちゃんの彼氏です』って、堂々と言えるようになったんだよ？　ついつい嬉しくてさ」

　はぁ。
　深いため息をついてプイッと玲音から顔を背けると、がっしりと玲音に両手で頭をつかまれた。
　イヤな予感っ！
「りりちゃん、そんなに照れないで！」
　玲音の唇が私の唇と重なった瞬間、教室がどよめいた。
　目の前で沙耶ちゃんが固まっている……。
　バッチーン!!
　間髪入れずに玲音を平手ではじき飛ばすと、水を打ったように教室が静まりかえった。
「教室でキスしてくるバカがどこにいるの!?」
「ここにいる。だって、俺たちつきあってるんだから、ちゃんとＰＲしておかないとさっ」
　満面の笑みで胸を張った玲音に、ガックリと肩を落とした。

　放課後、玲音とバスに乗って病院に向かった。
「手つないでいけば察するよな？」

「『私たちつきあうことになりました』っておばさんに言うのもなんだか恥ずかしいしね？」

　嬉しいような、それでいてすごく照れくさいような気持ちで、病院の自動ドアを通りすぎた。

　玲音と手をつないで病室に入ると、いつもと変わらぬ笑顔でおばさんが迎えてくれた。
「あら、ふたりが手をつないでいるところなんて久しぶりに見たわ。あなたたち、相変わらず仲がいいのね？　いつまで経っても小さい頃のままね」
「……は、ははっ」
「で、今日はふたりそろってどうしたの？　なにか報告でもあるの？」

　おだやかに微笑んでいるおばさんに、玲音が固まっている。

　おばさん、全然察してくれない……。
「えーっと、あのさ……」

　玲音が口ごもっているとおばさんが
「なに？　どうしたの？」
と勢いよく食らいついてくる。

　もしかして、おばさん、全部わかっててイジワルしてますか？
「俺たち、このたび、無事に、つ……つきあ……」

　玲音、大丈夫かな……。

　いつになく落ち着きをなくしている玲音を、ドキドキしながら見つめていると、玲音は決意したように言葉を口に

した。
「結婚、することになりましたっ！」
　高らかに宣言した玲音に唖然とする。
「……へ？」
「玲音、……なに言ってるの？」
「ち、違うっ！　今のは緊張しすぎて、言葉のあやっつうか、本当に言い間違えたんだよっ!!」
「はあ!?　普通、そんな間違いしないでしょ!?　頭おかしいんじゃないの!?」
「そうなの？　やっとつきあいはじめたと思ったら、もう結婚？」
「……はい？」
　ポカンと口を開けておばさんを見つめる。
「なかなかふたりの関係が進まないから、吉川さんとひやひやしてたのよー。りりちゃんと玲音が結婚してくれなかったら、あのマンション無駄になっちゃうでしょう？　せっかくふたりのために処分しないでとっといてあるんだから。それにしても、すぐにでも吉川さんに連絡しないと！　今は便利よねーっ！　海外にいたってメールで連絡とれちゃうんだもの」
「ちょ、ちょっと待って！　おばさん、激しく誤解してるっ！　私たち、結婚なんてしないっ！　する予定もないっ！　どうしてそうなるの!?　どうして私の周りってこんな人ばっかりなの!?」

なんとかおばさんの暴走を止めて、私たちは病院をあとにした。
　帰りのバスのなかポツリと玲音がつぶやく。
「なんかさ、母さん、あのまますっちゃ長生きしそうな気がしねぇ？」
「私もそう思った。それに、うちのお母さんとおばさんって連絡とりあってたんだね。どんな話してたんだろうね」
「怖くて想像もしたくねぇ」
「うん……」
「あのマンション、隠しカメラとかねぇよな」
「怖いこと言わないで……」
　玲音とふたりで深いため息をついた。
　それにしても、お父さんとお母さんからのエアメール、世界各地から届くんですけど。
　あのふたりはいったいなにをしてるんだろう。

　いつものバス停で降りると、玲音と小さい頃よく遊んだ公園に向かった。
　誰もいない公園のジャングルジムの上で、玲音とぴったりと隣り合わせて座る。
　夜空を見あげると、踊るように星が瞬いている。
　目を閉じ、小さい頃と変わらぬ願いごとを心のなかでつぶやく。
　ゆっくりと瞼(まぶた)を開き、月明かりに照らされた玲音を見あげると、玲音の柔らかい眼差しに包まれた。

これまでも、これからも、玲音は誰よりも大切な存在。
「玲音、大好きだよ」
　まっすぐに玲音を見て伝えると、玲音の黒く潤んだ瞳が大きく揺れた。
「俺はその何百倍も、りり花のことが大好きだよ」
　玲音の甘い声を聞きながら、玲音の骨ばった手のひらに頬を引き寄せられて、その日、私たちは少しだけ大人のキスをした。

エピローグ

いっぱいケンカをして
そのたびに仲直りをして
たくさんの幸せな時間を一緒に過ごして
今日、玲音は20歳になった。

＊＊＊

そして、玲音の誕生日である今日、おばさんの作ってくれたプリザーブドフラワーのブーケを手に、玲音と結婚式をあげた。
　無事に式を終えて、披露宴(ひろうえん)までの間を控え室で過ごす。
　とにかく号泣(ごうきゅう)する玲音をなだめるのがめんどくさい。
「まさか、誓いのキスをして平手打ちされるとは思わなかったけど……」
　うれし涙で目が真っ赤になった玲音は、頬も赤く腫らしている。
　そんなタキシード姿の玲音のネクタイをぐいっと締めあげる。
「どこの世界に結婚式の誓いのキスで、あんな濃いキスしてくるアホがいるわけ!?」
「だって、あまりにりりちゃんがきれいだから、ついつい止まらなくなっちゃってさ。平手食らわなかったら、俺、

りりちゃんのウエディングドレス全部脱がしちゃってたかも。マジであぶなかった～」
　ニコニコと笑っている玲音にフツフツと湧きあがる怒り。
「最低！　教会でそんなことしたら新聞沙汰だよ!?　玲音には理性ってもんがないの!?」
「むしろ、理性のかたまり？」
　懲りずにニコニコしている玲音に肩を落とす。
「はぁ。こんなのがもうすぐパパになるかと思うと、不安でちゅねえ」
　お腹のなかのハルにこぼすと、玲音がはっとしたようにゴシゴシと目をこする。
「がんばるっ、俺、もっとがんばるからっ!!」
「はいはい、玲音はよくがんばったよ」
　新薬の開発チームに入るため、大学の研究室で学んでいる玲音は、今日、念願の学生結婚を果たしてもうすぐパパになる。
　まだ、数センチに満たないお腹のなかのハルを手のひらでそっとなでる。
　如月ハル。
『春美（はるみ）』というおばさんの名前から一文字もらって、お腹の子にハルと名付けた。
　男の子でも女の子でも名前はハル。
　おばさんから渡されたアルバムには、たくさんの玲音の写真と、高校時代の私たちの写真が貼ってある。

アルバムの最後のページにはおばさんと一緒に選んだウエディングドレスを着て、おばさんの病室で玲音とおばさんと３人で撮った写真が貼られている。
「母さんも俺たちの結婚式、きっと喜んでくれたよな」
「……うん」
　目を潤ませた玲音に小さくうなずく。
　そのとき、控室のドアが開かれた。
「あなたたちの濃厚なキスシーン、目の前でしっかり見てたわよ。もう、見てるほうが恥ずかしくなっちゃったわよ」
「おばさんっ!!」
　数時間の外出許可をとって車いすで参列してくれたおばさんに、ウエディングドレスで駆け寄る。
　２年前、大きな手術を無事に乗り越えたおばさんは、新しい治療法のもと、短い時間であれば車いすで外出ができるまでになった。
「それにしても、もっと早く孫の顔が見れるのかと思ってたけど、思ったより時間がかかったわね？」
「もっと若いうちにおばあちゃんになりたかったのにねえ？」
　ぶつぶつと文句を言っているお母さんとおばさんから、そっと顔を背ける。
「それはりり花がなかなかやらせてくれなかったか……グエッ」
「なにかしら？　玲音くん？」
「なんでもございません……」

玲音の首を締めあげていると、おばさんが古いアルバムを手にとった。
「これからはこのアルバムにハルの写真が増えるのね？」
　おばさんが笑うと、窓から柔らかい風が吹いた。

　小さい頃からいつも一緒にいて、誰よりも大切な存在だった玲音。
　これからも、今までと変わらず玲音のことを想い続ける。
「玲音、大好きだよ」
　幸せそうにハルのいるお腹に耳をあてている玲音にそっとつぶやくと、玲音がゆっくりと私を見あげた。
「俺はりり花のこと、その何百倍も愛してる」
　黒い瞳を潤ませて、幸せに満ちた眼差しでそう言った玲音に甘く微笑むと、玲音の唇に自分の唇をふわりと重ねた。
玲音とハルと一緒に、これからもずっと。

　　　　　　　　　　　　　　　　　　　　Fin・

☆
　☆
　　☆

書籍限定番外編
あぶない幼なじみ

「ハル、大丈夫かな？　夜、ちゃんと眠れたかな……」
　朝ごはんの片づけを終えたりり花が、隣でテーブルの上に頬杖をつきながら心配そうにしている。
「ハルはりり花に似てしっかりしてるから、大丈夫だよ。おばさんの手伝いを、てきぱきこなしてるかもよ？」
　ハルは昨日からりり花の実家に遊びに行っている。
　はじめてのお泊りで不安だったのは、たぶん、しっかりもののハルではなくて、りり花のほうだ。
「お父さんもお母さんも私が高校生のころは、仕事ばっかりでほとんど休みなんて取れなかったのに、ハルが生まれてからはふたりそろって休みとることが増えたよね」
「いいじゃん、おかげで昨日の夜はふたりだけで甘い夜を過ごせたんだから」
　そう言って、りり花の腰を引き寄せて俺の膝の上にのせると、首まで真っ赤にしたりり花が、膝の上でコクコクと小さくうなずく。
　そっと、りり花の耳たぶに触れると、ますますりり花の耳が赤くなる。
　片手をりり花の腰にまわして、もう一方の手をりり花の頬に添える。
　膝の上のりり花を見上げるようにして、りり花の唇に自分の唇を重ねると、返事をするようにりり花が熱い唇で応える。
　しばらくりり花の甘い唇を楽しんで、両手でりり花の腰を強く引き寄せ、首すじに唇を滑らせたところで、

「れ、玲音！ こ、ここまで！ 大学遅刻しちゃうっ」
　りり花が膝の上から慌てて立ちあがった。
「ちぇっ。もうちょっと、りり花と仲良くしたかったな」
「い、いつも仲良くしてるでしょ」
　と言いながら、首まで真っ赤にして恥ずかしがっているりり花はたまらなく可愛い。
「あれ、りり花も出かけるの？」
　スマホをカバンに入れて、着替え始めたりり花に首をかしげる。
　ハルがもう少し大きくなるまで、保育園の仕事は休むと決めたりり花。そんなりり花がこの時間に出かけるのは珍しい。
「ハルの様子、見に行ってみようかなと思って」
「りり花は心配症だなー」
　目を細めて笑うと、りり花が照れたように答える。
「久しぶりに玲音と一緒にバスで"登校"したいし！」
　そう言って幸せそうに笑ったりり花がたまらなく可愛くて、もう一度腕の中にりり花を閉じ込めると、キスの雨を降らせた。

　りり花とふたりでバス停へと続く道を歩く。
　そんなに暑い日でもないのに、りり花が真っ赤な顔をして両手で頬をおさえている。そんなりり花をのぞき込んだ。
「りり花、どうしたの？」
「朝からあんなにたくさんキスされたら、心臓がもたない

よ……」
「結婚して3年も経つのに？」
「だって、玲音、どんどん……」
「どんどん……なに？」
　じっと見つめるとりり花が、さらに顔を赤く染めた。
「な、なんでもないっ!!」
　照れて、下を向いたりり花を両手でぎゅっと抱え込む。
「俺はまだまだ、りり花が足りないよ。りり花は？」
「れ、玲音、人が見てるっ！」
　朝の通勤時間帯。それなりに人の多いバス通り。
　りり花の頭にそっと手を添えて、りり花の額をコツンと自分の胸に押しつけた。
「はい、これで大丈夫。りり花は俺に隠れてるから、誰からも見えないよ」
　りり花の耳もとでささやくと、『こ、こんなの全然大丈夫じゃないっ』とりり花が腕の中で抗議する。
「まだまだりり花が足りないって言っただろ？」
　抵抗するりり花をぎゅっと抱きしめた。
　俺がどれだけ長い間、りり花を自分の腕の中に閉じ込めてしまいたいと願って過ごしてきたのか、りり花は知らない。

「りり花が思っているよりも、ずっと前から俺はりり花を独り占めしたいと思ってたんだよ」
　俺の胸に顔をうずめているりり花の頭に、そっと唇を寄

せる。
　すると、りり花がするりと抜け出した。
「さ、さすがに恥ずかしいよっ!!」
　手のひらをうちわのようにして、火照(ほて)った頬をパタパタとあおぎながらりり花が足を速める。
　すると、前を歩くりり花が『あの制服、なつかしいね』と柔らかい笑顔で振り返った。
　りり花の視線の先にいるのは、エナメルバックをななめがけして駅へと向かって歩いていく中学生たちだった。
　そのなつかしい制服に頬が緩む。
「中学に入学した頃のこと、玲音、覚えてる？」
「あんまり覚えてないな」
「私はよく覚えてるよ。入学式の日に、ブカブカの制服を着て、緊張した顔で教室に入っていく玲音の姿がすごく可愛いかったんだよっ」
「可愛いっていうのは、褒め言葉じゃないんだけどな」
　嬉しそうにしているりり花に口を尖らせる。
「そうなの？」
「そうだろ？　それに俺は中学のときから大変だったし」
「大変って？」
「りり花、中学の頃からモテモテだったから」
　すると、きょとんとした顔でりり花が答える。
「私、全然モテてなかったよ？」
　そんなりり花に深いため息をついた。
「りり花が鈍感だから大変だったんだよ。りり花が知らな

いだけでさ。新人を牽制したり、りり花の周りの男どもを威嚇したり。どれだけ俺がひやひやしたか。まさか卒業式のボタンのことも覚えてないの？」
「ボタンのこと……？」
　首をかしげたりり花にもう一度深いため息をついた。
　無邪気なりり花の隣を死守するためにどれほど苦労してきたか。
　りり花をライバルから遠ざけることに、俺は中学生の頃から苦労していた。

＊＊＊

　あれは中学３年の春、サッカー部引退間近のこと。
　放課後、グラウンドに行くと新入部員に囲まれた。
「あ、如月キャプテンだ！」
「いつも一緒に学校に来てるきれいな人って、キャプテンの彼女さんですか？」
「俺、剣道部のりり花先輩にすごく憧れてて！　あんなに可愛い人に会ったの初めてですっ！　一度話してみたいなーってずっと思ってて！」
「彼女さん、空手習ってるって本当ですか」
　にっこりと笑って「おい、お前ら、こっちに集まれ」と、声をかけて、新入部員を集合させて円陣を組ませた。
　その真ん中で小さな声でささやく。
「お前ら、りり花に近づいたら、殺すから」

「..........」
「返事は？」
「ウ、ウッス」
　怯えた声で、新入部員が声をそろえて答える。
「二度とサッカーなんてできないように足の骨、ボッキボキに折ってやるからな」
「ウ、ウッス」
「あと、りり花を名前で呼ぶのも禁止な。わかったか？」
「......ウッス」
　呆然としている新入生をその場に残して、「アップ始めるから集合！」とグラウンドに散らばっているメンバーに声をかけた。
　練習の後半、チームをふたつに分けてゲームを始めた。しばらくすると、２年のフォワードの竹内に強く押されて転倒した。
　転んだときに、砂が目に入ったのか左目が痛む。
　最近、竹内のプレーが俺に対して特別荒い気がする。
　あいつ、なんで俺にばかり......？
　そう思って、竹内の視線を追うと、その視線の先にいるのはりり花だった。
　そういえば、廊下でりり花に話しかけている竹内の姿を何度か見かけたことがある。
　すると、同じ３年の沢田にポンと肩を叩かれた。
「玲音、大丈夫か？　竹内、最近お前への当たりが強くないか？」

「大丈夫。なんとなく、理由もわかったから」
　沢田とグラウンド中央まで走る。
「とにかく、左目が赤くなってるから保健室行った方がいいぞ」
「このくらい大丈夫だっつーの」
　ゴールを狙う竹内のもとへ全力で走って、ボールを奪い返すと相手ゴールへ思い切りシュートを決めた。
　俺からりり花を奪おうなんて100年早い。

　練習を終えて部室に戻ると、竹内がりり花に話しかけているところだった。
　竹内は頬を紅潮させてりり花を見つめている。
　どちらかといえば童顔で可愛い顔立ちをしている竹内に、りり花がお姉ちゃんモードを発動したらまずい。
　竹内が擦りむいた片腕をりり花に差し出したところで、竹内の腕をつかんだ。
「マネージャー、竹内の腕、手当してやって」
　近くにいたマネージャーが、救急箱を持って竹内の手当てを始めたのを確認して、りり花の頭にぽんと手をおく。
「お待たせ、りり花」
　すると、俺の顔を見てりり花が目を見開いた。
「玲音、目、真っ赤だよ！　大丈夫?!」
「あー、大丈夫。少し、砂が入っただけだから」
　そう言って片目をこすると、竹内と目が合った。
　竹内の尖った視線を感じる。

「ちょっと待って、じっとして」
　背伸びして、心配そうに俺の目を下からのぞき込むりり花の背中に、そっと両手を添えた。
　ちょうどそのとき、サッカー部の３年がやって来た。
「玲音、イチャイチャしてんじゃねーぞ！」
「見せつけんなよ」
「イチャイチャ？」
　りり花が首をかしげる。
「ごめん。あいつら、すぐ悪ふざけするから気にしないで」
「う、うん。左目、砂は、入ってなさそうだけど真っ赤だよ。病院行かないで大丈夫？」
「ん、もう、大丈夫。ありがと、りり花」
　パッとりり花から手を離して、ニッコリと笑った。
　振り向くと、竹内はいなくなっていた。

＊＊＊

　当時はりり花を自分だけのものにしたくて必死だった。
　でも今は……。
　ゆっくりとりり花を見つめると、りり花が嬉しそうに俺を見上げる。
「りり花、俺と結婚してくれてありがとう」
　今、りり花は俺だけのものだ。
「私、玲音に出会えて、玲音とずっと一緒に過ごすことができて、すごく幸せだよ。玲音のおかげでハルにも会えた」

溶けてしまいそうなくらい甘い笑顔でそう言ったりり花。
「あー、もう、りり花のこと、ここで食べちゃいたい」
「そ、それは、ちょっと、ここでは困るけど」
「ここでは……ね？」
　にっこりと笑うと、りり花に頭をパコッとたたかれた。

「そうそう！　私、中学の卒業式の帰り、玲音のジャケットも着せられてものすごく暑かったの覚えてる。あれ、なんだったの？」
「それが卒業式のボタンの話だよ」
　イヤなことを思い出した。

　　　　　　　　＊＊＊

　あれは中学の卒業式のこと。
　長い祝辞（しゅくじ）と退屈な式がやっと終わった。
　人混みをかき分けてりり花のところに行こうとすると、うしろから制服の裾を引っ張られた。
　振り向くと、下級生の見知らぬ女子が、真っ赤な顔をしてガチガチに緊張して立っている。
「なに？」
　そう答えながらも、りり花の姿を遠くに探す。
「あ、あ、あの！　如月先輩、ボタン……くださいっ！」
「え？　ボタン？」

思いもかけない言葉に、目をしばたかせる。
「ずっと如月先輩に憧れてました。それで、記念に……」
「記念にボタン？」
「はいっ……」
　そうしているうちにも、わらわらと下級生が集まってきて、動けなくなってしまった。
　卒業の記念にボタンをもらうなんて、知らなかった。
　すると、ひとごみの向こうにりり花の姿が見えた。
「ごめん、もう行く」
　下級生をその場に残して、りり花のもとに走った。
　遠くからりり花を呼んで走ってむかうと、すぐに制服を指ざされる。
「玲音、それ、どうしたの？」
「ん？」
「ブレザーのボタンだけじゃなくて、シャツのボタンまですっかりなくなっちゃってるよ？」
「ああ、ひとつあげたら、次から次へと……。で、これはりりちゃんに！」
　と第2ボタンを渡そうと、改めてりり花を見て、俺は青ざめた。
「り、りり花……!!　ボタン!!　なんでそんなになくなってんのっ!!」
　ブレザーだけでなく、シャツのボタンもなくなっているせいで、下着が見えてしまうギリギリまでシャツの胸元が開いている。

「玲音の後輩くんたちがボタンほしいって言うから……。えーっと、ほら竹内くんとか！」
　あいつら……!!　あとで絞め殺すっ!!
「でもさ、ボタンなんてもらってなにするんだろね？　しかも、シャツのボタンなんて小さいから、すぐになくしちゃいそうだよね？」
　胸元をヒラヒラさせてのんきに笑っているりり花を、校舎の影までひっぱっていく。
「りり花！　そんなカッコで歩いちゃだめ！」
　慌てて着ていたブレザーを脱ぐと、りり花に羽織らせて、開いた胸元を手繰り寄せて隠した。
「ええっ！　さすがに暑いよっ!!」
「いいから!!　家帰るまで着てること！　脱いだら許さないから！」
　りり花の手をしっかりと握る。
「それから、絶対に俺のそばを離れないこと、わかった？」
「どうして？」
「そんなカッコでフラフラすんなよ！」
「う、うん……」
　りり花の手をぐいぐいと引いて、名残惜しむ間もなく、中学校をあとにした。
「玲音、暑いよ……。これ、脱いじゃだめ？」
　りり花がダブダブの俺のブレザーを指さす。
「だめっ！　それ脱いだら絶対に許さないからっ！」
　ふたりで歩きなれたマンションまでの道を歩く。

すると、りり花が立ち止まって俺を見あげた。
「どうしたの、りり花？」
　不思議に思ってたずねると、りり花が満面の笑顔で答えた。
「玲音、中学校卒業おめでとう。高校でもよろしくね！」
　そう言って俺のジャケットに包まれながら、りり花が幸せそうに笑うから。
　俺はいつまでもりり花の可愛い玲音でいるよ。

　　　　　　　　＊＊＊

「……なんて、りり花は覚えてないだろうけど、本当に大変だったんだからね？」
　結局、可愛い玲音のままではいられなかったんだけどね。
「そっか、なんだかよくわからないけど、ごめん」
「いいよ、竹内と仲良くしてたことも、颯大に告られたことも全然気にしてない」
「竹内ってだれ？」
「なんでもない！　さっさと忘れちゃって！」
　りり花の記憶のなかにいるのは俺だけでいい。
「玲音のほうこそモテモテだったのに」
　りり花が口を尖らせる。
「残念ながら、俺はりり花以外見えてなかったから、ああいうの迷惑でしかなかった。俺はさ、必死だったんだよ」
「……今は？」

「今は、りり花は俺のものだって自信があるから、そんな牽制も必要なくなったよ。ま、高校時代に1回くらいはみんなの前でりり花からキスしてほしかったけど」
「……それって必要あるの？」
　りり花が怪訝そうに俺を見つめる。
「だって、俺ばっかりがりり花のこと好きだったからさ」
　りり花がなにやらつぶやいたそのとき、バスが到着した。
「ハル、いい子にしてたかな？」
「泣いてないといいな」
「ふふっ。やっぱり玲音も心配性だ」
「そりゃそうだよ」
　バスのなかでりり花と目を合わせて笑いあった。

　駅でりり花と別れて、幸せな気持ちのまま大学へ向かった。
　りり花とハル、今頃一緒に昼飯食ってるのかな。
　ハル、いい子にしてるといいけど。
　いや、むしろ、りり花のほうがしっかりもののハルに『ママ、いい子にしてた？』なんて聞かれてるかもな。
　そんなことを考えながら研究室で昼飯を食べ終えると、窓の外がなにやら騒がしいことに気づいた。
「校門前にすごい可愛い子がいるらしいぜ。見に行ってみようぜ」
　同期で体育会系ラグビー部の田中が外へと誘う。
「俺、りり花以外の女にまったく興味ないから、どうでも

いい」
　すると、同じゼミの後輩の女が話に入ってきた。
「りり花って誰のことですか？」
　ゼミの後輩が首をかしげる。
「うちの奥さんのこと」
　結婚して3年が過ぎても、りり花のことを『うちの奥さん』と呼べることに感動して胸が熱くなる。
「奥さんって、如月先輩、結婚してるんですか?!」
　目を見開いた後輩に、さらに続ける。
「ついでに一児のパパ。娘は昨日から嫁の実家にお泊り。今、うちの奥さんが娘のこと迎えに行ってる」
「じゃ、昨日はふたりきりだったわけか。うわ、なんかエロい」
「うるせ、黙ってろ」
　田中の頭をこつんと軽くたたく。
　お前が想像もできないくらい、甘〜い夜を過ごしたんだよ。
　昨夜のことを思い出しながら手元のレポートをまとめると、教授のいる別棟へ向かうため席を立った。
　研究棟と教授のいる別棟は２階の連絡通路でつながっている。
　田中と連絡通路へと向かうと、その後輩も俺と田中のあとについてきた。
「如月先輩、本当に結婚して、子供もいるんですか」
「そうだよ」

「玲音が結婚してて子持ちだって、有名だよ。知らなかったの?」
「今度、如月先輩と一緒に食事でも行けたらって思ってたんですけど」
　ゼミの後輩の言葉に、田中が肩をすくめる。
「結婚指輪してるのに誘われるって、さすがだよな。この前は院生の先輩から海に行こうって誘われてたよな」
「知るか」
　りり花以外の女なんてどうでもいい。
　ガラス張りの連絡通路からは、正門前の様子が見える。
「それにしても、正門前、うるさいな」
「すごい人だかりだな。それも男ばっかり……」
　そのにぎやかな集団にちらりと視線を動かして、目を疑った。
　……は？
　まさか、な。
　ごしごしと目をこすってみるけど、やっぱり間違えない。
　その男たちの中心にいるのは、りり花だった。
　とっさに窓を開けてりり花を呼ぶと、校門前にいるりり花と目が合った。
「玲音！」
　りり花が明るい笑顔で俺に手を振ると、りり花を取り囲んでいる男たちの視線が鋭く突き刺さる。
「な、な、な、なんでりり花が!?」
　田中と後輩を置き去りにし、転がるように階段をおりて、

男どもをかきわけてりり花のもとへ向かう。
「り、りり花、なんでここに!?　ハルは？」
「それが、もう一泊したいって駄々こねられちゃったの。お父さんもお母さんも、明日はハルを連れて水族館に行くんだーってすっかりその気になっちゃってて。だから、もう１日、お泊りすることになったの。それで、ちょっと玲音に会いたくなって大学まで来ちゃった！」

　ニコニコと笑っているりり花と、りり花を取り囲む男たち……。
「じゃ、可愛いってみんなが騒いでたのって……」
　背筋が冷たくなっていく。
　そこに田中が俺のあとを追いかけてやってきた。
「うわっ！　みんなが騒いでたのは、お前の嫁だったのか。噂には聞いてたけど、やばいくらい可愛いな」
　同期の田中がりり花を見て目を輝かせている。
「玲音、こんなに可愛い子と毎晩……」
　そうつぶやいた田中の頭を思い切り叩いた。
「余計なこと想像したらぶっ殺すっ」
「冗談だよ、玲音。こえーな」
「大学に勝手に来ちゃって、まずかったかな？」
　青ざめている俺のことを、りり花が不安そうに見上げる。
「か、勝手に来ちゃダメ!!　危ないだろ!!」
「あぶない薬品とかあるから？」
「あぶない男が多いか……、そう！　あぶない薬品だらけだから！　声かけられたらどうするんだよ!?」

「薬品に？」
「そう！」
「……玲音、なに言ってるの？」
　眉をひそめたりり花の腕を取って、ぐいぐいとひっぱる。
　とにかく一刻も早くここからりり花を連れ出さないと。
　男たちの手元にあるスマホが視界に入り、さらにゾッとする。
「り、りり花、お前、ここでID交換とかしてないよな？」
「はい？」
「電話番号とか教えてないよな？」
「誰に？」
「あーっ!!　もうっ!!　とにかく、りり花、大学来るの禁止！」
「どうして⁉」
「どうしても!!」
　すると、騒ぎを聞きつけて、さらにたくさんの人が集まってきた。
「うわっ！　如月先輩だよっ！　いつも研究棟に籠ってるのにこんなところで会えるなんて奇跡！」
「嘘っ！　如月先輩、本物なの⁉」
「キャー！　やばいっ。かっこよすぎるっ」
「ねえ、一緒に写真撮ってもらおうよ!!」
　見ず知らずの後輩たちがキャーキャーと騒ぎ立てはじめた。
　そんな女たちをりり花が冷めた目で見つめている。

「そっか。女子力の高い可愛い女の子たちに囲まれて、玲音が楽しんでるところを邪魔しちゃ悪いもんね。ほかの子とイチャイチャしてるところ、私に見られたくないもんね!」
　そう言ってりり花が俺の腕を強く払った。
「イチャイチャなんてしてねぇわ!」
「さっき、あの渡り廊下で、玲音が可愛い女の子と話してるの見てたもん!」
「俺はりり花以外の女になんて興味ないんだよ。そんなこと、りり花が一番よくわかってるだろっ!!」
「玲音なんて知らない!　やっぱりモテモテなのは玲音だもん!」
　ふんっと顔を背けたりり花の正面にまわり、りり花をじっと見つめる。
「久しぶりにヤキモチ焼くりり花を見れて、俺は幸せだよ。怒ってるりり花の顔もすごく可愛い」
　にっこりと余裕の笑みで、りり花を自分の胸の中に引き寄せる。
　人の行き交う正門前、りり花を取り囲んでいる男たちや後輩たちみんなが注目していたとしても関係ない。
　俺にとってはりり花がすべて。
　ぐいっとりり花を腰から引き寄せて、顔を近づけた瞬間、りり花に胸ぐらを掴まれた。
　俺の胸ぐらをつかんだりり花が、鋭い瞳で俺を睨みつける。

あれ？　俺、殴られるようなことしたっけ？
　と、思いつつも、りり花のこの瞳は本気で怒っているときの顔だと知っている。
　りり花の平手を覚悟して、ぎゅっと目をつぶる。
　すると、次の瞬間、唇にふれる甘い感触。
　驚いて目をあけると、目の前に迫るのは、俺の唇に自分の唇を重ねるりり花だった。
　唖然としてりり花を見つめると、ゆっくりと唇を離したりり花が、背伸びをして俺の頬っぺたを両手ではさんだ。
「玲音、私の話をちゃんと聞いて」
　こくこくと必死にうなずくと、りり花が続ける。
「玲音ばっかりが好きだったわけじゃないんだよ」
「わ、わかってる」
　するとりり花が首を横にふった。
「わかってない。玲音は全然わかってない」
　真っ赤な顔をしたりり花が、じっと俺を見つめながらゆっくりと顔を近づける。
　そして、俺の唇に自分の唇をもう一度熱く重ねた。
　俺の頬を包むりり花の手のひらが、唇が、細かく震えている。
　りり花の情熱的な唇を受け止めながら、あまりに驚きすぎて、思考が完全停止。
　人の溢れた正門前が一瞬静まり返り、そのすぐあとに悲鳴にも似た叫び声に包まれた。
　そっと唇を離したりり花が、震える声で言葉を紡ぐ。

「私だって、小さいときからずっと玲音だけが好きだったの。何度言えばわかってくれるの？　今朝も、竹内くんや颯大がどうとか言ってたけど。そもそも竹内くんなんて覚えてないし！　玲音以外の人にドキドキしたことなんて、一度もないの。玲音に初めて会ったときから、今、この瞬間も、私の世界の中心は玲音なの！　結婚して3年経ってもまだわからない？」

　りり花の言葉に心を射抜かれて、もうなにも言葉がでてこない。

　迷いのない強い瞳で、俺をまっすぐに見つめるりり花が美しくて、愛おしくて、頭がおかしくなりそうだ。

　まだ小刻みに震えているりり花の頬に、そっと指先で触れた。

　すると、りり花が視線を外して下を向いた。
「私だって、玲音のこと、ひとりじめしたいんだよ？　せっかくハルもいないし、少しでも早く玲音に会いたくて……だから、ここまで来ちゃったの」

　恥ずかしそうに目を潤ませて、耳まで真っ赤に染めてそう言ったりり花があまりに可愛くて、理性なんて木端微塵。

　このままだと、ここでりり花を押し倒してしまう。
「と、とにかく、りり花、こっち来い!!」

　りり花の腕をとってその場から引き離すと、りり花を取り囲んでいた男たちが残念そうに肩を落とす。
「お前ら、今度、うちの嫁に近づいたら消すからな」

殺気を漂わせて、できる限りの鋭い視線で男たちを睨みつけると、りり花の手をとって、いつも使っている研究室へと向かった。
　誰もいないことを確認して、研究室の鍵をかける。
　りり花とふたりきりになり、ホッと胸をなでおろした。
「りり花、お願いだから心配させるなよ」
「玲音に会いに来ることが、どうして玲音を心配させることになるの？」
　俺を見あげるりり花に、大きくため息をつく。
「つまり！　俺は、今も昔もりり花が俺以外の男に見られるのも、話しかけられるのも、気が狂いそうになるくらいイヤなんだよっ」
　結局、りり花に関して言えば、俺は中学高校の頃とまったく変わってないのかもしれない。
　すると、りり花がためらいながら俺のシャツの裾をキュッと握った。
「そ、そんなの、私だって一緒だよ。玲音がほかの子と話してるとすごくイヤな気分になる。私なんて、たまに、ハルにだってヤキモチ焼いちゃうんだから」
「は？」
　予想もしないりり花の言葉に、目をしばたかせる。
「だって、玲音、ハルばっかり可愛がるから」
　床に視線を落としたまま、少しふてくされてそう言ったりり花にゆっくりと近づく。りり花を壁に押しつけて、まっすぐにりり花を見つめると、りり花の額から瞼、頬へと唇

をすべらせた。
「俺は、りり花のことが可愛くてたまらないんだよ。りり花こそ、まだわからない?」
　ゆっくりとりり花の唇に自分の唇を重ねると、もう止められない。
　りり花に熱く唇をかさねて舌を絡め、その甘い唇に夢中になると、りり花がずるずるとしゃがみ込んだ。
「玲音、もう力が入らないよ……」
　涙目でそう言ったりり花にちょっとだけ意地悪をする。
「ダメ。ものすごく心配したんだから、我慢して」
　目を潤ませ俺を見上げるりり花に、柔らかく微笑んでキスを落として、りり花の耳たぶにそっと唇を寄せる。
「りり花、今夜も俺のことひとりじめしていいよ。だから、りり花も覚悟しておいてね?」
　これ以上ないほど真っ赤に顔を染めたりり花を、もう一度強く抱きしめた。

　うちの奥さんは、やっぱり世界でいちばん可愛い。
　だから、誰にもあげないよ。

Fin.

あとがき

最後まで読んでくださり、本当にありがとうございました。

悩んだり立ち止まったりする毎日のなかで、シンプルにドキドキして楽しめる作品をお届けしたい！という思いからから生まれたのがこの作品でした。

当初は短編を予定していたこの作品ですが、読者の皆様から続編希望の感想をいただいたことをきっかけに、小さいお話を書き足し、続編を書くに至り、ひとつの物語として完成しました。

そのなかで自由にふるまう玲音を受け入れていただけるのか常に不安がありましたが、こうして受け入れていただきホッとしています。

読者の皆様の感想に励まされて加筆を重ね、編集さんの熱い思いに背中を押され、支えられて、ふたりの物語がこうしてひとつの形になったことに、感謝の思いは尽きません。

私の想像を遥かに超える素敵な2人を描いてくださった美麻りん先生、そして、なによりふたりの話を楽しみ、完結へ導いてくださった読者の皆様が、玲音とりり花の物語を一冊の本へと完成させてくださいました。

本当にありがとうございました。

　番外編では、中学時代の回想をはさみつつ、かなり甘い生活を送っているふたりの結婚後のエピソードが収録されています。
　大人になったふたりの甘い結婚生活をお楽しみください。

　また、野いちごのサイトではふたりの中学時代を公開しています。
　そちらもお楽しみいただければ幸いです。
　完結から５年という月日を経て書籍化のお話をいただき、久しぶりにりり花と玲音の世界に浸ることができたのは本当に幸せな時間でした。

　読者の皆様に、忙しい毎日のなかで息抜きになるような楽しい時間をお届けすることができたらなにより嬉しく思います。
　皆様ありがとうございました。

2019.9.25 碧井こなつ

作・碧井こなつ(あおいこなつ)
東京都在住。好きな音楽を聞きながらのドライブと昼間のお風呂が大好き。宝物は家族と女友達☆思い出の場所は2年間暮らした沖縄。現在は、ケータイ小説サイト「野いちご」で執筆活動中。

絵・美麻りん(みあさりん)
10月28日生まれの蠍座。埼玉県出身。
講談社コミックスなかよし『シーク様とハーレムで。』、『同級生に恋をした』、『嘘つき王子とニセモノ彼女』など、好評発売中。

ファンレターのあて先

♥

〒104-0031
東京都中央区京橋1-3-1
八重洲口大栄ビル7F

スターツ出版(株)書籍編集部 気付
碧井こなつ 先生

この物語はフィクションです。
実在の人物、団体等とは一切関係がありません。
一部、飲酒に関する表記がありますが、
未成年者の飲酒は法律で禁止されています。

幼なじみの溺愛が危険すぎる。

2019年9月25日　初版第1刷発行
2021年4月14日　　　第2刷発行

著　者　碧井こなつ
　　　　©Konatsu Aoi 2019

発 行 人　菊地修一

デザイン　カバー　ansyyqdesign
　　　　　フォーマット　黒門ビリー＆フラミンゴスタジオ

Ｄ Ｔ Ｐ　朝日メディアインターナショナル株式会社

編　集　黒田麻希

発 行 所　スターツ出版株式会社
　　　　〒104-0031 東京都中央区京橋1-3-1　八重洲口大栄ビル7F
　　　　出版マーケティンググループ TEL03-6202-0386
　　　　（ご注文等に関するお問い合わせ）
　　　　https://starts-pub.jp/
印 刷 所　共同印刷株式会社
Printed in Japan

乱丁・落丁などの不良品はお取り替えいたします。上記出版マーケティンググループまで
お問い合わせください。
本書を無断で複写することは、著作権法により禁じられています。
定価はカバーに記載されています。

ISBN 978-4-8137-0761-5　C0193

読むたび何度でも恋をする…全力恋宣言！
毎月25日はケータイ小説文庫の日♥

心に沁みるピュアラブやキラキラの青春小説、
「野いちご」ならではの胸キュン小説など、注目作が続々登場！

ケータイ小説文庫　2019年9月発売

『イケメン同級生は、地味子ちゃんを独占したい。』 ＊あいら＊・著

高2の桜は男性が苦手。本当は美少女なのに、眼鏡と前髪で顔を隠しているので、「地味子」と呼ばれている。ある日、母親の再婚で、相手の連れ子の三兄弟と、同居することに！　長男と三男は冷たいけど、完全無欠イケメンである次男・万里はいつも助けてくれて…。大人気"溺愛120%"シリーズ最終巻！

ISBN978-4-8137-0763-9
定価：本体590円＋税

ピンクレーベル

『クールなヤンキーくんの溺愛が止まりません！』 雨乃めこ・著

高2の姫野沙良は内気で人と話すのが苦手。ある日、学校一の不良でイケメン銀髪ヤンキーの南夏（なつ）に「姫野さんのこと、好きだから」と告白されて…。普段はクールな彼がふたりきりの時は別人のように激甘に！「好きって…言ってよ」なんて、独占欲丸出しの甘い言葉に沙良はドキドキ♡

ISBN978-4-8137-0762-2
定価：本体590円＋税

ピンクレーベル

『幼なじみの溺愛が危険すぎる。』 碧井こなつ・著

しっかり者で実は美少女のり花は、同い年でお隣さんの玲音のお世話係をしている。イケメンなのに甘えたがりな玲音に呆れながらもほっとけないり花だったが、ある日突然『本気で俺が小さい頃のままだとでも思ってたの？』と迫られて……!?　スーパーキュートな幼なじみラブ！

ISBN978-4-8137-0761-5
定価：本体590円＋税

ピンクレーベル